COLLECTION FOLIO

Chrystine Brouillet

Les neuf vies d'Edward

Denoël

Chrystine Brouillet est née à Québec en 1958. Son premier livre paraît en 1982. À partir de 1991, elle fait paraître une grande saga historique franco-québécoise : *Marie La Flamme, Nouvelle-France, La Renarde.* Elle est aussi l'auteur de contes pour enfants et de romans policiers.

Chrysanthe [illegible] est née à [illegible] en 1958. [illegible] paru en [illegible] [illegible] [illegible] [illegible] [illegible] [illegible] [illegible] [illegible]. Elle [illegible] [illegible] [illegible] [illegible] [illegible]

À Gilles Langlois pour son aide précieuse
et, bien sûr, à Valentin.

1

Elle s'était éveillée avant lui. Elle l'avait regardé puis elle avait refermé les yeux pour mieux sentir son ventre chaud contre le sien. Elle avait respiré son odeur, juste au-dessous du cou, et s'était répété, comme tous les matins depuis leur rencontre, que ces moments de sérénité s'accordaient avec l'espoir et la naïveté de l'aube.

Delphine restait allongée sans bouger, refusant de tirer Edward de son sommeil, profitant de son inconscience pour l'observer, pour se repaître de sa beauté, s'en délecter. Comme elle aimait l'interminable ligne qui fermait ses yeux, brodée de cils blonds aussi fins que les akènes des pissenlits fanés quand ils s'envolent dans les champs, comme elle aimait cette ligne qui cachait l'insondable mystère des grands yeux céladon ; elle la reposait de la douce exaspération que cette énigme, précisément, entretenait chez elle. Quand Edward plongeait son regard dans le sien, Delphine y voyait des sphinx souriants, désireux, et certains même pressés de lui poser leur question. « Pourquoi cours-tu ? Pourquoi fumes-tu ? Pourquoi as-tu peur de mourir ? Pourquoi vois-tu Pierre-Stéphane ? Pourquoi n'as-tu pas d'enfant ? Pourquoi aimes-tu les couverts en inox ? Pourquoi sommes-nous si différents ? Pourquoi n'as-tu pas une fourrure comme la mienne ? Pourquoi les grands chats comme toi se douchent-ils alors que les petits se lèchent ? Pourquoi fais-tu toujours trop cuire le poulet ? »

Derrière toutes ces interrogations, Delphine distinguait un monde de forêts giboyeuses, de chants d'oiseaux, de grands galets ensoleillés, de valériane, de papyrus, et de sable chaud où rebondissaient des sauterelles vertes, les meilleures.

Delphine se demandait comment elle avait pu vivre sans Edward. Avant Edward.

Il s'étira, ouvrit un œil. La troisième paupière laissa apparaître une pupille d'un noir absolu tranchant sur un iris d'un vert très pâle moucheté de gris cendré et de champagne, ou de ce jaune unique des vins du Jura. Il regarda Delphine avec bienveillance ; elle n'allait pas tarder à lui gratter le ventre, lui masser le dos, les pattes et lisser son museau de la pointe du nez jusqu'aux oreilles. Elle compterait machinalement ses vingt-quatre vibrisses et lui dirait qu'il était le plus beau chat du monde.

Edward ne savait pas exactement ce qu'elle entendait par « beau », mais il savait que c'était amical et que sa maîtresse ne s'adressait à personne d'autre de cette manière. Quand il s'agissait de la beauté d'un vase ou d'un manteau, Delphine s'exclamait mais le ton était moins sensuel, moins chaud. Edward devait toutefois admettre que ses intonations étaient plus vibrantes quand il s'agissait d'un homme. Excitées, anxieuses, elles exprimaient l'affût, la chasse. Quand Edward entendait sa mère adoptive, sa sœur, son amie, sa déesse se confier à Audrey, il savait qu'elle mettrait du parfum le soir avant de sortir et qu'elle rentrerait tard. Si elle rentrait. Audrey, la meilleure amie de Delphine, ne partageait pas toujours le point de vue de cette dernière sur les mâles qu'elle rencontrait. Précieuse alliée que cette Audrey, qui préférait pourtant les chiens aux chats. Elle le saluait avec gentillesse quand elle venait passer la soirée, mais elle le caressait rarement. Elle avait une sacrée volonté pour résister à son charme !

C'était vraiment ennuyeux qu'elle l'invite si rarement sur ses genoux, car depuis sa quatrième vie Edward avait développé un sixième sens qui lui permettait de lire les pensées des gens qu'il flairait ou effleurait. Il s'installait confortablement sur leurs cuisses, fermait les yeux et attendait que se déroule le film de leurs pensées. C'était souvent sans intérêt — il se souvenait d'un type qui donnait un prix à tout ce qui l'entourait, la télé 4 000 francs, le magnétoscope 4 500 francs, la table en verre et en chêne 1 700 francs, 800 francs pour le bracelet que portait Delphine et 75 pour la bouteille de sancerre blanc. Il se demandait si la jeune femme apprécierait à sa juste valeur le restaurant où il l'emmenait dîner. Si elle avait acheté un sancerre juste pour l'apéritif, sans s'inquiéter de ne pas terminer une bouteille d'un prix respectable, elle ne serait pas impressionnée par le resto. Edward savait que l'homme l'avait pris sur ses genoux pour plaire à Delphine mais qu'il redoutait que ses griffes ne tirent des petits fils de laine de son pantalon — 850 francs. Edward n'avait pu résister à l'envie de pétrir les jambes de ce type, même s'il sentait les os des fémurs sous les muscles trop chiches.

— Edward adore boulanger les étrangers, avait dit Delphine. C'est joli comme mot « boulanger », tu ne trouves pas ? Très imagé ; on dirait que mon chat s'active sur une miche de pain. Il t'a adopté.

Edward avait aussitôt bondi sur le fauteuil voisin. Il ne fallait pas exagérer : adopté ! Delphine s'emballait toujours trop vite. Qu'il s'agisse d'un fait anodin ou du prétendu mâle de sa vie. Un type la complimentait sur ses photos ou lui souriait dans un restaurant, et elle se voyait déjà à Venise sur le Grand Canal ou au musée Van Gogh à Amsterdam en train d'échanger des propos savants et des baisers et encore des baisers avec cet inconnu. Audrey la mettait bien en garde contre de tels emportements, connaissant la suite des événements, sachant que la passion finit par se refroidir, mais Delphine refusait de l'écouter. Elle ne concevait pas sa vie sans homme. À chaque nouvelle rencontre, elle assurait Audrey que tout était différent, cet homme allait l'aimer vraiment. Elle ignorait qu'elle choisissait encore un être qui ne lui conviendrait pas, qui l'étoufferait très vite dans une relation absurde, et qu'elle le quitterait ou l'exaspérerait au point qu'il prendrait la décision. Elle se plaindrait ensuite d'être seule sans jamais comprendre qu'elle refusait la vie de couple par peur d'être abandonnée une seconde fois.

— Ce n'est pas pareil aujourd'hui, je le sens ! Il est différent.

Comme les autres hommes, avait envie de répondre Audrey.

En quoi le dernier en lice était-il si extraordinaire ? se demandait Edward.

— Tu ne peux pas comprendre, disait Delphine.

Eh non, évidemment. Audrey avait rencontré son mari à vingt ans, l'avait épousé à vingt-cinq et ne le regrettait pas. Treize ans déjà, deux enfants qui la réjouissaient pleinement.

— Je n'étais tout de même pas vierge quand j'ai connu Renaud.

— Bah. Presque.

— J'ai déjà eu des peines d'amour.

— Tu avais quinze ans...

— Et alors ?

Delphine haussait les épaules, consciente de sa mauvaise foi. Elle proclamait que l'amour est aussi beau, aussi digne, aussi envoûtant à six ans qu'à soixante-six ans. Qu'il n'y a pas d'âge pour la passion. Qu'elle espérait fondre pour un homme quand elle serait octogénaire. Et que son cœur avait battu de cette manière si particulière pour la première fois le jour où elle fêtait son quatrième anniversaire. C'était pour un maçon italien. Ses parents l'avaient engagé pour construire des boîtes à fleurs en briques rouges.

— Matteo sifflait très bien, j'ai eu plus tard un amant qui me le rappelait, avait dit Delphine à Pierre-Stéphane la veille.

À trente-cinq ans, Delphine n'avait pas encore compris que ce n'était pas une bonne idée de parler de ses anciennes passions à un autre homme. Elle croyait lui démontrer son enthousiasme pour l'amour, alors qu'elle l'effarait par son avidité. Il souhaitait être désiré. Pas dévoré. Il lisait un tel besoin dans les sourires de Delphine qu'il fuyait devant l'énormité de la tâche.

Pierre-Stéphane était le dernier mâle à s'être approché de Delphine. Avant, il y avait eu Jean, Frédéric,

Philippe, Claude, Michel, Simon et Louis. Elle avait connu d'autres hommes, dont elle parlait parfois avec Audrey, mais Edward, heureusement, ne les avait pas rencontrés.

Edward ne vivait avec Delphine que depuis cinq ans. Auparavant, il habitait chez Mme Baxter, une femme très maigre qui l'avait acheté à un éleveur de Boston dans l'idée d'arrondir ses fins de mois en élevant des abyssins. Mme Baxter pouvait discourir durant des heures de l'échelle des points du G.C.C.F. britannique ou de la C.F.A. américaine, des titres que tel chat pouvait espérer, des standards établis (qu'elle avait parfois envie de contester) ou plus simplement des aspects morphologiques à surveiller ou à admirer chez un sujet : la texture de la robe, l'arrondi du menton, la longueur de la queue, l'écartement des oreilles, la finesse du poil ou la brillance de l'œil. Elle connaissait les pénalités, les causes de disqualification, mais n'avait jamais vécu, Dieu l'en garde, semblable humiliation. Elle était incollable sur les couleurs, caméo, lièvre, faon, silver, crème, lilas, chocolat, orange, mais sa préférence allait à la teinte sorrel, plus ardente par un ticking abricot et chocolat très riche. Cependant elle reconnaissait qu'Edward, avec sa robe faon, d'un beige rosé délicat ou sable chaud selon l'éclairage, ne manquait pas d'élégance.

On complimentait souvent Mme Baxter sur la rareté de la couleur d'Edward et ses poils soyeux, et elle avait fini par s'attacher à l'animal qui lui valait tant d'admiration. Elle regrettait qu'il n'y ait pas davantage d'expositions félines en Floride. Elle se désolait aussi de sa phobie de l'avion qui l'empêchait de participer à des rencontres internationales où Edward se serait sûrement distingué. Mais Mme Baxter considérait la psychologie avec une ironie teintée de mépris et n'aurait jamais suivi une thérapie pour se débarrasser de cette peur irraisonnée de voler. Heureusement, elle vivait par procuration les succès que les rejetons d'Edward remportaient aux États-Unis et en Europe. Elle regardait les photos des gagnants, reconnaissant avec satisfaction les oreilles bien espacées, les pieds compacts ou le haut des cuisses aux nuances nacrées ; c'était bien les gènes d'Edward qui dominaient chez ces sujets.

Mme Baxter nourrissait Edward avec des précisions de diététicienne : 50 % de viande maigre, poulet, jambon, veau, bœuf bien cuit, 20 % de riz, de pâtes ou de céréales, 20 % de légumes, haricots ou carottes, jamais d'épinards car Edward les boudait avec obstination, et bien sûr une dose de levure et d'huile de pépin de raisin. Elle servait Edward quatre fois par jour, à heure fixe, et aurait été très étonnée d'apprendre qu'il n'appréciait guère la rigidité des horaires. Surtout au printemps ; le soleil le réveillait à l'aube et il ne prisait guère d'attendre 8 h 30 pour avaler son petit-déjeuner. Mais Mme Baxter n'avait pas assez d'imagination pour modifier ses habitudes. Ni d'occasions.

Elle flattait Edward dix fois par jour durant cinq minutes car elle ne voulait pas d'un animal sauvage ou craintif qui aurait inquiété les propriétaires des chattes qu'il devait honorer. On louait effectivement le caractère égal d'Edward, et les visiteurs se succédaient à un rythme régulier à Hallendale. Même au plus fort de l'été, quand les températures grimpaient jusqu'à quarante degrés, quand l'asphalte du Paradise Isle Boulevard ressemblait à une mer noire mouvante qui inquiétait jusqu'aux ibis. Mme Baxter avait beau prévenir les propriétaires des chattes que son étalon ne tenait pas ses promesses lors de telles canicules, ils venaient tout de même, profitant de leurs vacances et espérant qu'Edward succomberait aux charmes de Baby Lilac, Honey, Darling Di ou Sue Sweet. Edward cédait parfois par complaisance et pour retrouver la paix de sa chambre, mais reprochait à Mme Baxter de lui imposer ces femelles en détresse.

Paradoxalement, Edward, entre ces visites, s'ennuyait chez Mme Baxter. De toutes ses vies, la neuvième et dernière était la plus monotone.

Il fut pourtant choqué quand elle mourut, car des étrangers bouleversèrent son quotidien si brutalement qu'il tenta de fuguer. Le neveu de Mme Baxter le rattrapa, l'emmena chez lui, le fit castrer, le nourrit deux fois par jour jusqu'à ce qu'il décide de s'en séparer parce que sa fiancée préférait les chihuahuas.

Edward n'était plus un gamin ; il ne partirait pas avec le premier venu. Ses performances vocales dignes de la chèvre de monsieur Seguin découragèrent nombre de clients, et Jordan Baxter finit par détester le chat au point de baisser considérablement son prix.

C'est alors que Delphine apparut. Elle était la nièce de la voisine de Mme Baxter et avait entendu dire qu'Edward était orphelin. Elle avait toujours, à chacun de ses séjours, admiré le chat.

Elle sentait la chantilly, les crevettes qu'elle avait fait cuire pour son dîner, la tige des plants de tomates, et elle se parfumait avec une crème à l'huile de bourrache absolument délectable. Elle avait les mains chaudes et douces et lui parlait sans bêtifier. Le miracle ! Edward se mit à ronronner si fort que Delphine éclata de rire. Quel son étrange ! Edward n'entendait jamais Mme Baxter émettre ces petits hoquets cristallins. Il passa sa queue sur la joue de Delphine, se blottit contre son cou quand elle le souleva, et appuya sa truffe humide et fraîche sur sa nuque avec un abandon qui frisait le naturel.

Delphine savait que les chats ronronnent autant par plaisir que pour se rassurer et elle le ramena chez elle sans se faire d'illusions : Edward acceptait de la suivre mais il y aurait sûrement une période d'adaptation.

Elle se trompait. Edward en était tout de même à sa dernière vie et avait habité dans plusieurs endroits, à des époques très différentes ; il avait élu Delphine avec la sagesse acquise lors de ses précédentes expériences et, quand elle l'avait pris dans ses bras, il était entré dans son esprit, comme il le faisait si aisément depuis cinq vies. Il avait lu sa solitude, sa curiosité, sa gourmandise, sa ténacité. Il n'avait pas compris ce que voulait dire la succession d'images en noir et blanc, mais ce détail n'avait pas parasité son opinion après quelques secondes de transe télépathique. Delphine le rendrait heureux.

Il n'avait pas prévu, cependant, qu'il l'aimerait autant. Il croyait que son cœur était usé après toutes ces vies et il s'émerveillait chaque matin, à leur réveil, de la profonde gratitude, de l'admiration émue, de l'amusement tendre qu'il lisait en Delphine. Il n'aurait jamais cru qu'ils seraient aussi complices, aussi unis.

Il savait pourtant qu'on peut aimer plusieurs fois dans une existence. Raison de plus quand on a eu neuf vies. Il se souvenait de Rachel, la chapelière parisienne, avec beaucoup d'amitié. Elle lui bouchait les oreilles quand retentissaient les sirènes qui prévenaient des bombardements. Elle avait des cheveux très soyeux, du même sable doré que le poil de sa mère égyptienne. Edward avait aussi bien aimé Mme Henriette, qui préparait des soupes au lard pour un astronome. Et le grand Sébastien qui l'avait pris dans son branle quand ils avaient traversé l'océan à bord d'un navire de quatre cents tonneaux. Ce qu'il avait pu attraper comme rats une fois guéri !

Il n'y avait pas de rongeurs chez Delphine mais Edward n'avait plus l'âge de courir après des vermines qui faisaient parfois le quart de sa taille. Il s'était bien amusé à les chasser mais il ne souhaitait pas recommencer à cavaler derrière ces bestioles. Il avait un peu regretté de quitter la Floride pour Montréal où il avait reconnu la neige de la Nouvelle-France, mais il s'était vite résigné à rester dans l'appartement durant l'hiver. Leur emménagement en France l'avait un peu contrarié, mais il y avait tous les jours des pigeons sur leur balcon, de gros pigeons qui finiraient bien par oublier sa présence. Il ferait alors un très beau festin. Il voyait déjà les plumes voler.

Pelotonné contre Delphine, Edward ronronnait en regardant le soleil enflammer les rideaux aux motifs paisley. Quand Delphine les tirerait, une débauche de lumière et de chaleur illuminerait la chambre jusqu'à midi moins le quart. Ensuite, il devrait attendre quatorze heures avant que les rayons bienheureux n'atteignent la salle à manger puis le salon. Il en profiterait pour réfléchir à la situation. Quand il s'assoupissait dans le soleil, ses pensées s'amollissaient, se délayaient dans des souvenirs d'enfance. Il revoyait les poudres de lapis et de vermillon que sa maîtresse broyait, il retrouvait le goût sublime des papyrus et l'odeur du lait mêlé au miel qu'on lui donnait en fin d'après-midi. Le soleil lui rappelait sa mère, le sable, les briques délicieusement brûlantes ; rien qui puisse l'aider à développer sa pensée avec lucidité.

Il le fallait pourtant. Il avait fermé les yeux assez longtemps sans succès ; il ne suffisait pas à Delphine. Elle aimait les mâles de sa taille. Hélas, elle manquait de discernement dans ses choix.

Edward devait l'aider à trouver celui qui la rendrait heureuse. Il allait se consacrer à cette quête et, avant de mourir, voir Delphine s'épanouir. Il aspirait au paradis des chats, au repos éternel, sans autre vie à revivre, mais pour jouir de cette paix il devait s'assurer du succès de sa mission.

Qui devait-il lui amener ?

Un homme qui leur plairait à tous les deux. Edward ignorait combien de temps il lui restait à vivre, mais il n'était pas question de gâcher les dernières années de son existence à endurer des mains brutales, des mains qui le pousseraient en bas des fauteuils ou du lit, des ricanements quand Delphine s'extasierait sur sa beauté, des commentaires sur leur vie commune. L'homme devrait s'adapter à eux, faire preuve de bonne volonté.

Il devrait être gourmand, sensuel et silencieux. Et bien sûr, il ne devrait pas avoir lui-même un chat ; jamais Edward n'accepterait de partager son territoire. L'homme représentait l'absolue concession.

Edward s'inquiétait un peu du physique du futur amoureux ; Delphine et lui avaient des goûts assez différents en la matière. Ainsi, elle avait commenté une photographie de Paul Léautaud en ces termes : « Une vieille chose ratatinée et acariâtre qui ne devait pas sentir très bon. » Elle se trompait du tout au tout ! Edward avait bien connu les matous de l'écrivain ; il était même entré chez lui deux ou trois fois, il avait vu l'homme penché sur des grandes feuilles d'un papier d'une belle texture, il avait entendu la plume glisser sur les pages écrues, comme une griffe élégante, il avait senti une odeur un peu forte en passant entre ses jambes croisées. Une odeur de vieux bois, aussi. Rien de répugnant. Et les chats de M. Léautaud étaient très satisfaits de ses services.

En revanche, quand Delphine vivait au Québec, elle s'était entichée d'un chimiste qui sentait abominablement le soufre et le chlore et qui le secouait en tous sens en répétant : « Regarde, Delphine, Ed adore jouer avec moi ! » Ed ! Il s'était appelé Minou, le Lion, Mistigri, et... bon, il ne se souvenait plus de son nom durant ses première et deuxième vies, mais il était persuadé qu'ils n'étaient pas ridicules comme Ed ! C'était tellement familier ! Heureusement, le chimiste avait été muté aux États-Unis et Delphine était rentrée en France après avoir vécu vingt ans au Québec.

Native d'Angers, Delphine avait choisi de s'installer en banlieue parisienne, aux Lilas, à la frontière de Romainville. Ils habitaient un petit immeuble de quatre étages. Leurs voisins étaient calmes et marchaient lentement, ils faisaient souvent de la potée et du lapin aux pruneaux. Edward ne savait toujours pas, à l'âge vénérable de soixante-trois ans, s'il aimait la cuisine sucrée-salée.

Delphine avait installé son bureau rapidement, mais

le reste de l'appartement gardait un esprit capharnaüm qui plaisait beaucoup à Edward. Il adorait le canapé en drap de laine vert et n'avait aucune envie de le prêter à Pierre-Stéphane.

Delphine l'avait bien compris ; elle avait vu les pupilles d'Edward se dilater quand son nouvel amant s'était assis sur le canapé, mais il y avait de la place pour deux et même pour trois et elle n'entendait pas céder à tous les caprices de son chat.

— Vraiment ? avait dit Audrey, sceptique. Edward fait ce qu'il veut de toi depuis toujours.

— Il ne faut pas exagérer... Je le gâte un peu, mais... il n'aime pas que j'aie un homme dans ma vie. Il est très possessif.

Edward s'était levé et était allé se réfugier dans la chambre pour éviter d'entendre ces âneries. Possessif ? Non, il ne voulait pas accaparer sa maîtresse. Il espérait seulement qu'elle était heureuse. Était-ce trop demander qu'elle montre plus de discernement dans ses choix ?

Non. Il avait déjà attendu assez longtemps. Il allait prendre les choses entre ses pattes et changer leur avenir.

Il trouverait un mari à Delphine.

Edward lutta un bon quart d'heure contre le sommeil mais finit par s'y abandonner après avoir arrêté un plan. Il chercherait Sébastien Morin. Cet homme qui l'avait si bien soigné sur un bateau serait le compagnon idéal pour sa maîtresse.

Il se souvenait parfaitement de ses mains épaisses et longues qui avaient su le calmer avant de lui enlever le crochet qui lui avait transpercé la patte avant gauche.

— Qui lui a fait ça ? avait demandé Sébastien au matelot qui avait attrapé le chat.

— C'est le maître dache. Je l'ai vu pousser le minet et l'agripper par le crochet. Il voulait y faire la peau. Il conte que le mine porte le diable.

— Quel benêt ! C'est tout le contraire. Représente-toi le *Saint-Jean-Baptiste* sans ratier ; on dormirait d'un œil dans nos branles de crainte de se faire mordre par la vermine. Et je ne parle pas de la peste !

— Ils y ont goûté à Londres, à ce qu'on dit.

— Le tiers de la population a crevé. Ils tombaient comme foudroyés. N'importe où. Des femmes partaient au marché chercher du pain et n'en revenaient jamais. Il y avait des charrettes où on empilait tant de corps qu'il en chutait en route. Il fallait s'écarter pour n'être point touchés. J'ai été bien heureux de me garder de la contage. Allez, tiens-moi le mine qu'on lui sauve la patte.

Sébastien Morin n'avait pas été surpris qu'on lui amène le chat plutôt qu'au chirurgien du navire. Fréchette était une telle brute que l'écrivain public supposait que le capitaine l'avait engagé à bord du *Saint-Jean-Baptiste* dans un soir d'ivresse. Il savait se servir des ferrements et de la scie, des aiguilles droites, du bec de corbin et des crochets, et donner une goutte à boire avant d'amputer, mais il ne connaissait rien aux poudres et aux onguents et il n'y avait que les prières pour sauver les malades de l'infection. Morin avait noté les boucheries du chirurgien dans son journal en se disant qu'il dénoncerait l'incurie de Fréchette en arrivant en Nouvelle-France si ce dernier refusait de se faire colon et de travailler la terre où il serait bien plus utile. Il savait déjà scier après tout.

Sébastien Morin avait rapidement soigné le chat fauve et l'avait même gardé sur lui durant la nuit, la patte bandée, après lui avoir donné, à l'abri des regards indiscrets, un peu de gras sur du pain. Après trois semaines de navigation où il avait couru chaque jour derrière les rats et les souris, ce confort inattendu avait plongé Edward dans un bonheur inconnu qu'il n'oublierait jamais. De plus, l'homme qui lui avait enlevé le vilain crochet fleurait le papyrus derrière la nuque et le musc au creux des épaules. À l'aube, il s'était étiré jusqu'à son cou pour s'y blottir. Les ronflements de l'écrivain public l'apaisaient, lui rappelaient les ronronnements de sa mère, et il s'était même souvenu pour la première fois de Catherine et de ses genoux si doux. Cette image l'avait surpris entre deux songes et il avait frémi, bouleversé, inquiet de cette sensation trop précise, trop nouvelle. Il n'avait jamais pensé à autre chose qu'à survivre jusqu'à maintenant. Il avait arpenté les rues de Saint-Malo, le port avec sa mère pour apprendre à chasser durant quelques semaines. Puis il y avait eu ce bout de viande, par terre, près d'une table où des hommes bruyants riaient en cognant des timbales de fer ensemble. Il s'était approché. On l'avait serré au cou. On avait failli l'étrangler en le montant à bord du *Saint Jean-Baptiste*. Il avait compris qu'il ne pourrait jamais descendre quand il avait grimpé sur le pont et avait sauté sur le cabestan de rade : l'océan cernait le vaisseau, sombre, assurément glacé, infini et mortel pour toute créature hormis ces morues qu'il aimait tant déchirer à belles dents. Il était prisonnier de cet enfer de bois où des matelots le rudoyaient, où les rats étaient quasiment aussi gros que lui, où le bruit était constant et les odeurs trop fortes.

Sébastien s'était éveillé en sentant le chat dans son cou mais il n'avait pas bougé, trop heureux de cette présence animale. Il avait toujours aimé les chats et leurs manières silencieuses. Il n'allait jamais voir brûler les feux de la Saint-Jean car les cris des chats et les vivats de la populace qui les regardaient choir dans les flammes l'écœuraient. Il flatta le pelage du chat et la bête se mit à le lécher. Timidement d'abord, puis à grands efforts de langue. Toute sa main droite y passa. Puis le chat se rendormit comme s'il avait tété.

— Dors, mon beau lion, dors.

Sébastien Morin n'avait jamais vu de lion autrement qu'en image, mais, sur le précédent navire où il s'était engagé comme écrivain public, un passager qui avait beaucoup voyagé lui avait narré ses aventures dans les îles Sous-le-Vent et au cap de Bonne-Espérance et il lui avait décrit des chats géants avec des colliers de poils longs d'un pied et des pattes aux griffes courbées comme les kriss des Infidèles. Ils avaient la couleur du sable où ils se couchaient.

Le chat blessé aussi ressemblait à la terre. « Le Lion, voilà comment je te nommerai », répéta Sébastien Morin avant de se rendormir.

Il ignorait alors qu'Edward vivrait avec lui de nombreuses années. Il ignorait aussi qu'il avait un chat dépareillé, un chat dont la maîtresse précédente était une sorcière. Un chat exotique ramené par un Templier attaché à la septième croisade, celle de saint Louis, un chat qui avait le sentiment d'avoir été arraché à un monde de chaleur et d'or. Un monde brûlant qu'il rechercherait dans tous ses rêves.

— Edward s'est endormi, chuchota Delphine en refermant la porte de la chambre.

— C'est vrai que les chats passent 70 % de leur vie à dormir ?

— Ça dépend des chats. Pas les harets en tout cas. Mais les bons gros matous nourris-logés-flattés sûrement. Je suis vraiment jalouse de la facilité avec laquelle Edward plonge dans le sommeil.

— Tu as envie de roupiller quand tu es avec Pierre-Stéphane ?

Delphine secoua la tête. Non. Elle aimait trop faire l'amour.

— Alors ? Il est comment ? Il est aussi beau qu'à la télé ?

— Plus. La télé est impitoyable et accentue tous les défauts. Même chez ceux qui n'en ont pas.

— Tu l'aimes vraiment ou il sert ton projet ?

Delphine secoua la tête. Le comédien ne ferait jamais partie de sa galerie mythologique ; il avait une allure trop contemporaine pour figurer dans sa démarche.

Audrey insista. Que lui trouvait-elle ?

— J'ai du plaisir avec lui.

— Tu étais plus enthousiaste au téléphone avant-hier. Que s'est-il passé ?

— J'ai l'impression qu'il m'aime bien mais qu'il pourrait autant en aimer une autre. N'importe quelle autre. Et une plus mignonne de préférence.

— Delphine ! Tu es jolie, combien de fois devrai-je te le répéter ?

— Toute ma vie, je suppose. Et je n'y croirai pas

plus en vieillissant... Tu comprends, il y a toujours un million de filles qui tournent autour de Pierre-Stéphane. Je sais que c'est normal, c'est un acteur très connu mais, bon, ça m'agace.

— Il pourrait te faire les mêmes reproches.

— Moi ? Il n'y a pas des nuées d'hommes autour de moi.

— Non ? Tu gagnes pourtant ta vie en photographiant des célébrités.

— C'est différent, je les regarde avec un œil de photographe, avec mon objectif. Je suis détachée d'eux.

— Ah oui ? Comme pour Pierre-Stéphane ? Votre séance de photo s'est pourtant étirée toute la soirée et toute la nuit... Tu es de mauvaise foi. Sa célébrité agit comme un aimant sur certaines femmes. Pense à Romain Duhamel ou à Alain-Justin Leguay ; ces politiciens, ces hommes d'affaires n'ont aucun charme mais on leur prête bien des aventures.

Delphine grimaça, approuvant sa meilleure amie. Puis elle lui confia qu'elle devait faire le portrait d'Alain-Justin Leguay pour *Paris-Match*.

— Tu ne dois pas en parler, d'accord ?

— Depuis quand le sais-tu ? Alain-Justin Leguay ! Bonne chance ! Cet homme est d'une froideur... brûlante. Comme le mois de janvier au Québec. Lorsque je suis allée te rendre visite, j'ai été surprise que le froid me consume la peau et les poumons quand je respirais. Je suffoquais.

Delphine sourit à ce souvenir du premier voyage d'Audrey à Montréal. Son arrivée à l'aéroport en bottes de neige et combinaison de ski, ses deux valises remplies de pulls et de caleçons de laine, ses Damart toutes catégories. Elle avait été très étonnée par la chaleur qui régnait dans l'appartement de Delphine. « Je pourrais me balader à poil », répétait-elle chaque jour.

— Leguay est sec, oui, mais bel homme, tu ne peux pas dire le contraire. Et il est très intelligent, c'est ça que je veux montrer. Sa seule et unique qualité. Son côté Talleyrand ; trois gouvernements et prêt à passer au prochain. Comment fait-il ?

— Alain-Justin Leguay est beau comme une Rolex, parfaitement huilé, précis, riche, brillant, sans émotion. Talleyrand, lui, avait du charme.

— C'est parce que tu as vu Claude Rich l'incarner dans le film de Molinaro.

— Mieux, s'enthousiasma Audrey, je l'ai vu au théâtre. Quelle voix, si chaude, voilée et précise, si caressante, et quel talent !

— J'essaierai de te trouver des photos de ton idole, dit Delphine avant de disparaître dans la cuisine. Apporte donc les verres et la bouteille.

Audrey la suivit avec le cassis ; c'était l'heure du kir. Le soleil brillait toujours sur le grand balcon, mais il avait renoncé à tout éblouir et se contentait maintenant d'ourler d'une lumière liquide les pétales rosés des bégonias, les brins de lavande, le cœur des marguerites et les volutes du pourpier qui dessinaient une dentelle d'ombre tarabiscotée sur le mur blanc dont la peinture s'écaillait déjà.

— Quelle plaie ! soupira Delphine en grattant le mur. J'ai repeint l'an dernier !

— Ça ne paraîtra pas si tu cesses de racler la peinture, fit Audrey. Attention à la bouteille !

Audrey attrapa le muscadet d'une main preste.

— As-tu commencé à suivre Alain-Justin Leguay ?

Delphine hocha la tête. Oui, elle l'avait déjà pris en filature. Elle l'avait suivi depuis son domicile jusqu'à l'Élysée, de l'Élysée jusqu'à un restaurant, quai de la Tournelle, du quai jusqu'au café où il avait acheté un cigare, puis elle était rentrée avec plusieurs photos. C'était fréquent quand elle chassait l'âme d'un sujet. Elle tentait de pénétrer son intimité, d'appréhender ses pensées, d'interpréter ses sourires, ses moues, ses frémissements de paupières, de disséquer ses tics, mains croisées sans cesse décroisées, moustache lissée. Remonter les lunettes, redresser la cravate, taquiner une boucle d'oreille, serrer les lèvres pour presser un rouge carmin, jouer avec un jonc Cartier, remonter puis descendre la fermeture Éclair d'un blouson de cuir noir, se ronger les ongles, ces détails qui faisaient que Delphine connaissait mieux l'actrice, le philosophe ou le chercheur qui devait poser pour elle.

Elle préférait les peintres entre tous. Ils se parlaient à peine ; elle les photographiait invariablement au travail, tentant d'attirer sur leur visage la lumière qu'ils peignaient sur leurs toiles. Delphine adorait le ballet des pinceaux, le manège de la truelle qui écrase l'huile, l'odeur de la térébenthine dont elle voulait imprégner ses images. Elle aimait ces hommes et ces femmes qui cherchaient une ligne, une ombre, un éclair depuis des siècles et qui savaient lui donner le désir d'en faire autant. Elle aimait l'intensité de leur regard, leur façon de reculer devant la toile pour mieux s'en rapprocher. Elle aimait leurs ongles brisés, leurs mains rugueuses, âpres, sensuelles.

— Et alors ? demanda Audrey. Il est comment ?

— Impeccable. Sans aspérités mais tout en angles. Parfait comme un triangle. Aussi complexe.

— C'est un visage à trois faces...

Un cumulus voila le soleil à cet instant et Audrey frissonna sans savoir pourquoi.

Alain-Justin Leguay commanda un Glenlivet au bar du *Pont-Royal* et se cala dans un fauteuil en ouvrant le dernier numéro de *L'Express.* Il le feuilleta et le referma avec satisfaction ; on ne parlait pas de lui. Il préférait qu'on le fasse en septembre, quand les lecteurs rentrés de vacances considéreraient le magazine avec plus d'attention. Il appréciait peu qu'ils pensent à lui sur une plage, entre l'achat d'un sandwich, une gorgée de panaché ou l'emprunt d'une crème solaire. De plus, en septembre, il donnerait des détails sur les négociations avec les pays de l'Est et les cérémonies officielles d'ouverture du centre multiculturel, rue du Louvre. Il promettrait que des artistes de tous les pays feraient connaître leurs œuvres. Musique, peinture, danse, littérature, sculpture, cinéma, théâtre, opéra, ballet, photographie, architecture, et même la bande dessinée, chaque genre serait représenté dans un formidable métissage qui attirait déjà l'attention du public comme celle des critiques. Un *happening* parisien versant dans l'universel. Alain-Justin Leguay avait convaincu plusieurs stars d'assister au baptême du centre : Multiture ferait la une de tous les canards de France et de Navarre. Et de la plupart des capitales de ce bas monde.

Un coup superbement monté. Avec ce qu'il faut de vernis et de paillettes, d'intellectuels et d'excentriques, d'extrémistes et d'indécis, de chanteurs rock et de philosophes, d'abstraction et de chair fraîche, de champagne et de zakouski pour plaire à tous et à chacun.

Un beau coup, vraiment. Une magnifique couverture.

Le dernier glaçon coula dans la gorge de l'homme d'affaires. Il se tourna vers le bar, un serveur accourut avec un autre verre légèrement givré. Il changea le cendrier et déposa une coupelle de noix mélangées. Alain-Justin Leguay sépara aussitôt les arachides des pacanes, des avelines, des amandes et des cerneaux de cajou. Il s'amusa un instant de l'aspect réniforme de ces derniers puis les croqua avec gourmandise. Il aimait aussi les grosses noix du Brésil et songea qu'il n'en avait, curieusement, jamais mangé lors de ses voyages au pays de la lambada. Le dernier air à la mode lui revint en mémoire et il secoua la main pour le chasser comme il l'aurait fait d'un insecte insistant. Le serveur s'approcha aussitôt.

— Excusez-moi, j'étais distrait. Je n'ai besoin de rien. Cette chaleur me ramollit le cerveau...

— On annonce vingt-sept degrés pour demain, monsieur Leguay. Qu'est-ce que ça sera en juillet ?

Alain-Justin Leguay s'éventa de la main, grignota quelques amandes avant de relire les chiffres qu'on lui avait soumis pour l'évaluation du budget de Multiture. C'était aussi cher qu'il l'avait prévu. Il sourit avant d'avaler une gorgée de Glenlivet ; l'opération ne lui coûtait rien. Au contraire, elle lui rapportait déjà des milliers de francs. Et assurait une couverture idéale à tous ses trafics.

L'homme regarda sa Piaget ; 18 : 29. Il devait

rejoindre James Anderson dans une heure. L'Américain serait ponctuel, comme toujours. Ce trait de caractère rassurait Leguay à chacune de leurs rencontres ; il illustrait bien la rigueur et le réel professionnalisme qui animaient le tueur.

2

Delphine déposa le pot de papyrus sur le balcon après avoir poussé les lavandes contre le mur.

— Et alors ? Tu vas mieux ?

Elle se pencha vers Edward, effleura son museau. Il était frais et humide. Elle sourit, soulagée.

— Tu m'as fait peur, cette nuit ! Je me demande encore ce que tu avais. Même le vétérinaire n'a rien compris.

À trois heures du matin, Edward s'était mis à pousser des cris si effroyables, des gémissements si déchirants que Delphine avait appelé s.o.s. Vétérinaire sans hésiter. Quarante minutes plus tard, une jeune femme auscultait Edward, le palpait attentivement sans cacher son étonnement.

— Je ne sais pas ce qu'il a, avait-elle dit. Il semble en pleine forme.

Edward avait tenu à lui donner raison en sautant d'un fauteuil à l'autre, en ronronnant très fort, en manifestant une vivacité étrangère à la maladie.

— Mais enfin, il hurlait comme si on lui avait arraché les oreilles !

— Il s'est peut-être pris une patte dans un meuble mais s'est libéré sans dommage. Regardez-le, il gambade... Je peux l'amener à la clinique et lui faire des radios si vous le souhaitez, mais à votre place j'attendrais demain. Je pense qu'il n'y paraîtra plus. Vraiment, je l'ai tâté en tous sens sans rien déceler. L'œil est vif, le poil brille, aucune trace de sang, vous me dites que ses selles sont normales et voyez... voilà qu'il mange.

Dès que la vétérinaire était repartie, Edward s'était recouché auprès de Delphine en espérant qu'elle était maintenant rassurée. Non, il n'était pas malade, mais faire venir s.o.s. Vétérinaire était le seul moyen dont il disposait pour rencontrer des médecins différents. Avec un peu de chance, il tomberait, une nuit, sur un homme qui savait soigner les bêtes comme Sébastien Morin et qui exhalerait le même parfum. Il devrait être malade les week-ends et les jours fériés ou après dix-neuf heures afin d'éviter d'aller chez leur vétérinaire habituel ; il se préparait à rencontrer divers modèles d'hommes avant de tomber sur le bon, et il espérait qu'ils ne seraient pas trop brusques ni trop sérieux et qu'aucun n'aurait l'idée de suggérer un séjour dans une de ces grandes maisons où les odeurs chimiques détruisaient les informations sur ses malheureux voisins qui miaulaient dans leurs cages. Une clinique, voilà comment Delphine appelait cet enfer javellisé. À ce souvenir désagréable, Edward avait dû opposer beaucoup de courage pour mimer la maladie et pousser sa maîtresse à téléphoner à s.o.s. Bourreau. Et tout ça pour rien ; la jeune vétérinaire ne sentait rien d'intéressant. Il devrait recommencer...

— Ça te plaît ? Il paraît que tous les chats adorent le papyrus.

Edward s'avança lentement vers les tiges, s'arrêta et dévisagea Delphine ; comment avait-elle deviné qu'il avait rêvé de Néfertari juste avant son retour du marché ? Il frotta son front contre les tiges de la plante puis imprima son odeur sur les mollets de Delphine. Edward adorait la robe bleue qui laissait les jambes de sa maîtresse découvertes et permettait un manège de parfums quand Delphine allait et venait dans leur maison.

Du papyrus ! Il n'en avait pas senti depuis tant d'années ! La dernière fois, c'était à Miami, chez Mme Baxter. Elle avait été si choquée qu'il grignote les feuilles qu'elle l'avait enfermé dans sa cage toute une journée en répétant *bad kitty, so bad kitty*. Edward se demandait comment elle aurait réagi si on l'avait punie pour avoir mangé les chocolats aux cerises qu'elle cachait à ses invités.

L'écorce grège sentait moins fort qu'à Bubastis et la texture du papyrus lui semblait plus lisse qu'autrefois, mais comment savoir ? Il y avait si longtemps qu'il était mort sur son lit de papyrus tressé où Néfertari et ses fils l'avaient couché après s'être rasé les sourcils en signe de deuil. Edward n'avait pas eu peur de mourir même s'il ne savait pas encore qu'il se réincarnerait plusieurs fois ; la chose lui semblait aussi naturelle que de se rouler sur les briques neuves pour se débarrasser des parasites qui tentaient de se nicher dans ses poils. Il s'était étendu, une fin d'après-midi ensoleillée, et n'avait plus eu envie de se relever. Son seul désir était de se fondre dans la terre chaude, de fouir les papyrus, et de pénétrer dans les entrailles de la nuit pour se reposer dans une belle obscurité.

Delphine s'accroupit et frotta vigoureusement une feuille entre ses mains pour mieux déceler l'odeur qui semblait plaire à ce point à son chat. Il avait une expression si sereine, ses yeux étaient si doux qu'elle lui dit pour la millième fois combien elle regrettait qu'il ne puisse lui confier ses pensées.

— Tu es si loin et si proche en même temps...

Il lui lécha la main pour l'approuver ; il était en Égypte, sous la XXIIe dynastie, et à Paris en 1997. Il avait vécu l'Occupation et la première Exposition universelle, l'un des passages de la comète de Halley, une traversée éprouvante vers un pays giboyeux, il avait connu les étals de graines, d'épices, d'olives, les bouts de viande séchée et les bancs de poisson du quartier de Galatasaray. Il se souvenait aussi d'une longue chevauchée contre une tunique à croix rouge et d'une femme qui cueillait de la mandragore et de la valériane. Il aimait presque autant la valériane que le papyrus.

— Pierre-Stéphane va venir dîner ce soir, dit Delphine. Essaie d'être gentil avec lui. J'ai fait des cailles rôties, tu sais...

Edward sauta des genoux de Delphine ; Pierre-Stéphane ! Le bellâtre allait encore le tripoter en répétant que les bêtes et les enfants l'adoraient. Et Delphine croirait tout cela ! Sa voix changerait de ton, plus grave, plus rauque ou plus aiguë, elle aurait ce petit rire agaçant si différent des trilles limpides qui l'avaient séduit lors de leur première rencontre. Elle dégagerait aussi cette odeur d'iode et de mer qu'il aurait vraiment préféré qu'elle réserve à un homme capable de l'apprécier.

On cogna à la porte. Delphine regarda Edward.

— Est-ce qu'on a frappé ? J'ai cru... Dieu du ciel, je ne suis pas prête ! Edward ? Ne touche pas aux cailles !

Delphine prit le chat contre son épaule. Il s'empressa aussitôt de lui lécher le lobe de l'oreille, ravi qu'elle ait choisi de porter *Roseberry's.* Il l'aimait autant qu'*Opium*, ce n'était pas peu dire. Quel choc il avait eu quand il avait respiré ce bouquet de roses d'essences variées ! Il était regrettable que Delphine n'en porte pas tous les jours.

— Arrête, Edward ! Je viens juste de me parfumer ! Et si Pierre-Stéphane m'embrasse dans le cou ?

Edward se laissa tomber sur le sol et se dirigea vers la chambre d'un pas nonchalant, soucieux de ne pas trahir sa vexation, mais Delphine se moqua de lui juste avant d'ouvrir la porte.

— Ta queue, Edward, ta queue frémit juste au bout. Je sais que tu es fâché, mon beau minou, mais essaie de me comprendre un peu.

L'abyssin s'éloigna sans se retourner et Delphine embrassa passionnément Pierre-Stéphane, puis elle disparut dans la cuisine et revint avec une bouteille de Veuve Cliquot.

— Alors, l'émission s'est bien passée ?

— Pas mal. Tu ne m'as pas regardé ?

— Je développais. Un rush. Des photos commandées demain pour hier.

Pierre-Stéphane goûta le champagne, recommanda de le laisser dans le seau.

— Il fait une chaleur ! Charles Le Querrec transpirait à grosses gouttes.

— Il était à l'émission ?

— Mais non, tu sais bien qu'il n'apparaît jamais en public. C'est un pote du réalisateur, leurs parents sont voisins à Lorient. Il venait déposer un projet pour une émission spéciale. Il est assez sympa. Et très discret, évidemment.

— Le Querrec ? Le dénicheur de scandales ? Discret ?

— Il fait son travail de reporter. Tu ne peux pas lui reprocher d'avoir du flair. Es-tu jalouse ?

— Non. C'est cette manie de jouer les fantômes. On connaît des gens qui enquêtent sur des sujets chauds et qui le font à visage découvert. Je le trouve... trop... trop...

— Trop quoi ?

— Trop. C'est tout et c'est assez. Bon, tu m'en donnes ?

Delphine agita la flûte qu'elle tendait à son invité depuis une minute.

— J'ai préparé des cailles rôties en salade. Vinaigre de framboise, huile de noisette.

— On dîne ici ? Par cette chaleur ?

— Mais il fait chaud partout.

Il protesta, ironisa ; il connaissait des restaurants à Paris où l'on dînait dans une atmosphère climatisée. Il s'étonnait qu'une femme qui avait vécu de nombreuses années en Amérique n'y ait pas songé. Il y avait aussi les terrasses...

— Mais tout est prêt, bredouilla-t-elle, devinant l'issue de la soirée.

Ils sortiraient, iraient dans un resto à la mode, des gens reconnaîtraient Pierre-Stéphane, ils se joindraient à eux et ils dîneraient en bande. Il y aurait une fille pour le draguer ouvertement et Delphine sourirait tandis que l'impression d'être une potiche se préciserait nettement.

Edward quitta la chambre quand sa maîtresse mentionna les cailles ; on passait enfin à table. Pour une cuisse bien dodue, il était prêt à faire preuve d'amabilité et il s'approcha de Pierre-Stéphane, la queue dressée.

— Tiens, ton matou.

— Oui, lui est intéressé par ma cuisine...

— Delphine, ne fais pas l'enfant, tu n'as pas chaud ici ? Sois honnête !

— Le champagne me rafraîchit. Tu m'en sers ?

— Eh, regarde ton chat. Il me lèche.

Delphine se retourna, interdite. Son chat se frottait le menton contre les mains de Pierre-Stéphane avec une insistance étrange. Il ronronnait très fort, bavait sur ses doigts, les yeux complètement fermés, totalement séduit, béat et aussi stupéfait que Delphine. À qui donc avait touché le comédien pour avoir des mains si intéressantes, fleurant l'arôme qu'il cherchait pour le prochain compagnon de Delphine ? Où était-il allé cueillir ce parfum si palpitant, si émouvant ? Edward décelait l'odeur artificielle de Pierre-Stéphane sous celle d'un autre homme mais il refusait qu'elle lui gâche son plaisir ; il lécherait l'arôme jusqu'à ce qu'il l'ait complètement absorbé.

Sébastien ! Le comédien avait touché à Sébastien Morin ! À son odeur de musc ! Il grimpa sur ses cuisses, se frottant le bord des joues sur ses genoux. Ainsi, il avait raison ! Sébastien vivait comme lui en cette fin de millénaire. Il était revenu dans cette vie. Il n'y avait donc pas que les chats pour se réincarner ! Où était-il ? Pourquoi avait-il rencontré Pierre-Stéphane ? Il devait tout savoir ! Il recommença à lécher les paumes de l'invité.

— Eh, ça suffit, dit Pierre-Stéphane.

— Edward ! Arrête ! Viens, je vais te donner nos cailles. Tu as le choix : cuisses, ailes, filets, tout est pour toi !

Le chat n'écoutait rien, s'imprégnant des derniers effluves du parfum, tentant d'y lire le maximum d'informations. Où était Sébastien ? Qui était-il maintenant ? Des papiers, beaucoup de papiers, une odeur d'encre écœurante. Un bateau plus gros que le *Saint-Jean-Baptiste* et des avions, des trains. Mais qu'est-ce que ça voulait dire ? Un ballon bleu ? Un ruban gris ? Un ordinateur semblable à celui de Delphine ?

Le parfum s'évanouissait, disparaissait sous celui du comédien, et Edward devinait maintenant, contrarié, les pensées de Pierre-Stéphane ; celui-ci voulait aller chez *Victor*, il était certain d'y retrouver Géraldine. Il plaisait sûrement à cette fille. Delphine était mignonne, mais assez casse-pieds. Dieu qu'il faisait chaud ! Qu'est-ce que Delphine fabriquait ? Elle l'énervait !

Edward frémit d'indignation, fouetta les chevilles de Pierre-Stéphane d'un coup de queue vigoureux avant de courir vers la cuisine. Comment Delphine pouvait elle agacer quelqu'un ? Pierre-Stéphane était un fat, il l'avait su dès qu'il s'était couché sur lui, à sa première visite. Il avait senti une pensée molle, capricieuse, une pensée qui ressemblait à une toupie, tournant sur elle-même, vite, trop vite pour voir le monde qui défilait devant elle. Une pensée vaine, égoïste, qui n'apporterait pas grand-chose à Delphine. Oh, ce n'était rien comparé à ce qu'il avait détecté en enfonçant ses griffes sur Louis

Bourget quand il était monté chez Rachel pour lui dire que les Allemands lui achetaient des bas de soie en quantité.

— Les soldats de la Wehrmacht paient ce qu'ils achètent ! Avec des marks tout neufs. Des bas par douzaines ! J'ai bien fait de revenir. La boutique de la place Maubert est aussi achalandée ; les souris adorent nos chaussures.

— Ce ne sont pas des souris pour toi, Mistigri, avait dit Rachel en caressant Edward. Louis parle des secrétaires allemandes qui viennent de s'installer ici. Leur uniforme est si triste ! Et leur bonnet ; j'ai honte pour la modiste qui a dessiné cette coiffure.

— C'est pratique, avait rétorqué le commerçant. Vos chapeaux sont très jolis, mais l'heure n'est pas à la fantaisie. Quoiqu'on sente une certaine reprise, non ?

— Je l'ai remarqué. Tant mieux, j'ai liquidé mes toques facilement, mais je suis heureuse que les couturiers aient rouvert leurs portes. On verra peut-être autre chose que des tailleurs stricts. Ou des uniformes noirs.

— Lanvin en a fait d'assez chics, Rachel, c'est vous-même qui me le disiez.

— Je sais, je sais... Oh, ne vous en faites pas, je m'adapte ! Cet hiver, j'ai tout vendu, mes chéchias en astrakan et mes bérets ont très bien marché.

— C'est pour ça que je suis venu ce soir ; j'en prendrai à la boutique. Des bleus Maginot, les préférés des clientes.

— On devrait passer tout de suite à côté, je vous montrerai mes dernières créations. J'ai beaucoup travaillé cet été. Il n'y avait pas grand monde pour me déranger.

L'homme fronça les sourcils ; Rachel se permettait-elle d'ironiser ? Lui reprochait-elle d'avoir fui Paris ? Mais ils étaient des centaines, des milliers à avoir quitté la capitale après les bombardements du 3 juin à Villacoublay ! Ceux qui restaient le faisaient parce qu'ils y étaient forcés ou parce qu'ils étaient fous ! On ne prenait pas la route par plaisir ; sortir de Paris était un véritable exploit. Et poursuivre sa route donnait une idée de l'apocalypse. Des mers humaines se pressaient sous un soleil cruel, des femmes et des enfants souvent trop habillés pour avoir dû enfiler les habits du dimanche sur les vêtements quotidiens, des vieillards poussant péniblement des petites charrettes contenant leurs biens les plus précieux, les souvenirs d'une vie, des hommes inquiets, cherchant leur famille dans l'épouvantable cohue, l'eau qui manque très vite, la faim, l'angoisse de marcher vers un but inconnu, de marcher indéfiniment. Non, viendrait un temps où ils tomberaient d'épuisement. La marée passerait sur eux, aveugle, sourde, implacable, et il ne resterait de cette fuite qu'une valise éventrée, une médaille de Notre-Dame égarée, un chapeau en charpie. Louis Bourget avait eu peur, très peur de ne jamais arriver. De ne jamais revenir. De disparaître sans que personne ne se soucie de lui. En remontant vers Paris, à la fin juillet, il s'était juré de se marier et d'avoir des enfants afin que son nom ne tombe pas dans l'oubli. Il aurait épousé Rachel qui lui aurait apporté une belle dot avec l'atelier-boutique et qui avait de fort jolies jambes, mais elle était si distante ! Elle ne parlait que de travail, de tissus et de chapeaux, de marchés, de couture. Elle savait assurément qu'elle n'aurait jamais la renommée de Mme Agnès ou de Rose Descat, mais elle espérait cependant que son nom deviendrait synonyme de qualité, de rapidité et d'ingéniosité. Elle n'était jamais aussi heureuse qu'au moment où un grand couturier lui confiait des modèles à reproduire, à garnir de plumes ou de dentelles, ou quand une actrice la priait de créer un bibi résolument original. Lucille Bellair portait ses chapeaux avec un tel chic ! Quelle formidable publicité, répétait une Rachel enthousiaste à Bourget. Oui, elle ne vivait que pour son métier et ne semblait guère souffrir de la solitude. Elle était même restée à Paris, refusant d'abandonner son atelier de la rue de Turbigo.

— Louis ? avait demandé Rachel. Nous y allons ? Il ne nous reste qu'une heure avant le couvre-feu.

Louis Bourget avait acquiescé, se résignant à continuer à parler de bérets, de bonnets, de bibis, de coiffes et de capelines.

— Mistigri, laisse M. Louis tranquille.

Edward avait obéi et s'était réfugié sous le canapé, sans cesser toutefois de fixer les grosses chaussures du visiteur. Il n'aimait pas du tout ce qu'il avait flairé en s'approchant de Louis Bourget. Violence et convoitise, solitude et fausse modestie. Il avait senti le désir de cet homme de soumettre Rachel, un désir sauvage.

Oui, Edward avait craint pour elle plus que pour toute autre personne. Il se rappelait comme il appréhendait la tragédie.

Avant de vivre avec Catherine, avant de respirer ses potions et goûter ses philtres, avant de l'inspirer, Edward n'avait aucun don particulier. Il était souple, silencieux, rusé mais ne se distinguait guère de ses congénères. Il ne devinait rien quand il vivait à la commanderie, au temple ou chez Néfertari. Il vivait simplement, attrapant une souris, un oiseau, croquant des sauterelles, évitant les guêpes, se laissant caresser par les humains sans pénétrer leur esprit. Bien sûr, il sentait l'angoisse ou l'affection, la curiosité ou l'admiration chez les sujets qui l'approchaient et il savait, la plupart du temps, se garder des brutes et des pervers, mais il n'avait pas encore cette faculté, épuisante, de percer les pensées des hommes qu'il touchait de son museau. Depuis qu'il avait partagé l'existence de Catherine Duval, il recevait des images, entendait des émotions dès qu'il reniflait la main d'un humain. Que celle-ci soit jeune ou vieille, mâle ou femelle, lisse ou marquée, manucurée ou amputée d'un doigt, brûlée, tendre, claire ou foncée. Au tout début, son don manquait de précision. Sur le *Saint-Jean-Baptiste*, Edward pouvait deviner à quoi réfléchissait Sébastien parce que c'était son maître et qu'il vivait dans son hamac, dans son odeur, mais il avait mis du temps à flairer les secrets de leurs compagnons d'aventure. Et même à comprendre qu'il avait un don. Quand il avait admis que la sorcière l'avait doté de cette clairvoyance, il s'était d'abord enthousiasmé ; il éviterait dorénavant les mauvais coups, les traîtres qui vous attirent avec un bout de gras pour vous flanquer leur pied dans les reins, les enfants qui vous flattent pour vous couper les moustaches, les matrones qui vous appellent minet joli et qui vous lancent un seau glacé sur l'échine. Il s'était amusé de son don durant quelque temps puis en avait appris les inconvénients : comment réagir quand on sait qu'un lâche veut la perte de votre maître, la destruction de votre demeure, la fin de votre bonheur ? Comment ne pas enrager d'avoir si peu de moyens à sa disposition ?

Comment aurait-il pu mettre M. Leblanc en garde contre ses décisions hâtives ? Les hommes restaient sourds à ses miaulements, à ses avertissements. L'attitude de Delphine envers Pierre-Stéphane était encore un exemple de ce manque d'attention.

— Delphine ? cria le comédien. Qu'est-ce que tu fabriques ? Tu boudes ? Voyons, on aura d'autres occasions de dîner ici...

Delphine sortit de la cuisine en s'essuyant les mains, esquissa un sourire.

— Edward se régale.

— Je n'en doute pas, et je te jure qu'on bouffera ici quand il fera plus frais. Mais je suis en nage...

— Ça va, ça va, je mets du rouge et je suis prête.

Pierre-Stéphane s'approcha de Delphine et l'embrassa, satisfait.

Un peu plus tard, tandis qu'Edward suçait les derniers os de caille, Delphine s'efforçait de sourire aux amis de Pierre-Stéphane. Comme elle l'avait craint, ce dernier avait vite invité toute une bande à se joindre à eux pour dîner. À une terrasse.

— Finalement, il fait assez bon dehors, avait décrété l'acteur sans cesser de sourire à Delphine qui s'était alors jugée idiote de supporter un pareil goujat mais qui n'avait pas fait un geste pour s'en libérer. Au contraire, elle l'avait félicité de son choix. Le resto grec lui rappelait ses dernières vacances. Avec Philippe. Elle mentit en prétendant qu'elle avait passé de fabuleux moments à Corfou : Philippe lui avait annoncé là-bas qu'il la quitterait dès leur retour.

Elle se tut ; Pierre-Stéphane ne l'écoutait pas, ne l'entendait pas, trop occupé à désigner leurs places à ses copains afin d'être assis auprès de Géraldine. Il poussa le culot jusqu'à asseoir Delphine face à lui, soutenant qu'il voulait la contempler à loisir durant le repas.

— C'est beau, l'amour, dit bêtement l'un des convives.

Delphine but un verre de retsina lentement, gravant cette terrasse dans son souvenir, les nappes à carreaux bleus et blancs, les chaises pliantes en bois verni, la bouteille de résiné contre la bouteille de démestica, les verres toujours pleins, rubis contre chrysobéryl, sang contre sève. L'arôme du retsina lui rappelait les sapins de Noël qu'elle décorait tous les ans à Montréal et dont l'odeur se mêlait à celle du feu de cheminée. De la gomme fraîche, mentholée, embrassant le bois brûlé. Les plats de taramosalata, de tadziki, les aubergines frites, les calmars grillés et la salade de pieuvre distrayaient Delphine qui s'étonnait d'avoir faim malgré son angoisse. Elle contemplait les bouchées de spanakopita vernies de beurre, la dentelle verte des épinards qui bordaient la pâte fine, et savait qu'elle se souviendrait du réconfort que lui apportait le feuilleté bien doré ce soir-là, à Paris, rue Censier. Elle savait qu'elle espérerait tout de même que Pierre-Stéphane monte chez elle. Elle voulait qu'ils fassent encore l'amour, elle voulait sentir son sexe s'enfoncer en elle, aussi dur que son cœur.

Non, moins tout de même ; la verge de Pierre-Stéphane était plus tendre que lui. Certains matins, elle contrariait l'homme, refusant de se dresser, aussi rebelle que fragile. Delphine aimait ces moments-là même s'ils étaient synonymes d'insatisfaction. Elle préférait la faille à la démonstration.

— À Delphine ! fit Pierre-Stéphane.

Elle fit tinter son verre contre le sien si brusquement qu'une goutte de résiné plongea dans le verre de rouge.

— Autrefois, dit Géraldine, les gens cognaient leurs verres très fort les uns contre les autres pour que les liquides se mêlent et prouvent qu'aucun verre ne contenait du poison.

— Pardon ?

— Oui, si par exemple quelqu'un a mis du poison dans ton verre, il craindra, quand vous trinquerez, qu'une goutte tombe dans le sien et lui soit fatale. C'est amusant qu'une mesure de sécurité soit aujourd'hui un toast à la santé !

Géraldine avait une voix merveilleuse, très modulée, et Delphine lui en voulut davantage de ce velours dans la gorge que d'être la prochaine maîtresse de Pierre-Stéphane. Il passerait aussi dans sa vie mais elle conserverait cette voix envoûtante, la polirait jusqu'à sa mort. Comme il était regrettable qu'on ne puisse photographier une voix ! Cette limite que Delphine s'ingéniait à franchir était une source constante de frustration. Oh, elle réussissait à montrer la perfection qui unissait le violoniste à son instrument, la colorature qui animait la gorge d'une cantatrice, mais elle échouait quand il s'agissait de démontrer le moelleux d'un son aussi doux qu'un tapis de mousse. Elle se répétait que la photo d'un geai bleu laisse supposer que l'oiseau a une voix digne de sa beauté alors qu'il n'en est rien ; qui était-elle pour réussir à imprimer un chuchotement sur une pellicule quand la nature même trichait ?

— Les crevettes ? le bar grillé ? la moussaka ?

Le serveur déposait les assiettes avec dextérité, se frayant un chemin à travers les coudes des convives, leurs verres, les bouteilles, les corbeilles de pain. Aussi souple qu'un chat. Delphine songea à Edward et glissa les crevettes qu'elle avait sucées pour les débarrasser de la sauce tomate dans sa serviette de papier. Elle aimait surprendre Edward mais il avait rarement l'air étonné, à peine dubitatif comme s'il avait tout vu, tout connu. Les aventures vécues chez Mme Baxter ne devaient pourtant pas être tellement palpitantes. D'où venait ce magnétisme au fond des prunelles scintillantes, qui lui donnait à penser qu'il avait traversé des siècles avant leur rencontre ? Était-ce l'instinct qu'il partageait avec ses frères félins depuis la période oligocène ? Des millions d'années n'avaient pas réussi à changer le goût de la tribu pour la nuit, la viande fraîche et le silence. Les chats naissaient avec ce sceau de prudence et d'élégance, et c'est peut-être parce que ces vertus lui faisaient défaut qu'elles attiraient tant Delphine quand elle les devinait dans les iris céladon d'Edward. Est-ce qu'il aimerait ces crevettes ?

— Delphine, lui reprocha Pierre-Stéphane, tu ne vas pas rapporter les restes chez toi ?

— C'est pour Edward, voyons.

— C'est ce que je pensais. Mais enfin... ce n'est pas une gargote ici.

— Edward aime les bonnes choses, ne t'inquiète pas.

Géraldine rit, découvrant des dents trop blanches. Elle tapota l'épaule du comédien dans un signe d'apaisement.

— Je fais la même chose pour Rantanplan. C'est mon chien. Une sorte de braque et de je ne sais quoi d'autre... Il mange tout. J'aurais pu l'appeler poubelle.

Mais Rantanplan lui va bien. Il est un peu idiot. Et si maladroit ! Il casse tout !

Un convive s'étonna que Géraldine en parle avec tant d'amusement.

— Pourquoi ? Je vis dans un univers de grâce et de perfection et même cette perfection est retouchée, améliorée. On veut dépasser la nature... J'aime être un top model, mais évoluer dans un monde où la beauté est à ce point formelle, calculée, évaluée est parfois agaçant. Rantanplan me repose délicieusement. Et puis j'ai toujours adoré Lucky Luke.

— Parce qu'il est solitaire, hasarda Delphine.

Géraldine lui sourit en battant des paupières.

— Comment s'appelle votre chat ?

— Edward. C'est un abyssin et il est très intelligent. Mais j'aime aussi les chiens et...

— Avez-vous vu le film avec Uma Thurman et une rigolote, qui a une émission de radio et s'occupe d'animaux ? dit Pierre-Stéphane.

— Non, répondit Géraldine. Il est de quelle couleur, votre abyssin ? J'ai un ami qui en a un, sorrel, Romulus, très très mignon.

Delphine allait répondre quand Pierre-Stéphane se pencha vers elle, posa sa main sur sa cuisse et l'embrassa dans le cou.

Il se détacha d'elle pour commander du vin et des galaktobouriko.

— Je n'ai plus faim, protesta Delphine.

— Partagez avec moi, proposa Géraldine. Je ne sais pas résister à ces maudites pâtisseries. Mon grand-père m'a gavée de miel dans mon enfance.

— C'est peut-être pour ça que tu as une aussi belle voix, dit Delphine.

Géraldine parut surprise ; on lui parlait sans arrêt de ses yeux, ses jambes, ses seins, mais personne ne l'avait jamais complimentée sur sa voix.

— On devrait aller danser, suggéra Pierre-Stéphane.

— Ma voix ?

— J'aimerais la photographier, avoua Delphine. Mais je ne sais pas encore comment.

— Ma voix ? répéta le mannequin.

— Personne ne veut danser ?

Des courtisans s'empressèrent de rassurer Pierre-Stéphane, s'enthousiasmant à l'idée de le suivre.

— Alors, les filles ?

— Je préfère rentrer, dit Géraldine. Je me lève à six heures.

Comme elle repoussait son assiette, Delphine bâilla et se déclara aussi fatiguée.

— Je te raccompagne, proposa Géraldine. J'ai ma voiture.

— Mais j'habite aux Lilas.

— Et alors ? J'aime rouler la nuit. Ciao...

Géraldine agita les doigts gracieusement et quitta la terrasse sans entendre les protestations du groupe. Pierre-Stéphane tenta de retenir Delphine mais elle lui échappa.

— On se téléphone demain, d'accord ? Je vais profiter de l'offre de ton amie.

— Je suis en tournage demain.

— Après-demain alors.

— Je tourne aussi.

Delphine haussa les épaules ; elle détestait les mensonges cousus de fil blanc. Elle s'éloigna sans se retourner et rejoignit Géraldine de l'autre côté de la rue.

— On va prendre un pot ? dit celle-ci.

Delphine éclata de rire.

Plus tard, beaucoup plus tard dans la nuit, elle raconta à Edward, tandis qu'il dévorait les crevettes sur ses genoux, qu'elle avait peut-être une nouvelle amie. Même si la rapidité avec laquelle Géraldine lui avait plu la sidérait.

— Elle ressemble à un cygne, toute en courbes et en déliés, tu devrais l'aimer. Je pensais qu'elle allait coucher avec Pierre-Stéphane, mais on l'a planté là. Il n'avait qu'à rester ici avec nos cailles.

Edward approuva en ronronnant, regretta que Delphine n'ait pas serré les mains de Géraldine. Elles s'étaient fait la bise en se quittant mais la moiteur du soir avait vite effacé l'odeur, et Edward devrait attendre une visite de Géraldine pour la connaître.

Quand ils se glissèrent dans le lit, Delphine chuchota à Edward qu'elle aurait peut-être dû rester avec Pierre-Stéphane... Le comédien lui plaisait encore un peu... Elle s'endormit tandis qu'Edward songeait à Sébastien Morin. Où était donc caché l'homme qui l'avait soigné sur le *Saint-Jean-Baptiste* ? Comment Pierre-Stéphane l'avait-il rencontré ? Il n'avait pas d'animal à lui, ni même chez lui, Edward l'aurait su. Alors ? Pourquoi avait-il vu un vétérinaire ?

Le chat attendit plusieurs jours pour être malade. Un dimanche soir. Les cliniques étaient fermées, Delphine dut rappeler s.o.s. Vétérinaire. L'homme qui se présenta sentait le laboratoire et Edward eut beaucoup de mal à dominer la peur que le vétérinaire lui inspirait. Il réussit toutefois à faire son numéro et à jouer avec une vieille souris en peluche pour bien montrer qu'il était miraculeusement rétabli. L'homme tint pourtant à lui faire une piqûre antibiotique et Edward se sentit beaucoup plus mal après sa visite qu'avant.

Il commençait à se dire que cette méthode pour retrouver Sébastien était périlleuse et inefficace. Il en vint à souhaiter que Pierre-Stéphane revienne ; peut-être aurait-il encore touché à l'odeur qu'il recherchait avec obstination ? Il verrait peut-être son maître dans les pensées de l'acteur ?

3

Le soleil caressait le Génie de la Bastille et taquinait, plus bas, le flot de voitures qui depuis l'aube noyait la place d'une lassitude nauséabonde. Les vapeurs d'essence et de bitume, les souvenirs des pétards qui avaient criblé la nuit d'éclats sonores s'élevaient autour de la colonne vert-de-gris dans une clameur qui donnait le tournis au chérubin. Le Génie n'aimait pas tellement l'été à Paris, les alertes à la pollution et les habitants qui l'abandonnaient aux touristes, mais quand il vit Delphine Perdrix surgir du côté de la rue de la Roquette, il sentit frémir le bout de ses ailes et souhaita que la jeune femme levât la tête et lui sourît.

Il dut attendre un bon quart d'heure avant que son vœu soit exaucé car Delphine, assise à la terrasse du *Café de la Bastille*, se perdait dans l'observation des passants, leur va-et-vient, leur hésitation devant l'Opéra — aimaient-ils ou n'aimaient-ils pas ? —, leur embarras devant la carte d'un restaurant — que valaient 119 francs en marks ? —, leur plaisir à déballer la pochette d'un C.D. dès qu'ils sortaient de la FNAC, le sens civique de certains qui cherchaient une poubelle pour déposer le papier cellophane, l'angoisse d'un jeune homme qui attendait sa maîtresse à treize heures en face du stand de tir de la petite place des forains et qui regardait sa montre toutes les deux minutes. Delphine s'amusait de ces courts métrages sans manifester le moindre intérêt pour la statue. Il fallut l'intervention d'un pigeon blanc pour attirer l'attention de la photographe et lui faire relever le menton dans sa direction. Quand le Génie capta le regard de la femme blonde, il sut qu'elle viendrait vers lui, qu'elle pointerait son appareil vers son torse d'or et ses cheveux bouclés et qu'elle prendrait une de ces photos qui le rendraient fier d'habiter à Paris et qui justifieraient ses années de garde soucieuse au-dessus des pavés. L'image ne ferait pas la couverture des magazines mais le Génie savait qu'elle demeurerait longtemps dans le cœur des gens, on l'avait assez photographié pour qu'il acquière une certaine expérience en ce domaine. Il était assuré du talent de Delphine juste à la voir caresser son appareil, le coucher contre son œil, attendre l'instant où le soleil redoublerait d'ardeur pour prendre le cliché. Le Génie aimait qu'on l'admire, il était là pour ça, pour plaire et étonner, et le regard de Delphine alimenterait des heures de rêverie sur son céleste piédestal. Il la contempla tandis qu'elle s'éloignait vers la rue Saint-Flavien d'un pas étonnamment rapide ; deux hommes se retournèrent et s'enchantèrent du tourbillon de sa jupe émeraude, se demandèrent où la blonde se pressait ainsi et conclurent qu'un amoureux l'embrasserait place des Vosges.

Delphine s'y dirigeait effectivement mais c'était pour suivre Alain-Justin Leguay quand il quitterait un des restaurants établis sous les arcades. Delphine se posta derrière la grille du jardin et s'amusa des tentatives répétées d'une petite fille pour attraper les pigeons. Elle allait la prendre en photo mais l'homme d'affaires sortit du restaurant en rajustant sa cravate. Leguay parcourut cinq mètres quand un inconnu vint à sa rencontre.

Un être magnifique.

Un demi-dieu dont la veste de lin n'était même pas froissée. L'homme était grand, mince et avait la démarche nonchalante d'un guépard qui n'a pas encore faim. Il glissait sur les pavés comme s'il dansait, comme s'il s'amusait de marcher, et d'ailleurs il souriait. Delphine vit même un éclair doré qui trahissait une couronne à une prémolaire gauche et apportait une touche ringarde étonnamment bienvenue à un visage trop parfait. Un visage d'ange avec une dent de pirate. Une toute petite dent qui ne pourrait jamais déparer la mâchoire carrée, la fossette à la joue droite, le nez légèrement busqué, le front large fouetté par un épi rebelle à chaque hochement de tête et des yeux d'un noir plus noir que le fond du chaudron du diable, que les entrailles de la terre où avait disparu Eurydice. Il y avait un abîme dans ces éclats de jais et l'abîme hypnotise ceux qui le contemplent trop longtemps. Il était trop tard quand l'homme mit ses lunettes de soleil ; Delphine avait vu ces charbons étranges qui lui rappelaient les pupilles d'un chat quand elles se dilatent au maximum.

Delphine suivit les deux hommes rue du Pas-de-la-Mule. Ils avançaient sans jamais ralentir malgré les touristes qui s'arrêtaient devant chaque boutique, faisaient demi-tour puis s'avançaient de nouveau sans davantage savoir où ils allaient. Alain-Justin Leguay se tenait à une certaine distance de l'homme mais Delphine devinait qu'ils se parlaient. Leguay tira un trousseau de clés de la poche de sa veste et désigna sa voiture du doigt. Il ouvrit la portière, se pencha et tendit une grande enveloppe à l'inconnu, qui l'ouvrit immédiatement. Delphine crut voir des photos, une pile de photos, et tenta de deviner quel en était l'auteur. Et si c'était elle ? Elle se traita d'idiote : qu'allait-elle imaginer ? Qu'Alain-Justin Leguay s'intéressait à son travail parce qu'elle ferait bientôt son portrait ?

L'étranger serra la main de Leguay au moment où Delphine appuyait sur le déclencheur. Il se retourna et Delphine crut durant une seconde qu'il avait entendu le déclic de l'appareil. Mais c'était impossible, il n'avait pas l'ouïe d'Edward et ne pouvait isoler un son dans la rumeur de la rue à une distance de près de dix mètres. Delphine prit encore deux photos avant que Leguay démarre. Elle n'hésita pas un instant et suivit l'inconnu jusqu'à sa voiture. Immatriculation parisienne. Ses chances de le revoir venaient d'augmenter.

Elle regarda autour d'elle sans grand espoir de trouver un taxi et se résigna à voir l'inconnu disparaître en souhaitant que ses clichés soient bons. Même Audrey serait impressionnée par sa beauté. Elle répéterait que Delphine accordait trop d'importance à l'apparence mais elle manquerait cette fois-ci de conviction. Elle reposerait les photos après les avoir regardées un peu trop longtemps pour être honnête et Delphine la taquinerait, Audrey rirait puis redeviendrait sérieuse en rappelant à son amie qu'un tel homme devait plaire à toutes les femmes.

Des notes d'encens flottaient dans la rame du métro quand Delphine s'y engouffra à la station Hôtel-de-

Ville. Une femme au sari pourpre jouait avec sa lourde tresse noire d'un air las, absent, et la photographe se demanda si elle rêvait de son pays ou espérait seulement que sa belle-mère apprécierait un jour les dîners qu'elle lui servait chaque soir depuis douze ans. L'Indienne remonta le pan du tissu sombre d'un geste résigné et quitta le wagon à Belleville, cédant sa place à une Vietnamienne qui venait de faire provision d'herbes pour préparer la soupe familiale. Delphine perçut la coriandre et le basilic, la menthe, et devina les langues de crocodile. Est-ce qu'un jour elle dégusterait avec l'inconnu qui accompagnait Leguay une *pho* rue Rampal ? Aimait-il les germes de soja, la viande crue, les nouilles plates et le bouillon fleurant l'anis étoilé et le gingembre ? Oui. Il devait même être allé en Asie. Qu'y faisait-il ? Voyage d'agrément ? Affaires ? En quoi était-il lié à Alain-Justin Leguay ?

Et si c'était un artiste ? La collection de tableaux de Leguay était réputée pour son éclectisme, on le voyait beaucoup dans les galeries. Audrey l'avait d'ailleurs croisé en mars passage Molière alors qu'elle allait chercher un chèque chez son agent. Et si Audrey connaissait l'inconnu ? S'ils s'étaient rencontrés lors d'un vernissage ? Si elle savait son nom ?

Cet homme devait incarner son Persée.

Delphine courut presque pour rentrer chez elle tant elle avait hâte de développer la pellicule. Edward comprit qu'il s'était passé quelque chose en jaugeant la brillance de ses pupilles : qu'avait-elle vu qui l'ait excitée à ce point ? Elle ressemblait un peu à la petite chatte grise quand elle contemplait des rouges-gorges dans le jardin de Fontenay-aux-Roses. Sa queue finissait toujours par bouger et avertir les oiseaux de ses intentions. Edward lui avait rappelé si souvent d'apprendre à se maîtriser ! Pauvre fille, sa mère était morte trop tôt pour lui enseigner à chasser correctement ; il avait beau lui répéter les mêmes consignes, elle s'élançait trop vite une fois sur deux. Heureusement que Léautaud la nourrissait bien ! L'écrivain succombait volontiers à son charme et la flattait avec affection même quand elle piétinait ses manuscrits. Décrivait-il dans ces pages l'œil chatoyant d'une chatte à l'affût ? Aurait-il comparé Delphine à sa minette ?

Qui avait-elle encore rencontré ? Il n'avait pu isoler une odeur particulière quand elle l'avait caressé avant de s'enfermer dans la chambre rouge.

— J'ai quelques photos à tirer, mon loup, mais je ne ressors pas ce soir.

Edward avait senti des vibrations quand la paume de Delphine avait effleuré son museau ; son excitation était quasiment électrique. Orageuse, moite et inquiétante. Il y avait aussi des dièses dans sa voix, des petits frémissements qui trahissaient sa fébrilité. Edward reconnaissait les signes avant-coureurs d'ennuis avec un nouveau visiteur. Delphine chantonnait même derrière la porte de cette pièce où elle entassait des produits répulsifs.

Edward identifia des notes de Rossini entre les clapotis des liquides qu'elle versait dans les bassins et il se souvint de l'empressement de M. Leblanc à ouvrir les portes de la cuisine pour entendre Flora rivaliser avec sa cousine Elizabeth dans le *Duo des chats*. M. Leblanc pianotait sur ses casseroles et répétait qu'il aurait été ténor à la Scala de Milan s'il n'avait dû seconder son père aux fourneaux ; comment abandonner un commerce si florissant, laisser leur nom tomber dans l'oubli après des années de succès bien mérité ? Leur établissement parisien n'avait-il pas reçu la visite de Brillat-Savarin dès qu'il avait ouvert ses portes rue Mondétour ? Joséphine de Beauharnais avait même fait quelques infidélités à Méot pour goûter à l'aspic de perdreaux au champagne du *Café Rémois*. On se pressait chez eux, et il serait resté dans la capitale sans la tragique insurrection de 48 ; pourquoi son père s'était-il mêlé de politique ? Pourquoi tout ce gâchis ? L'exil à Londres ?

— Il faut nourrir les gens sans chercher à savoir s'ils sont bonapartistes ou républicains, disait M. Leblanc. Et ne songer qu'à satisfaire des estomacs qui ne diffèrent guère. Enfin, dans le même pays...

Il soupirait longuement et ses employés savaient qu'il allait se plaindre encore une fois du manque de goût des Anglais. Il était de mauvaise foi et l'avouait à son chat quand ils se retrouvaient seuls dans la grande cuisine de Mayfair pour grignoter une tranche de pâté avant d'aller dormir. M. Leblanc reconnaissait alors que les Britanniques avaient changé et que son patron était un vrai gentleman ; il aimait les sauces et les glaces, les entremets et les potages, et s'il n'allait pas jusqu'à mentionner le nom de son cuisinier comme on le faisait en France avec orgueil, il avait délaissé les haricots et les pommes de terre bouillies pour les soufflés aux morilles ou les gratins d'asperges. Il avait même imposé un vol-au-vent à la financière à ses convives lors des fiançailles de son fils aîné, et son épouse avait expliqué que ce beau feuilleté farci de ris de veau et de quenelles de volaille était une invention du grand Carême, celui-là même qui avait servi chez le fameux Talleyrand. Les invités avaient semblé apprécier l'honneur qui leur était fait.

— Ils étaient épatés ! répétait M. Leblanc, un silence régnait à la table, tu t'en souviens, mon beau matou ?

Le chat ronronnait. Bien sûr qu'il s'en souvenait ! On l'avait nourri durant tout le repas, des petites bouchées d'abats qui tombaient discrètement au sol et qu'il s'empressait d'avaler. Il avait bien aimé ce dîner. Il faisait chaud car on avait allumé des feux dans toute la maison et quand, tard dans la nuit, son maître s'était enfin couché, leur lit n'était pas humide. Quel miracle que des couvertures sèches, un peu rêches, doucement fermes !

C'était une des choses qu'Edward prisait le plus chez Delphine : la douillette n'était jamais moite, les coussins du canapé non plus et très rarement les tapis. Il pouvait déambuler dans tout l'appartement sans mouiller ses coussinets. S'il avait eu du plaisir à se nourrir de petits poissons quand il vivait avec le frère Hugues, aujourd'hui il préférait l'escalope de dinde que Delphine lui hachait finement. Il avait de la chance de n'avoir perdu des dents qu'à ses première et neuvième vies, alors qu'il n'avait pas à assurer sa pitance.

Oh, ce n'est pas que Rachel ne l'avait pas gâté tant qu'elle l'avait pu. Il n'était pas mort de faim, non, mais les temps avaient changé brutalement. Il y avait d'abord eu cette nuit, au début de l'automne, où Rachel n'avait pas dormi une seule seconde, se demandant ce que signifiait le recensement auquel devaient se soumettre tous les Juifs. Cette ordonnance allemande l'avait profondément choquée, engendrant des émotions étranges, très proches de celles qu'elle avait ressenties quand son mari était mort ; le déni, puis la colère, la résignation et enfin l'acceptation. À l'aube, elle avait décidé d'imiter ses cousins qui étaient allés avant elle au commissariat. Elle avait obéi au décret autant par habitude de respecter la loi que par refus de renier ses origines. Et puis sa tante Ruth prétendait qu'ils étaient des Français de trop vieille souche pour qu'on s'en prenne à eux ; aller à la préfecture démontrait leur foi dans la loi du pays.

Il y avait eu ensuite cette affiche qui sentait l'encre fraîche et que Rachel avait dû mettre à la vitrine de son atelier. Cinq ou six clientes avaient lu « Entreprise juive » à voix haute avant de se décider à pousser la porte, ne pouvant résister aux turbans savamment drapés qu'elles apercevaient derrière l'affiche. Rachel redoublait d'amabilité pour retenir les coquettes et se découvrait des trésors d'ingéniosité et de fantaisie pour créer des modèles adaptés à cette époque étrange. Edward l'accompagnait plus souvent à l'atelier car elle y passait de plus en plus de temps, usant ses yeux, ses doigts, son dos à coudre, à broder, à chauffer, à tourner, à tresser, à pincer, à coller, à modeler, à tailler des feutres, de la paille, des toiles, du cuir, des rubans, des galons, des ganses et des cordons. La chapelière chantait pour rester éveillée mais Edward n'était pas dupe des ritournelles ; Rachel était inquiète. Rachel songeait à Paul, à David, à Robert, qui avaient été exclus de la fonction publique et de la presse, à ses amis qui ne pouvaient plus exploiter leurs salles de cinéma, à ses copines devant qui les portes des théâtres se fermaient désormais. Rachel refusait de penser à elle-même, à toutes ces amies comédiennes qui ne pourraient plus lui passer de commandes. Elle se répétait qu'elle aurait toujours de l'ouvrage puisqu'il y aurait toujours des riches qui ne renonceraient jamais à leur vie mondaine. La *Damnation de Faust* avait eu un très beau succès à l'Opéra comme le *Pasteur* de Guitry. Et puis il y avait aussi l'occupant qui semblait priser le luxe parisien. Et nombre de femmes qui semblaient supporter assez cet occupant pour l'accompagner au spectacle ; ne portaient-elles pas des bibis pour se montrer au One-Two-Two, au Sphinx ou au Chabanais ? Edward, sur les genoux de sa maîtresse, était effaré des pensées qui se heurtaient dans son esprit, se combattaient âprement, les unes incrédules et naïves, presque optimistes — la guerre ne durerait pas, les Juifs retrouveraient leurs droits —, les autres terrifiantes de lucidité, pressentant le pire sans pouvoir l'imaginer. Ces pensées épuisaient Rachel qui se demandait comment agir.

— Tu préférerais qu'on retourne à Fontenay ? N'est-ce pas, mon Mistigri ?

Mais non, se souvenait Edward. Il préférait demeurer à Paris dans leur appartement ; il avait horreur des changements. Une constante dans chacune de ses vies. Il avait toujours détesté les paniers et les cages dans lesquels on le fourrait contre son gré, et les maisons remplies d'odeurs nouvelles, ces lieux où d'autres chats avaient parfois séjourné. Il redoutait que ses marques ne puissent jamais gommer complètement celles de ses prédécesseurs. Et puis il était maintenant habitué à Paris, aux volutes des Gitanes et des Gauloises qui s'échappaient des cafés, aux arômes qui s'exhalaient des boucheries et des crémeries. Ils étaient plus rares depuis quelque temps, il est vrai, et Rachel ne cuisait plus de poulet, ne lui donnait plus de mou, mais trouverait-il mieux ailleurs ? S'il avait très bien mangé dans les cuisines de M. Leblanc, il en avait été autrement quand il vivait chez Catherine ; son homme n'aurait jamais permis qu'elle lui donnât un bout de gras. Il la battait déjà sans motif, alors... Rachel, heureusement, n'avait jamais été maltraitée du vivant de son époux.

Elle continuait à le flatter tout en caressant ses griffes dès qu'il les sortait, lui répétait qu'il ne devait pas abîmer ses bas.

— Une paire est hors de prix aujourd'hui. *Ils* achètent tout avec leurs marks et il y a des naïfs comme Louis Bourget qui croient réaliser de bonnes affaires parce que les Allemands paient comptant. Au taux qu'ils ont imposé, ils grugent tous nos commerces. Si Flavien voyait ça !

Dans les pensées de Rachel, Flavien était beaucoup plus jeune que sur la photo qui ornait le buffet du salon ; les humains vieillissaient de remarquable manière, ils se plissaient, s'alourdissaient considérablement, se voûtaient. Même leur voix changeait. Quand il était mort, à cinquante-deux ans, Edward avait l'impression que Flavien était très vieux car ses gestes étaient lents et il mangeait peu, mais Rachel avait refusé de prier, trop en colère contre le Ciel qui lui ravissait son amour si jeune. Elle s'était félicitée que ses parents soient morts quand elle était enfant ; ils n'apprendraient jamais qu'elle avait cessé de fréquenter la synagogue. Quant à sa tante... elles se voyaient de moins en moins. Ruth, qui avait condamné son mariage avec un goy, lui reprochait son attitude indépendante, son désir d'être reconnue comme une grande modiste, de fréquenter des artistes. Ne devait-elle pas plutôt songer à se remarier et à fonder une famille ? Ses propres fils lui avaient déjà donné trois beaux petits-enfants. Rachel devrait les imiter. Ruth avait justement quelqu'un à lui présenter. Ruth avait toujours quelqu'un, sous la main, qui pourrait servir de mari ; Edward avait assez craint les manigances de la tante ! Mais Rachel, malgré leur grande différence d'âge, avait été et demeurait fidèle à la mémoire de Flavien. Elle embrassait sa photo matin et soir, et Edward avait fini par croire qu'ils vieilliraient seuls tous les deux, dans le calme de l'appartement parisien où Rachel avait emménagé deux mois après le décès de son mari. Elle avait loué un deux-pièces passage des Peintres, où elle avait créé des chapeaux durant un an avant d'ouvrir un atelier-boutique rue de Turbigo. Elle s'était très vite monté une clientèle et recommençait à sourire quand le monde avait basculé.

— Devrai-je bientôt plumer tous les pigeons de Paris pour orner mes chapeaux ? Je ne suis pas la seule à m'y intéresser...

Rachel faisait allusion à leur voisin de palier qui attirait les volatiles sur son balcon pour les capturer et les revendre au marché noir. Il lui cédait les plumes et lui avait même proposé d'aller au jardin des Plantes chercher quelques pennes plus rares, mais la chapelière avait refusé : s'il était ennuyé par un gardien, elle ne se le pardonnerait pas.

Il y avait des tas de choses que Rachel ne se pardonnait pas mais elles ne relevaient pas du même ordre d'idées que celles qui embêtaient Delphine. Rachel regrettait d'avoir dû congédier ses deux employées au mois de mai, d'avoir refusé d'héberger la fiancée de son cousin André — une pimbêche qui critiquait ses créations alors qu'elle ne savait rien faire de ses dix doigts —, d'avoir rabroué un fournisseur qui n'avait pas trouvé le feutre rouge qu'elle espérait. Les soucis quotidiens ne balayaient pas l'angoisse qui l'habitait à chaque nouvelle ordonnance, ils l'aidaient seulement à museler ses sentiments, à les mater, à continuer à sourire aux clientes et à les épater. À répondre à celles qui s'étonnaient qu'elle fût blonde qu'elle était bien juive comme ses trois grands-parents. La nuit elle rêvait qu'elle avait les beaux cheveux noirs de sa mère. À quatre heures, quand les cloches incitaient le jour à se lever, Rachel se redressait dans son lit et tâtait, incrédule, ses boucles blondes, cette rivière dorée qu'elle tenait d'un grand-père danois et qui semait le doute dans l'esprit de certaines clientes.

Delphine aussi rêvait de sa mère ; la photographe regrettait de ne pas avoir été assez jolie pour retenir son attention. Pourquoi n'avait-elle pas hérité de ses yeux pers et de ses pommettes saillantes ? Qu'avait-elle besoin de ressembler à son père ? Sa mère aimait pourtant son frère Mathieu qui ressemblait à son époux. Mais c'était un garçon. Tout était différent quand on appartenait au sexe mâle ; les élus avaient droit aux compliments, à l'admiration des femmes, à une place dans la société, à leur nom dans les manuels scolaires dès qu'ils se distinguaient de leurs frères. Mme Perdrix aurait préféré n'engendrer que des garçons et Delphine partageait ce regret depuis sa naissance. Elle croyait vraiment qu'il n'y avait qu'Edward pour l'aimer réellement. Et Audrey. Elles se connaissaient depuis assez longtemps pour que Delphine croie en son amitié. Mais elle se méfiait de tout le monde dès qu'elle se regardait dans la glace et ne s'étonnait jamais que ses amants la blessent, la renient, la quittent. Méritait-elle mieux ?

Edward était assez d'accord avec Audrey : Delphine choisissait des hommes qui ne lui convenaient pas pour vivre et revivre l'échec, un échec qu'elle connaissait comme si elle l'avait détricoté, analysant chaque maille du processus, décelant le détail qui lui donnait tristement raison, qui la confortait dans ce malheur devenu une vieille habitude et qui, à ce titre, la rassurait absurdement. Autant Delphine recherchait le péril dans sa démarche artistique, autant admettait-elle une routine d'erreurs dans sa vie privée. Audrey redoutait qu'elle ne se blesse dans cette collection d'amants, Delphine rétorquait qu'elle emmagasinait des souvenirs pour en consulter l'album quand elle n'aurait vraiment plus aucune chance de plaire à qui que ce soit. Ce qui ne saurait tarder.

Il y avait toujours un petit peu de vague au fond de l'âme de Delphine même quand elle jubilait et malgré les exclamations joyeuses qu'Edward entendait depuis cinq minutes. Il eut à peine le temps de sauter sur la commode pour l'éviter quand elle sortit de la chambre rouge.

— Elles sont réussies ! Attends qu'Audrey voie ça !

Elle agitait les images, s'approchait de la fenêtre pour les contempler à la lumière plombée du jour, s'extasiait sur la bouche, le front, les sourcils, les cils de l'inconnu. Edward se réfugia sous le canapé pour montrer sa désapprobation mais il revint rapidement vers sa maîtresse quand elle téléphona à Audrey ; il devait tout comprendre de la menace qui s'abattait sur eux.

— Audrey ! Il faut qu'on se voie ! Si tu savais ce que je regarde en ce moment !

Elle tenait les photos à cinq centimètres de son visage comme si elle voulait les lécher. Edward grimaça ; il détestait l'acidité qui se dégageait des clichés avant que le vernis soit sec. L'odeur était moins violente que celle du vinaigre ou du citron, mais il s'éloigna quand Delphine s'éventa avec les photos.

— Je suivais Leguay, oui... Place des Vosges. Il y déjeune tous les jeudis. Cet homme est réglé comme une horloge. Rien d'un bohème. C'est marrant qu'il prise tant le milieu artistique, ses protégés doivent souvent l'énerver... Oui, oui, attends que je te dise : Leguay était accompagné d'un dieu... Viens dîner ce soir ! Tu n'as pas d'excuses, les enfants sont chez ta mère... Pierre-Stéphane ? Quoi, Pierre-Stéphane ? Il ne me rappellera jamais. Pas besoin qu'on me fasse un dessin. Je connais les hommes... Oh, arrête, ma puce, je sais ce que je dis... Je t'attends pour l'apéro. Il y aura encore du soleil sur ma terrasse.

Delphine raccrocha pour couper court aux protestations d'Audrey même si la sollicitude de son amie la touchait. Elle aimait que cette femme l'énerve comme aurait dû le faire sa mère avec ses « attention, ma chérie, tu vas être déçue, je ne veux pas te voir souffrir, tu ne connais pas cet homme, prends ton temps ». Aujourd'hui, c'était différent, vraiment. Cet inconnu ne l'attirait pas sans raison ; un lien existait entre eux, même si elle ne pouvait pas encore le définir. L'homme n'était pas descendu de l'Olympe sans raison ; elle devait capturer l'éclat de ce Persée.

Elle caressa longuement Edward, qui se laissa aduler

même s'il avait la désagréable impression que les caresses ne lui étaient pas destinées, puis elle l'emmena dans la cuisine où elle fit la liste des courses tout en dépeçant du poulet pour son chat. La chair était trop froide mais il s'empara pourtant d'une demi-cuisse, la réchauffant contre son museau avant de la mastiquer avec application.

Taboulé. Gâteau d'aubergines. Kibbi nayé. Audrey ne se serait pas déplacée pour rien ; elle adorait la cuisine libanaise. Et l'hoummos : Delphine se fichait maintenant de manger de l'ail puisque Pierre-Stéphane ne lui rendrait sûrement pas visite. Quant à l'inconnu, elle ne lui parlerait pas avant quelques jours... Oui, beaucoup, beaucoup d'ail, pour réduire le cholestérol. Elles pourraient déguster un chocolat viennois sans remords.

Delphine hachait du persil quand on sonna chez elle. Déjà ? Edward s'était réveillé et avait reconnu le pas derrière la porte. Il se renfrogna en constatant que son ouïe ne l'avait pas trompé. Pierre-Stéphane enlaçait Delphine en faisant semblant de ne pas remarquer sa surprise.

— Alors ? Où étais-tu ? J'ai tenté de t'appeler du studio. Giuseppe est malade, on a dû annuler le tournage de la soirée. Tu m'invites ? Ça a l'air bon...

Il picorait un morceau de tomate, une branche de persil avec une aisance déconcertante. Delphine le regarda porter les aliments à ses lèvres, les mâcher tout en souriant, et elle se concentra pour continuer à trancher les oignons sans se couper.

— Audrey vient dîner, finit-elle par bafouiller. Ses enfants sont chez sa mère.

— Audrey ?

— Ma meilleure amie. Je t'en ai parlé une douzaine de fois.

Pierre-Stéphane frémit mais continua à sourire ; il ne relèverait pas l'ironie même s'il se posait des questions sur l'attitude de Delphine. Était-elle toujours aussi cynique ou avait-elle adopté ce comportement à la suite de sa conversation avec Géraldine ? Que lui avait dit cette dernière à son sujet ? Il s'en était inquiété après leur départ de la taverna et avait bu du métaxa en pestant contre ces nanas qui ne savent pas ce qu'elles veulent. Il s'était emmerdé à la boîte de nuit même s'il avait dragué une Eurasienne plutôt mignonne, qui avait sûrement été déçue de n'obtenir que son numéro de téléphone quand ils s'étaient séparés à trois heures du matin. Mais Géraldine le branchait avec son air d'impératrice blasée.

— Tu as un teint splendide, tu ne dois pas t'être couchée trop tard.

— Tard ? Assez... Tu me passes le thym... oui, les brindilles là, merci.

— Elle est sympa, Géraldine, non ? J'étais certain que vous alliez bien vous entendre. Alors ? Il paraît que vous êtes sorties ?

— Oui.

Le comédien faillit se mordre la langue. Il avait donc raison ? Pourquoi fallait-il qu'il eût tout le temps raison ? Où étaient-elles allées ? Qui avaient-elles rencontré ?

— On s'est arrêtées à une terrasse. Tu n'avais pas tort finalement, il faisait encore très chaud à minuit.

— Vous avez vu ses copains ?

— Non. On s'est raconté nos vies.

— Vos vies ? Rien que ça ?

— C'était seulement notre première soirée. Il faut un début.

— Parce que vous allez vous revoir ? Déjà des grandes copines ?

— Non, on peut avoir des tas de copines mais pas beaucoup d'amies.

— Amies ? On se dit tout, aucun secret ?

— Oui.

Delphine disposait des quartiers de citron autour du kibbi nayé quand Edward miaula.

— Juste une petite boulette, mon chéri. On attend Audrey pour manger.

— Et Géraldine ?

Delphine secoua la tête ; Géraldine avait une séance de photo en studio qui pouvait durer une éternité.

— Tu vas faire des photos d'elle ?

— Oui. Tu veux que je t'en développe quelques-unes ?

— Pour quoi faire ?

— J'ai remarqué que tu apprécies les belles femmes.

— C'est pourquoi je suis ici.

Il s'approchait d'elle, l'obligeait à déposer les couverts pour mieux l'enlacer, et il allait l'embrasser quand Edward bondit sur la table pour reprendre de l'agneau cru.

— Edward, non ! s'écria Delphine.

— Maudit chat ! Il est toujours dans nos jambes.

— Il est gourmand.

— Tu devrais avoir un chien, c'est obéissant.

— Géraldine prétend que Rantanplan n'écoute rien.

— Je sais, j'étais là quand vous avez parlé de vos tou-

tous. De vraies mémères à chienchiens. Complètement gagas, mes pauvres.

— Tu prendrais bien la place de Rantanplan...

— Tu es folle ! Je n'aime pas les top models, elles ne pensent qu'à leur apparence et ne parlent que d'instituts de beauté, de gym et de régime. De toute manière, je pense que Géraldine est lesbienne.

Delphine ne manifestant aucune émotion, Pierre-Stéphane continua à prêcher le faux pour savoir le vrai.

— Avoue qu'elle s'est intéressée à toi avec beaucoup d'enthousiasme.

— Oui, n'est-ce pas bizarre ? J'ai si peu de conversation.

— On ne voit jamais Géraldine avec un homme très longtemps...

— Si on suit ta logique, tu serais donc gay ?

L'acteur se rebiffa, que racontait-elle ? Il plaisait beaucoup aux femmes, était-ce sa faute ? Mais des bruits couraient au sujet de Géraldine.

— Et alors ?

— Je voulais seulement te mettre en garde. Te rendre service.

— Comment ?

— En t'évitant de te retrouver dans une situation embarrassante avec Géraldine.

— Comme hier soir quand on est parties ensemble ?

Ah ! Il l'avait deviné !

— Elle t'a embêtée ? Pauvre chouette, dit-il en se rapprochant de Delphine.

— Ne me touche pas, Géraldine m'a contaminée. Je déteste les hommes maintenant.

— Arrête de faire l'idiote !

Il la prit par l'épaule mais elle se dégagea d'un geste brusque en lui demandant de rentrer chez lui. Il avait commis une erreur en dénigrant Géraldine ; Delphine était loyale.

— Tu la connais depuis hier !

— On peut tomber en amitié comme on tombe en amour.

Il ricana, mentit en prétendant qu'il avait deviné depuis longtemps que Delphine préférait les femmes.

— Eh oui, tu t'es sacrifié inutilement.

— Tu ne me reverras pas !

— Tant pis, j'attends Audrey. Elle me consolera.

Le comédien reculait vers la porte d'entrée en cherchant à contrer le persiflage de Delphine. Dire qu'il s'était montré avec elle en public. Est-ce que ça nuirait à son image ? Il croisa Audrey dans l'escalier et s'esclaffa en lui disant que Delphine l'attendait avec impatience.

— Qu'est-ce qu'il a, Pierre-Stéphane ? Il avait un drôle de rire...

— Le rire du con. Sans importance. Attends de voir les photos que j'ai développées tantôt !

Audrey regarda attentivement l'inconnu, soupira. Il était beau, oui. Trop. Il n'était pas réel. Un héros créé par images de synthèse quittant le réseau informatique pour le bitume parisien et cherchant vainement une planète à faire exploser, une galaxie à conquérir ou un dragon virtuel à combattre.

— Il n'est pas mal, convint-elle. Mais il a l'air d'être contrarié.

— Il s'ennuie peut-être à Paris.

— À Paris ? Il y a des tas de gens qui voudraient s'emmerder par ici...

Audrey ne supportait aucune critique sur sa ville natale, son Paris adoré.

— Il doit avoir une vie aventureuse.

Audrey leva les yeux au ciel, fit mine de gifler Delphine pour la ressaisir. Elle imaginait déjà le passé de cet étranger ? Son présent aussi ? Et son avenir ? Le partagerait-il avec elle ? Fuiraient-ils Paris pour Urfa, Malakal, Quito ou Kiev ?

Delphine haussa les épaules ; elle reverrait l'inconnu.

— Je saurai qui il est avant la fin de la semaine. Alors ? Il ne ferait pas un superbe Persée ?

— Je l'avoue, admit Audrey en s'emparant des couverts et des serviettes de table. On mange ? J'ai une faim de loup. Et je ne suis pas la seule.

Edward s'était mis à frôler les jambes d'Audrey dès qu'elle avait soulevé les assiettes. Il aurait enfin sa viande. Il aimait moins les petites graines de semoule que sa maîtresse avait mêlées à l'agneau mais la menthe lui rappelait la potion que Mme Henriette préparait pour son voisin. Comme elle l'admirait ! Elle répétait à qui voulait l'entendre que Charles Messier était un génie même si elle ne comprenait rien à l'astronomie. Toutes ces notes pour découvrir la date du passage des comètes. M. Charles remplissait des grandes feuilles de papier d'inscriptions et de dessins curieux, en jetait plus qu'il n'en conservait, s'énervait, se décourageait ou se félicitait quand il réussissait à prouver une hypothèse à son patron. Mme Henriette se méfiait de ce M. Delisle à qui elle trouvait des airs de conspirateur. Elle redoutait qu'il n'entraînât M. Charles dans une méchante histoire même si elle ne voyait pas comment l'observation des étoiles pouvait mener à la Bastille. N'empêche, elle s'inquiétait pour son voisin ; quand son chat sautait sur ses genoux, il constatait un grand désarroi fait d'ignorance, de superstition mais aussi d'expérience et d'intuition. Mme Henriette éprouvait une réelle affection pour ce M. Charles qui aurait pu être un ami de son fils si elle ne l'avait perdu à la guerre de Succession d'Autriche. Elle était heureuse de lui préparer son dîner et qu'il apprécie autant ses tisanes de menthe. Elles étaient très toniques, disait-il, et lui permettaient de veiller tard dans la nuit, l'œil rivé à l'étrange lunette.

— Tu vois, mon minou, M. Charles aime ma menthe autant que toi, mais lui, il la boit. C'est aussi bien que du café et ça ne coûte rien !

Elle lissait les moustaches d'Edward en lui confiant son antipathie pour ce Delisle qui parlait parfois sèchement à son voisin.

— Peut-être qu'il sera plus aimable quand notre Charles aura vu la fameuse comète ! Elle s'appelle Halley, parce que c'est un Anglais qui l'a découverte. M. Charles ne pourra même pas la baptiser de son propre nom. Il m'a expliqué que la Halley permettra de faire avancer la recherche si elle traverse le ciel, mais je pense qu'il devrait s'intéresser à une autre étoile. Et aux femmes ! Quand ma nièce est allée lui porter sa menthe, il l'a à peine regardée. Ce n'est pas mieux de vivre dans les étoiles que de vivre dans les nuages !

Edward enfonçait ses griffes dans la jupe de gros drap pour approuver sa maîtresse ; Charles Messier aurait dû remarquer la petite Julie. Elle sentait si fort la lavande et le fromage que son parfum embaumait la pièce bien après qu'elle l'eut quittée. Quand elle le flattait, il voyait des grands bacs débordant de crème fraîche, des meules aux croûtes enivrantes, des pâtes molles qui sentaient les vaches d'une des commanderies où il avait vécu avec frère Hugues.

— Il paraît que la comète va apparaître bientôt ? Je vais prier pour ça ; M. Charles pourra penser à autre chose !

Edward s'étirait, bavait sur les doigts de Mme Henriette ; la menthe qu'elle avait déchirée laissait des sucs affriolants sur sa peau. Des sucs qu'il retrouvait avec satisfaction deux siècles plus tard : Delphine adorait les tisanes et donnait toujours un brin de verdure à son chat avant de faire infuser les herbes.

Quand Delphine déposa de petites bouchées dans son plat, il sentit le jus de l'ail sur ses doigts et s'écarta le temps que cette odeur se dissipe. Il avait le même problème avec Néfertari ; elle adorait ce bulbe piquant et son bol de terre cuite en gardait parfois les relents. Edward grattait alors autour du bol pour montrer son désaccord mais la maquilleuse égyptienne ne comprenait pas ses messages. Elle lui répétait que sa viande était fraîche et qu'il devait la manger avant qu'elle ne traîne trop au soleil. Dès cette vie, Edward prit l'habitude de transporter ses aliments hors du plat pour pallier ces inconvénients. Delphine, par exemple, lui servait souvent sa pâtée dans une assiette qu'elle venait de sortir du lave-vaisselle ; il avait l'impression de manger du savon !

Edward détecta une pointe de feuille en prenant une bouchée d'agneau haché ; quelle sensation agréable que cette matière presque vivante tapissant son palais.

— Il aime vraiment la viande, ton Edward, fit Audrey. Il ferme les yeux de contentement.

— Je n'ai jamais eu un chat aussi expressif.

— On a tous le même air quand on mange ton kibbi. Je ferais des bassesses pour ça !

— J'aimerais bien en faire goûter à l'inconnu et qu'il accepte d'être mon Persée, mais sois tranquille, je ne m'embarquerai pas tout de suite dans une autre histoire.

Audrey était persuadée du contraire ; l'homme était trop beau pour que Delphine y échappe. Elle se rassurerait encore une fois en sortant avec un homme qu'elle trouvait superbe, comme s'il pouvait déteindre un peu sur elle. Elle croirait, le temps que durerait cette passion, qu'elle n'était peut-être pas si moche puisqu'un être magnifique s'intéressait à elle. Cette sensation lui rendrait son enfance. Juste avant que sa mère ne quitte la maison.

— Je vais me poster en face de chez Leguay demain. Je finirai par en savoir plus sur son copain.

Son ton déterminé inquiéta autant Edward qu'Audrey ; il n'aimait pas les étreintes qui traversaient l'esprit de sa maîtresse, les caresses rendues à un homme qu'il redoutait de rencontrer, les images de baisers sur le Pont-Neuf. Il se souvenait trop bien de la dernière fois qu'il avait traversé ce pont. Il avait failli être écrasé par la foule qui venait voir des colosses installer la statue d'Henri IV. Ce remue-ménage l'avait surpris ; ce nouveau pont présentait habituellement peu de danger car il n'était pas maisonné mais l'expérience d'Edward était restreinte ; il ne s'était pas éloigné trop souvent de la rue Saint-Séverin. En fuyant le Pont-Neuf, Edward avait humé la bruine qui montait de la Seine et s'accrochait aux pierres en les teintant d'iode. Le soleil devait lutiner les encorbellements et des oiseaux se seraient sûrement approchés du crottin des chevaux qui traînaient leurs charges d'une rive à l'autre. Edward aurait pu croquer un ou deux moineaux sans cette bruyante agitation. Il s'était réfugié derrière Notre-Dame et avait attendu son dîner dans un buisson durant près d'une heure.

4

Alain-Justin Leguay tourna le dos au soleil qui se reflétait sur les feuilles blanches de l'imprimante, il alla s'asseoir sur le Chesterfield en cuir rouille et étendit les jambes, s'obligeant à rester décontracté même si James Anderson, de retour de Genève, le mettait au courant de détails plutôt ennuyeux.

— Ne t'en fais pas, A.J., cette conne a failli attirer l'attention mais elle ne recommencera pas. Je l'ai ramenée sans problème. Son patron l'a sûrement corrigée...

Effectivement, le patron de Maïa avait chauffé à blanc la lame d'un couteau et l'avait appliquée sur sa joue gauche en lui disant qu'elle ne pourrait même plus trouver un mari si elle retournait dans son village. Avant de s'évanouir, elle avait pensé que ça ne changeait rien ; elle n'était plus vierge puisqu'il l'avait violée. Personne ne voudrait d'une fille impure, cicatrice ou pas.

— Heureusement qu'ils m'ont rejoint à temps. Je préférais qu'ils n'aillent pas eux-mêmes récupérer leur bonniche. Les voisins se tairont ; ils disent que les Seitoun sont des gens discrets et bien élevés. Ils donnent parfois des fiestas mais ils éteignent la musique avant minuit... Maïa n'avait aucune chance d'être écoutée.

Maïa ? Leguay ne se souvenait pas de cette petite bonne. Elle avait dû être placée dans cette famille l'année précédente. Avec la colonie de vacances. Oui, sûrement qu'elle faisait partie du lot. Une vingtaine de fillettes étaient venues à Genève ; la moitié des Marocaines avaient vraiment visité le pays, les autres, qu'on faisait passer pour de lointaines cousines — question papiers —, avaient commencé à travailler le soir même de leur arrivée. Elles n'avaient pas vu une grande différence avec le boulot qu'elles exécutaient encore une heure avant leur départ mais certaines avaient pleuré en se couchant ; elles auraient préféré rester dans leur pays. Même si elles ne voyaient plus leurs parents, même si leurs patronnes étaient cruelles, même si elles n'avaient aucun espoir d'améliorer leur condition. Elles étaient attachées à leur terre et préféraient préparer les tajines plutôt que les röstis, à cause du cumin et de l'huile qui leur rappelaient leur petite enfance. Elles n'avaient droit qu'aux restes de viande sur les os, à un peu de semoule et aux navets — elles gardaient le bouillon pour leur réveil —, mais des odeurs rassurantes, connues, s'exhalaient du plat et les réconfortaient parfois.

— Maïa n'est pas restée plus de deux heures en liberté, A.-J. Les voisins l'avaient déjà écoutée mais ils n'ont rien compris. Elle était hystérique. Et elle ne parle pas très bien le français. Je leur ai dit qu'elle avait été envoyée à Genève travailler pour sa cousine, elle avait signé un contrat — je leur ai montré — mais elle se plaignait des mauvais traitements parce qu'elle voulait retourner au Maroc retrouver son fiancé. À quatorze ans ! C'était un oncle qui lui avait dégoté cette place en Suisse, bien meilleure que celle qu'elle avait à Fez, mais

Maïa était une ingrate, elle ne voyait pas où était son intérêt. Elle n'a même pas protesté...

— Bravo.

— On a eu de la chance. J'ai vu des toiles et des sculptures qui valent une fortune chez ces gens. Et l'homme est bijoutier mais je doute que ses revenus lui permettent de s'offrir de tels tableaux ; il ne doit pas avoir envie qu'on enquête chez lui...

— En tout cas, on n'a plus à se soucier ici de l'Union pour la liberté, ils n'ont pas tenu plus longtemps que le Comité français contre l'esclavage. Que voulais-tu qu'ils fassent ? Tu paniques toujours pour rien, A.-J.

James Anderson faisait allusion à l'agacement de Leguay quand on avait diffusé les reportages de Dominique Torrès sur l'esclavage contemporain à « La Marche du siècle » ; ils avaient créé une vive émotion chez les téléspectateurs, les médias avaient traité du sujet avec des accents d'indignation mais la poussière était vite retombée même si cette journaliste avait tenu à écrire un livre.

— Un livre ! Pour quoi faire ? Ça ne changera jamais. Il y a des pauvres et des riches, c'est aussi simple que ça ! Et j'aime mieux faire partie de ces derniers. Ils me font rire avec leurs appels au boycott des produits fabriqués dans les usines du tiers-monde. Le P.-D.G d'une grande marque s'excuse, promet à des clients trop sensibles qu'il n'y aura plus d'abus, on s'assurera que les chaussures ne sont pas fabriquées par des prisonniers politiques birmans ou des enfants mauritaniens, et tout le monde est satisfait. On relocalise les usines dans un pays qui n'a pas encore attiré l'attention de journalistes trop sentimentaux et c'est reparti pour un tour. Ils m'énervent, si tu savais... Mais je les berne tous !

James Anderson hocha la tête ; on parlait de la philanthropie de Leguay dans le dernier quotidien. L'auteur de l'article avait écrit un joli topo sur le 14 juillet, Liberté-Égalité-Fraternité, et il avait fait le portrait de quelques personnages qui incarnaient les valeurs que la République avait proclamées. Il y avait l'inévitable curé, le très prévisible médecin sans frontières, une diva qui avait versé la recette d'un premier soir à la Scala pour venir en aide aux victimes tibétaines et un ministre britannique qui avait réussi à faire voter une loi contre le tourisme sexuel. Encore un rêveur ! La journaliste avait aussi dressé une liste de ces gens qui favorisaient les échanges harmonieux entre les peuples avec des projets généreux et originaux, et Anderson s'était beaucoup amusé à lire les quelques lignes qu'on avait consacrées à son associé.

— Si on savait que ton centre culturel couvre déjà nos trafics, A.-J...

Alain-Justin Leguay soupira ; il exécrait le diminutif dont l'affublait l'Américain et se détestait encore plus de tolérer qu'il l'appelle ainsi. Pourquoi acceptait-il cette familiarité ? Et ce tutoiement ?

— Combien de filles arrivent la semaine prochaine ?

— Une trentaine, A.-J. J'ai tous leurs papiers. Vive la culture ! Ce sont des danseuses cette fois. Et des costumières. On n'avait pas le choix ; certaines n'ont vraiment pas le physique de l'emploi.

— Fais attention tout de même.

— Elles ont bien appris leur leçon ; elles veulent absolument épouser un petit Français ou un Anglais. Elles songent même à l'Amérique.

— Parfait...

— Ce n'est pas évident d'entrer aux States, mais ça va s'arranger. Mes contacts m'assurent que tout marchera comme sur des roulettes avant un mois. Ils sont surtout intéressés par les Russes.

— Auraient-ils la nostalgie de la guerre froide ?

Alain-Justin Leguay sourit, l'épisode de la petite bonne était maintenant oublié. Il pensait aux sommes qu'il amasserait dans l'année si ses réseaux fonctionnaient comme ils le devaient. Multiture servait à blanchir l'argent et à permettre à des filles d'entrer en France. L'immigration était tatillonne mais Leguay rassurait les instances en parlant de mesures temporaires : ces « artistes » auraient tôt fait de quitter Paris pour un autre pays. C'était Anderson qui, gardant les passeports des filles, décidait de leur destination dès le début des opérations. La plupart épousaient les hommes qui les avaient choisies par catalogue à des milliers de kilomètres de chez elles. Les autres serviraient plusieurs clients par jour au lieu d'un seul...

Leguay naviguait avec aisance entre les filières concernant les employés de maison, les travailleurs pour les ateliers clandestins ou les mariées par correspondance. Il aurait une villa à Capri pour ses cinquante ans. Et tellement d'argent qu'il pourrait se faire construire un domaine en plein milieu de la baie même s'il n'y avait plus de terrain à vendre depuis longtemps. Il paierait. Il verrait. Il vivrait où il le désirait.

Anderson, lui, collectionnait les armes anciennes. Il possédait entre autres une cinquedea du XVe siècle, un poignard malais au manche d'ivoire sculpté, un morion de mousquetaire, une magnifique rapière à « pas-d'âne », une poivrière datant de l'époque victorienne, et il était particulièrement fier du sabre et de l'arbalète de la dynastie Ming. C'était en voyageant pour rechercher des pièces rares pour d'autres collectionneurs qu'il était allé en Asie et s'était intéressé aux trafics des faux. Pas ceux qu'on lui proposait, mais ceux du monde contemporain : copies de films, copies de montres, copies de médicaments, copies d'équipements vidéo, copies de chaussures, copies de vêtements, copies de tout ce que les gens désiraient obtenir pour frimer tout en étant incapables de s'offrir l'original. James Anderson avait des partenaires efficaces qui lui avaient vite suggéré de penser au tourisme sexuel. Bons conseils ; il avait utilisé toutes les avenues électroniques dont on pouvait disposer à l'aube du troisième millénaire. Ses compétences technologiques laissaient croire à Leguay qu'Anderson se passionnait pour l'informatique ; il n'en était rien. Anderson n'aimait que les poignards javanais, les couteaux Bowie et les cornes de fakir. Leguay connaissait le goût de son associé pour les armes anciennes mais ce dernier ne lui avait jamais révélé qu'il avait déjà exécuté un homme avec un sabre du XIVe siècle.

— On y va ? dit Leguay en se regardant dans le miroir.

Son polo vert d'eau s'accordait parfaitement avec sa veste de lin marine et il se réjouissait de pouvoir porter de nouveau son costume Cerruti. Il détestait les régimes, mais il n'avait pas souffert inutilement.

— Tu en as pour l'après-midi ?

— Sûrement, cette photographe est maniaque du

détail. Très exigeante. Elle m'a même demandé ce que je porterais pour la séance. Elle fait des trucs intéressants si j'en juge d'après le book que m'a donné Josselin. Je vais peut-être lui offrir d'exposer au centre.

— Découvreur de talents, quel beau métier...

Ils éclatèrent de rire tandis qu'Alain-Justin Leguay branchait son système d'alarme.

— Ma concierge m'a dit qu'il y a eu trois vols dans le quartier ces jours-ci.

— C'est l'été ; les voyous surveillent les départs des vacanciers.

— L'appart que tu viens de louer est bien gardé ?

— Le type qui entrera chez moi par effraction en sortira les pieds devant.

Leguay faillit demander des explications mais il s'abstint. L'expression déterminée d'Anderson l'amena à se reposer la question : qui était-il ? D'où venait-il ? Ce mercenaire lui avait raconté des bribes de son passé. Il avait d'abord voyagé tôt, s'étant engagé très jeune dans l'armée. Il l'avait quittée pour vendre ses services d'informaticien à une compagnie américaine, pour laquelle il travaillait toujours, d'ailleurs, afin de remplir de jolies feuilles de déclaration d'impôts et d'afficher un masque d'honnêteté. Anderson n'avait pas donné de détails sur cet emploi et n'avait jamais justifié les grands trous que Leguay avait remarqués dans son histoire. Où vivait-il en 1988 ? Quand était-il allé en Russie pour la première fois ?

Leguay chassa ces questions inutiles. Anderson et lui formaient une bonne équipe, cela seul importait. Ils avaient peut-être commis une erreur en se rencontrant place des Vosges plutôt que dans un immeuble anonyme habituel, mais l'été il n'y avait plus que des touristes à Paris et il ne lui avait parlé que deux minutes. Bon Dieu, ce n'était pas le moment de piquer une crise de paranoïa. Il devait avoir l'air détendu pour la séance de photos.

Anderson sortit avant lui ; Leguay attendit qu'il ait emprunté la rue Cochin avant de se diriger vers sa voiture. Il déchira la contravention qui papillonnait sur le pare-brise et jeta les morceaux dans le caniveau, puis il démarra après avoir laissé les portières ouvertes quelques secondes. Il faisait vingt-sept degrés mais il ne voulait pas baisser les vitres et se décoiffer.

Rue Traversière, il découvrit un atelier qui faisait cent mètres carrés, très clair, aux murs écru et rouge où se touchaient ou se croisaient une quinzaine de paravents de couleur noire. Les parquets étaient en merisier mais le vernis s'écaillait et il y avait beaucoup de taches de peinture dans la partie gauche du loft.

— C'est le côté d'Audrey Rousseau. Mes dégâts se voient moins mais j'ai fait ma part au fond avec mes bains d'acide. On partage équitablement...

Delphine guidait Alain-Justin Leguay à travers l'atelier en lui faisant remarquer les toiles d'Audrey.

— J'adore celle-ci, la nature se déchaîne ! Quelle force !

Leguay acquiesçait, désarçonné ; au lieu d'atterrir dans un studio bien propret, feutré, douillet, féminin, il découvrait un territoire habité par des femmes à l'imaginaire délinquant. Les photos du book étaient plus sages que celles qui étaient accrochées aux murs entre deux tableaux. Les compositions de Delphine Perdrix rappelaient celles des peintres symbolistes, des femmes flottaient dans un univers aqueux, des hommes domptaient des débauches de lumière, une faune étrange explorait des paradis non moins bizarres. Les montages étaient exécutés avec une minutie extrême, presque maniaque. Quand on s'approchait des compositions, on distinguait mille détails dans les photos, dans ces images en noir et blanc dont certaines avaient été coloriées. Delphine Perdrix privilégiait les tons lavande, véronèse, nankin, bleu poudre, vermillon et safran. Une partie d'un montage avait échappé encore à ce procédé. Leguay crut reconnaître un personnage.

— C'est le Minotaure ? Terrifiant... Pourquoi ne l'avez-vous pas teint comme les autres ?

Leguay ne pouvait s'empêcher de regarder les corps disloqués aux pieds du monstre et se demandait par quel montage Delphine avait réussi à rendre ces cadavres aussi réels. Et comment elle avait inséré le plan d'un labyrinthe dans le montage.

— J'attends d'avoir fini ma série de mythes avant de décider des tons des héros.

— Vous en avez encore pour longtemps ? s'enquit-il.

— Je ne sais pas.

Il s'approcha davantage de l'immense photo. Qu'est-ce que cette fille avait dans le crâne ? Il commençait à regretter d'avoir accepté de poser pour elle quand elle le tira par le bras, l'entraînant derrière un paravent avant de lui désigner des chaises et des fauteuils.

— Vous choisissez celui dans lequel vous vous sentez le plus à l'aise. Voulez-vous fumer ?

— J'ai arrêté depuis sept ans.

— Ça vous plaît ?

La question surprit Leguay ; habituellement, on le félicitait.

— Je me sens mieux. Mais ça me manque toujours.

— À part le tabac, est-ce qu'il y a autre chose qui vous manque ?

Cette femme était décidément curieuse. Dans tous les sens du terme. Il répondit par une boutade, demandant s'il y avait un canapé où s'allonger.

— Je ne le conseille pas. À moins que vous ne vous moquiez de votre image. Si on s'installe confortablement, le visage s'affaisse et les traits paraissent plus mous, le corps plus court. Si on s'efforce de se tenir droit, on a l'air figé, compassé. Mais mon récamier est à votre disposition.

— Vous parlez toujours autant ?

— Non, répondit Delphine sans se troubler. Seulement quand je fais des photos.

— Parce que vous êtes anxieuse ?

Elle rit franchement ; c'était tout le contraire. Elle s'amusait vraiment parce qu'elle avait l'impression d'être en pleine possession de ses moyens malgré les difficultés, *grâce* à ces difficultés. Elle goûtait les surprises, bonnes et même mauvaises, qui lui apprenaient qui elle était, elle acceptait de s'aventurer, de se livrer. Les modèles croyaient à tort qu'ils occupaient toute la photo. L'auteur l'habitait aussi. Avec élégance, violence, compassion, charité, agacement, frustration ; quand Delphine développait ses films, elle découvrait les émotions qu'elle avait éprouvées en face de son modèle. Elle était fascinée par ce sentiment d'être en pleine action et de tout contrôler alors que tant d'éléments lui échappaient, décidaient de leur propre sort. Cette magie l'intriguait, la comblait. Elle avait entendu des écrivains parler des personnages qui se rebiffaient et étonnaient leur créateur ; leurs propos devaient paraître bien ésotériques à la plupart des téléspectateurs, mais Delphine y trouvait l'écho de sa propre démarche.

— Je vais prendre celle-ci, dit Alain-Justin Leguay en s'assoyant sur une chaise dessinée par Philippe Stark.

— Ça vous rafraîchit ?

— Me rafraîchir ?

Il toucha les bras argentés de la chaise, assura Delphine qu'ils étaient à la température de la pièce.

— Je parlais de la forme. C'est glacé. On dirait que Stark a pensé à un scalpel en la dessinant.

— Un scalpel ?

— Oui. Là, voyez-vous, dit-elle en se penchant vers un fauteuil en chêne rembourré en cuir, ça serait plutôt un laguiole. Solide, terrien, du bon bois, une bonne peau bien tannée. Ça sent le saucisson et le cantal.

Cette femme l'agaçait avec sa manie de passer du coq à l'âne, mais il devait admettre qu'elle le changeait des conversations lénifiantes des fonctionnaires qu'il avait dû rencontrer pour la création du centre.

— Il y a longtemps que vous faites de la photo ?

Elle faillit lui répondre qu'il avait sûrement lu son curriculum vitae avant d'accepter de faire des photos avec elle. Il savait qu'elle avait réussi à vingt-cinq ans à approcher le grand romancier irlandais O'Maley. Elle l'avait photographié après ses vingt années de réclusion volontaire. Ces deux décennies où il avait produit chef-d'œuvre sur chef-d'œuvre. On avait parlé de lui pour le Nobel la semaine suivant la séance de photos. La semaine qui précédait sa mort. La cote de Delphine avait encore augmenté. En même temps que son malaise. Audrey lui avait répété en vain qu'elle n'était pour rien dans le décès du vieil homme, au contraire, si on en jugeait par la lettre qu'il lui avait écrite, elle avait éclairé ses derniers jours. Delphine ne pouvait voir un livre d'O'Maley sans se sentir coupable. Leguay devait également savoir qu'elle montrait beaucoup d'éclectisme dans le choix des contrats qu'elle acceptait : les portraits de stars alternaient avec les reportages géographiques, et celui d'un clochard succédait à une pub pour un champagne.

— J'ai toujours fait de la photo. J'aime mettre le monde à plat. On y voit plus clair. Galilée avec sa Terre trop ronde a tout compliqué.

— Mais les navires qui se rendraient au bout de la terre sombreraient alors dans le vide ?

— Quand on part en expédition, il faut s'attendre à tout. Vous le savez. Vous avez assez voyagé.

— Je ne suis pas Christophe Colomb. Je n'ai rien découvert...

— On m'a pourtant dit que certains peintres qui exposent chez vous sont inconnus.

Le déclic du posomètre rythmait leur conversation. Alain-Justin Leguay s'étonnait que l'atelier ne soit pas plus bruyant ; Delphine avait fermé deux fenêtres derrière eux, mais la rue était petite et fréquentée par des camions de livraison.

— Relevez un peu la tête. Oui. Bon.

Elle le photographiait en rafales, le mitraillait puis s'arrêtait pendant cinq minutes et recommençait. Elle le priait de se tourner, de s'appuyer, de se redresser, de sourire un peu ou de mieux la regarder. Il lui obéissait et s'amusait de sa propre docilité ; il se soumettait si rarement.

— L'inauguration officielle du centre est toujours prévue en octobre ?

— Bien sûr. On a déjà des projets qui marchent, mais l'ouverture aura lieu cet automne. À moins que le ciel ne nous tombe sur la tête.

— C'est arrivé au Stade olympique, à Montréal. Le toit s'est effondré. Mais vous n'avez pas choisi le même architecte. Souriez !

Alain-Justin Leguay s'exécuta avec conviction. Cette femme avait un humour particulier. Il lui dit qu'il avait vu ce stade qui ressemblait à une soucoupe volante.

— Les extraterrestres peuvent eux aussi avoir des problèmes de toiture, ajouta-t-il. Vous aimez Montréal ? Vous y avez vécu, je crois ?

— Vos attachés de presse vous donnent un topo complet sur tous les gens que vous rencontrez ?

— Ça vous ennuie que j'en sache un peu sur vous ?

— Non.

— Regardez vers la gauche.

Delphine s'approcha de son modèle, ôta une poussière grise sur son épaule.

— Du plâtre, probablement invisible, mais ça m'agaçait depuis le début.

Alain-Justin Leguay se raidit. Il n'aimait pas qu'on le touche sans son autorisation. Il se raisonna : le photographe faisait son boulot. Il aurait détesté que les lecteurs pensent qu'il avait des pellicules.

— Audrey utilise du plâtre dans certaines de ses compositions. Elle travaille avec toutes sortes de matières.

— Vous semblez estimer son travail ?

— Oui. Quels sont les peintres qui participeront à l'expo cet automne ?

Leguay cita quelques artistes.

Delphine siffla ; ils venaient vraiment de tous les pays et de toutes les écoles.

— Vous vous êtes toujours intéressé à l'art ?

Il secoua la tête avant de débiter le laïus qu'il avait servi plus d'une fois aux journalistes. Delphine l'interrompit. Elle savait que le grand-père paternel de Leguay était violoniste mais qu'il avait élevé ses enfants dans la misère. L'aîné s'était très vite tourné vers le commerce et avait transmis à son fils son goût pour les affaires. Leguay avait réussi grâce à cet héritage et à son manque de scrupules. Néanmoins, l'émotion générée par la beauté ne pouvait pas être remplacée par un succès financier ou social et Leguay, depuis dix ans, collectionnait les tableaux, visitait les galeries, se rendait au concert et au théâtre.

— Comme tout le monde, j'ai lu ça dans les journaux. Ce que je veux savoir, c'est si vous avez été détourné de l'art par votre père qui redoutait la pauvreté, si vous avez tout découvert plus tard, en vrai néophyte, ou si ce goût était déjà là mais refoulé depuis deux générations.

— Comment puis-je le savoir ?

— Quand vous avez acheté votre première toile, aviez-vous l'impression de retrouver ou de découvrir quelque chose ?

— Quelle importance ?

Cette femme aimait décidément jouer les psys.

— L'émotion est différente : vous êtes rassuré ou, tout au contraire, excité. Non ?

— Vous, vous découvrez ou vous retrouvez ?

— Je retrouve. J'éprouve très souvent un sentiment de déjà vu. Je regarde un tableau pour la première fois, mais je le connais intimement. L'auteur m'est familier. Nous avons un passé. C'est très réconfortant.

— Vous avez souvent besoin d'être réconfortée, mademoiselle Perdrix ?

Le flash crépita, Delphine fit une autre série de photos.

— Oui, répondit-elle ensuite. Levez la tête, merci. Je suis aussi étonnée. L'art peut bercer, caresser et questionner en même temps.

— Vous vous contredisez. Vous me sommiez de choisir il y a quelques secondes.

— Oui. Souriez. Vous savez qui écrira l'article pour *Match* ?

Il hocha la tête, nomma le journaliste, affirma qu'il l'appréciait. Delphine ne se souvenait pas de cet homme. Elle déplaça le parapluie, Leguay ferma les yeux. Elle éteignit les spots. La séance était finie. Elle raccompagna Leguay qui s'arrêta encore devant son Minotaure, ne pouvant s'empêcher de lui demander qui il pourrait lui-même incarner. Le sphinx ?

— Je suppose qu'on doit donner de bonnes réponses à vos questions, monsieur Leguay. Sinon...

Il éclata de rire, admit qu'elle avait raison.

— Parlez-en à mes collaborateurs ! Que voulez-vous, j'aime avoir l'heure juste. Dites à Audrey Rousseau de me téléphoner, pour discuter d'une expo au centre. Il faut y penser à l'avance.

Leguay lui serra la main en l'assurant qu'elle aussi avait beaucoup de talent et qu'elle devait également penser à une exposition.

Delphine refermait la porte derrière lui quand la sonnerie du téléphone retentit. Géraldine appelait de Londres. Il pleuvait, c'était merveilleux ; Londres, grise et brumeuse, était enfin à la hauteur de sa réputation. Le mannequin rentrait à Paris le lendemain ; pouvait-elle inviter Delphine à dîner à *La Cigale* ?

— Leurs soufflés sont extraordinaires. Que fais-tu ce soir ?

— Je reste à la maison avec Edward. Alain-Justin Leguay sort d'ici à l'instant.

— Et alors ?

— Il pense qu'il m'a séduite. Je développe les photos puis je rentre chez moi.

La rumeur de Paris était sourde quand Delphine quitta l'atelier. Elle manqua l'autobus 61 d'une minute et marcha jusqu'à la place Voltaire pour attendre le suivant. Les rares poubelles étaient pleines de papiers tachés de glace à la vanille, à la pistache ou à la cerise, de bouteilles d'eau ou de boisson gazeuse. Quelques terrasses s'épanouissaient sur les trottoirs dans une joyeuse anarchie ; on ne laissait qu'un étroit passage, pour les livraisons. Les touristes buvaient du pastis ou du rosé en s'épongeant le front, les Parisiens sirotaient des coca en hurlant dans leurs téléphones cellulaires. Les boutiques du quartier promettaient des soldes formidables mais la chaleur décourageait les clientes d'entrer essayer des robes dans de minuscules cabines. La paresse régnait sur la ville, imprimait le délicieux vice du farniente aux habitants comme aux étrangers ; même les jets d'eau des fontaines semblaient couler avec une nouvelle lenteur. Ils tombaient en molles cascades sur les rires des enfants et les froufrous des pigeons qui se disputaient des miettes de baguette, une crêpe, une gaufre. Delphine fut tentée de s'arrêter boire une Heineken, mais à quoi bon ? Elle aurait aussi chaud quand elle s'assoirait dans le bus et elle aurait envie de faire pipi après cinq arrêts. Elle acheta une bouteille d'eau et l'appuya sur son front avant d'en prendre une petite gorgée. Est-ce que l'été finirait par finir ?

Elle enviait Géraldine qui passait quelques heures sous la pluie mais, quand elle vit combien Edward était heureux de se rouler dans les derniers rayons de soleil sur la terrasse, elle cessa de pester contre le climat et se souvint qu'elle détestait tout autant les moins trente d'un février québécois.

Elle s'approcha d'Edward pour lui caresser le museau mais il recula, effrayé par l'odeur qui avait maculé les mains de sa maîtresse. Ce n'était pas violent comme l'oignon ou le vinaigre dont se servait malheureusement M. Leblanc quand il cuisinait, ni suffocant comme les poudres de Catherine ou la rue, dans le petit jardin du frère Hugues, c'était violent et pernicieux comme les huiles aux petits piments qu'utilisait Mme Baxter pour frotter les bras des fauteuils où elle refusait qu'il fasse ses griffes.

Des relents douloureux et hypocrites.

Qui Delphine avait-elle pu toucher ? Edward détestait sa manie de quitter leur nid pour rencontrer d'autres êtres qui la salissaient d'abominables odeurs, même s'il avait compris qu'elle devait sortir pour rapporter leur nourriture. Comme il aimerait attirer des pigeons dans leur cuisine ! Ou un Sébastien qui s'occuperait de leurs repas, les gaverait avec amour. Il l'avait si bien soigné durant toutes ces années en Nouvelle-France... Malgré des mois de silence blanc et glacé, il n'avait jamais eu froid : Sébastien lui avait installé une peau de fourrure devant l'âtre, et les odeurs de soupe se mêlant à celle des bûches qui brûlent l'enveloppaient d'une torpeur bienheureuse. Au tout début, il avait eu peur de la peau de loup et s'était battu sauvagement contre elle, mais il l'avait vaincue et, après l'avoir surveillée attentivement durant quelques jours, il avait compris que la bête était bien morte et qu'il avait tout intérêt à se coucher sur l'ennemi terrassé. Edward avait toujours douté que Sébastien ait capturé le loup ; il ne sentait jamais la peur et l'excitation de la chasse. Quand ses mains étaient tachées de sang, c'était qu'on lui avait encore amené une créature à soigner. Des chiens, la plupart du temps, ces grosses bêtes bruyantes et trop remuantes, si maladroites. Ce n'est pas lui qui aurait renversé l'encrier et taché toutes ces feuilles et ces écorces de bouleau sur lesquelles Sébastien griffonnait sans cesse. Des tas de gens venaient le voir pour lui dicter ce qu'il devait écrire et Sébastien, après leur départ, plumait les oiseaux, chauffait la potée, coupait le pain qu'on lui avait donné en échange de ses services d'écriture. Sa plume glissant sur le papier faisait ce bruit monotone qu'il avait retrouvé avec nostalgie quand il était entré chez M. Léautaud.

Edward se frotta le nez contre les chevilles de Delphine, qui n'avaient pas été salies par l'odeur d'Alain-Justin Leguay. Elle portait les sandales en cuir rouge qu'il adorait, mais elle les enleva très vite.

— Je vais prendre une douche et on se fait un plateau télé.

Le chat entendit l'eau couler, Delphine chantonner. Elle ne semblait pas comprendre qu'elle avait frôlé un danger. Elle en était manifestement à sa première vie, insouciante et imprudente. Il ne la blâmait pas ; il s'inquiétait. Elle n'avait pas de Néfertari pour la garder du péril. Elle n'était pas née sous le culte de Bastet. Ses fils ne se feraient pas tatouer le portrait du chat de la maison sur l'épaule quand ils seraient pubères. Aurait-elle seulement des fils ?

Il fallait retrouver Sébastien.

Edward ruminait de nouveaux plans quand Delphine ouvrit la télévision. Cet appareil présentait un intérêt très limité. À moins qu'il n'y ait des aliments, des chiens, des loups, des monstres qui bourdonnent ou ses congénères, Edward s'endormait dès qu'il entendait le générique d'une émission. Il avait déjà essayé d'attraper les pigeons qui voltigeaient dans la boîte mais ils n'avaient aucune odeur, la boîte était très hermétique et les oiseaux disparaissaient subitement. Il se souvint pourtant de Fourmi, une jolie chatte gris et blanc, leur voisine à Montréal, qui adorait la télévision. Elle regardait même les émissions où des hommes discutaient sans bouger !

Delphine installa le plateau sur une table à côté du canapé et tendit un morceau de jambon à Edward. Il le fit tomber du bout de sa patte de devant droite, s'en empara et alla le dévorer derrière le meuble.

— Seigneur ! Je ne te le volerai pas ! Tu es ridicule, mon lapin, vraiment ridicule.

Sa voix était douce comme du fromage blanc ; comme elle l'aimait !

Delphine regarda un film sans intérêt jusqu'à la fin et elle allait éteindre le poste quand elle reconnut Alain-Justin Leguay. Un journaliste l'avait rencontré lors de son dernier voyage en Turquie. Il y était allé pour voir le travail des artistes et se disait satisfait de ses découvertes à Istanbul et à Ankara. « J'ai vu des œuvres aussi fortes que celles de Namik Ismail ou de Fikret Muallâ. Elles seront sûrement remarquées lors de l'ouverture du centre Multiture à Paris. » On avait montré l'une des toiles que Leguay avait choisies puis on l'avait filmé, un verre de thé à la pomme à la main, devant une des boutiques de tapis du Grand Bazar où il comptait acheter des kilims. Le marchand lui faisait remarquer que l'artisan avait choisi le nœud de Senneh pour offrir un travail plus précis.

Leguay avait tenu à échanger quelques mots en turc avec le marchand. Il avait accepté un autre *elma çayi* brûlant en plissant les yeux comme si les vapeurs du thé le grisaient agréablement. *Tesekkür ederim*, répétait-il pour remercier son hôte qui lui donnait une petite gravure en prime avec les kilims.

— Qu'est-ce qui se passe, mon loup ? demanda Delphine à Edward.

Il avait reconnu cette langue qu'il n'avait pas entendue depuis son départ du quartier de Galatasaray. Il revoyait les gros *baliklar* qui sentaient la mer, les morceaux de *peynin* qui trempaient dans la saumure, les nuages opaques qui s'échappaient des cafés où les hommes fumaient le narguilé. Il entendait les tintements des jetons du téléphone de la poste, les klaxons des taxis qui s'entêtaient à pénétrer dans les ruelles qui bornaient Çiçek Pasaji, les cris des vendeurs de limonade qu'il évitait sagement, la grosse voix de Mehmet qui lui interdisait chaque jour de grimper sur l'étal de poissons. Edward isola la voix qui disait *tesekkür ederim* pour mieux entendre le brouhaha qui lui restituait son enfance à Istanbul ; il reconnaissait les appels à la prière, se rappelait que toute activité cessait ensuite, puis reprenait de plus belle. Comme il s'était amusé dans les dédales de Galatasaray Balik Pazar ! Quelles courses il avait faites avec le gros Octave, son bon vieux copain tigré qui adorait tant les fleurs.

Tesekkür ederim, avait redit Alain-Justin Leguay au marchand de kilims en buvant une gorgée de thé puis, se tournant vers le journaliste, il ajouta *iyi günler* pour les téléspectateurs. Delphine sourit. Il aurait dû dire *iyi aksamlar* puisque l'émission était diffusée tard le soir. Le cameraman s'étant éloigné lentement, on ne vit plus que la silhouette de Leguay, assis sur un pouf en train de négocier l'achat d'un tapis avec le marchand.

Delphine éteignit le poste en se demandant si Leguay avait vraiment rapporté des kilims à Paris. Elle renonça à développer les pellicules avant de se coucher ; elle avait assez vu Leguay. Et elle n'avait même pas aperçu l'inconnu de la place des Vosges. Elle l'avait vainement guetté durant toute l'entrevue télévisée. Elle se coucha un peu morose. Juste avant de s'endormir néanmoins, elle sourit en pensant à son dîner avec Géraldine et aux soufflés qui les attendaient à *La Cigale*.

Le choix était ardu : devaient-elles prendre les soufflés en entrée ou au dessert ? Fromage ? Épinards ? Ou chocolat ou vanille ?

— On partage un soufflé au blanc de volaille, proposa Géraldine. On ajoute la salade de haricots fins en entrée, puis je goûte le poisson du jour...

— Je prends le tartare de saumon et j'opte ensuite pour le soufflé au Grand-Marnier.

— Et tu m'en donnes !

Quand Géraldine entama le premier soufflé, Delphine la compara à son chat.

— On dirait Edward devant un bol de crème chantilly. Il adore ça. Attention, tu as failli tremper ton bijou !

— Je l'ai trouvé chez un antiquaire de la rue des Saints-Pères.

Elle l'ôta pour le montrer à Delphine ; c'était un bel oignon ciselé du début du siècle, avec de jolis chiffres romains bien découpés. À l'intérieur, Géraldine avait glissé une photo de Rantanplan.

— La photo est ratée, mais il est mignon, non ? Alors, ton grand mécène ?

— Leguay est un tantinet démagogue.

— Pis encore.

— Tu le connais ?

Géraldine avait discuté quelquefois avec Leguay mais elle n'avait rien dit pour ne pas influencer Delphine.

— Je le sens quand on a parlé de moi au photographe avant qu'il me rencontre. Même en bien. Je ne pense pas que ce soit salutaire pour l'image. Je préfère que le type se fasse sa propre idée. La photo sera plus personnelle.

— Je ne suis pas si influençable.

Géraldine s'excusa.

— Mais non, la rassura Delphine, ça m'amuse. J'ai la réputation d'être butée, je m'accroche à mes idées même si cent personnes me prouvent que j'ai tort. Je n'écoute pas les conseils. Pas assez, selon Audrey. Surtout en ce qui concerne les hommes. Mais elle est sage, elle.

— Pierre-Stéphane t'a rappelée ?

— On a rompu.

— Je suis désolée. À cause de moi ?

— Non, grâce à toi. Et Londres ? Tu y vas souvent ?

Géraldine acquiesça ; elle n'aimait pas les couturiers, Galliano et Westwood lui étaient indifférents, mais elle adorait les photographes anglais, très paradoxaux, si compliqués.

— C'est probablement dû au hasard, mais je travaille toujours avec des mecs à la fois très réservés et complètement fous. Et j'aime aller chez Harrod's ; ils ont un choix de puzzles dément ! J'en suis folle ; c'est la seule chose qui me détende. Le premier truc que je fais en rentrant chez moi ! Ça me vide la tête.

— Pourquoi es-tu mannequin ?

Géraldine confessa une erreur d'appréciation : elle croyait que c'était un métier facile.

— J'étais paresseuse. Mais j'ai eu beaucoup de chance. Et j'en ai encore. J'ai fait des défilés fantastiques. L'effervescence des collections est très excitante. Une sorte de panique organisée. Les créateurs frisent la crise cardiaque tout en restant très zen. Les filles ont l'air de s'amuser alors qu'elles sont hyper concentrées. Il faut en mettre plein la vue, spectacle son et lumière, mais le plus petit détail fait l'objet d'un contrôle rigoureux ; un bouton de plus ou de moins change une robe, un pli de trop brise la structure... Tout est fou et pourtant très sage. J'ai une vie de nonne. J'ai hâte de tourner un film sur ce sujet.

Elle voulait devenir réalisatrice. Elle traînait beaucoup dans le milieu du cinéma et, contrairement à plusieurs de ses collègues, elle n'envisageait aucunement de devenir comédienne.

— Je serai heureuse derrière la caméra. J'économise pour faire mon film. Dans deux ans. Je n'en ai parlé qu'à deux ou trois personnes. Mais j'aime ton insolence.

Delphine s'étonna : Géraldine connaissait son travail ?

— Évidemment... Je connais tous les photographes. Même si tu ne fais pas de mode. Ou si peu. Tu préfères des types comme Leguay aux belles filles comme moi ?

— Vous êtes déguisées, coiffées, maquillées, retouchées. Moi, je cherche la faille qui dit la vérité. Mes modèles aussi sont coquets mais ils doivent séduire par leur personnalité, non par leurs atours.

Géraldine protesta : les mannequins qui faisaient carrière avaient du caractère, sinon elles ne sortiraient pas des rangs que rêvaient de rejoindre des milliers de jeunes filles. Il suffisait de penser à Inès de La Fressange. Ou Isabella Rossellini.

Delphine s'inclina tout en affirmant que Géraldine était de mauvaise foi ; elle avait nommé des femmes complexes, imparfaites, qui n'avaient rien des poupées style Schiffer.

— Claudia est intelligente, tu sais.

— Peut-être, mais ça ne paraît pas. Tu as envie de voir mes démons ?

Géraldine hocha la tête sans savoir de quoi il s'agissait. Delphine l'intriguait ; elle aimait cette naïveté qui lui faisait croire que sa brusquerie et son cynisme lui permettaient de dompter sa trop grande sensibilité. Ses monstres ? Pourquoi pas ?

5

Le soir drapait lentement Paris d'une fantaisie irisée que n'aurait pas désavouée Mme Grès ; les nuages tombaient comme des voiles de mousseline sur les toits de Saint-Sulpice et de Saint-Germain et les premières opalescences de la lune flattaient les colonnes des temples, se coulaient jusqu'aux pavés qui luisaient après une bienheureuse ondée. Géraldine sauta à pieds joints dans une flaque d'eau en face du *Lutétia*.

— Je ne peux pas résister !

— À l'envie de te salir ou d'éclabousser tes copines ?

Elles papotèrent jusqu'au Louvre, attrapèrent le bus 69 grâce à un chauffeur qui remarquait les belles femmes et qui avait obéi au signe que lui faisait Géraldine. Il s'était arrêté entre deux stations malgré les protestations d'un jeune grincheux très pressé d'aller boire un verre avec ses amis.

Place de la Bastille, la foule était dense et dansante. Les robes des filles valsaient au moindre souffle d'air, les démarches des garçons hésitaient entre la pavane, la java, le slow ou le fandango, le tango ou le rap. Les musiques qui s'échappaient des terrasses invitaient les touristes à courtiser ces Parisiennes qui les intimidaient par ce chic qui les distinguait. C'était donc vrai ce qu'on écrivait dans les magazines : elles savaient se mettre en valeur mieux que quiconque. Même désargentées, elles avaient des ressources, savaient utiliser une breloque pour faire oublier l'usure d'une robe, un vernis à ongles impeccable pour contrer l'absence de bague, des lunettes amusantes pour attirer l'attention sur leur chevelure, leur regard. Elles sentaient le parfum de Paris — Chanel, croissant au beurre, cigarette et muscadet —, ce parfum libre, insouciant, fier et chauvin qui manquerait tant aux étrangers quand ils rentreraient dans leurs pays aseptisés.

Delphine éclaira l'atelier et commença par montrer les toiles d'Audrey, les commentant en des termes très différents de ceux qu'elle avait employés avec Alain-Justin Leguay. À Géraldine, elle racontait comment Audrey avait eu l'idée de ces tableaux.

— Ça ne vous gêne pas de travailler sous l'œil l'une de l'autre ?

— On ne regarde qu'à la fin. On aime les surprises.

— Moi aussi.

Elle désignait un montage où apparaissait un chevalier à la tunique blanche qui offrait un cœur à une Égyptienne très fardée.

— C'est étrange et envoûtant, ce templier et cette Cléopâtre...

— Ils reviennent souvent dans mes rêves sans que je puisse me l'expliquer. Et ils continuent à m'inspirer le jour. Je rêve aussi d'un gros cuisinier et de la reine Victoria mais je n'ai pas encore trouvé où caser un visage aussi revêche.

— La reine Victoria ? Oh !

Géraldine pointait le doigt vers le montage qui avait troublé Alain-Justin Leguay. Elle s'arrêta devant l'ébauche du Minotaure, dit qu'elle aurait bien voulu être une victime. L'appétit du monstre l'anéantissait délicieusement.

— C'est d'une violence... rassurante.

— Rassurante ?

— Oui. J'aime ce mythe, son appétit est plus réel, plus charnel, plus tangible que celui de nos contemporains qui ne savent plus quoi ni comment désirer. On me regarde souvent comme si je n'existais pas. Comme si je n'étais qu'une image de synthèse qui s'anime le temps d'un défilé. Tout est clinique. On baise sur Internet. Sans odeur. Ton Minotaure sent la sueur et le sang, son envie est palpable, terrifiante. J'aime cette force que tu lui as donnée. Je ne sais pas s'il l'avait à l'origine. Peut-être le Minotaure mangeait-il des jeunes gens morts d'épuisement quand il les trouvait dans son labyrinthe. Ils avaient tourné en rond durant des jours avant de s'écrouler dans un coin. Le monstre était peut-être un prudent charognard, un vampire pépère qui n'avait aucune envie de courir derrière son dîner.

— Tu es folle, souffla Delphine, ravie.

— Pas plus que toi. Qui te sert de modèle pour tes mythes ?

— Un peu tout le monde. Rarement des gens célèbres.

Delphine redoutait que l'attention du spectateur ne soit détournée de son but par un premier niveau de reconnaissance.

— Je ne veux pas qu'on regarde mon Méléagre en

se disant : « Tiens, c'est Sophie Marceau dans ce montage. » Je veux qu'on voie le sujet seulement. Pourquoi la Gorgone Méduse était-elle pire que ses sœurs ? À quoi pensait Atalante quand elle a perdu la course ? Pandore regrettait-il vraiment son geste ? Tu ferais une très bonne Taygète.

— Taygète ?

— Une déesse transformée en biche par Artémis pour échapper à Zeus.

— Elle avait raison. C'était un coureur de jupons. Tu veux faire des photos de moi ? En attendant celles de ma voix ?

— Je n'y pensais pas sérieusement.

— Parce que je suis connue ? Je me métamorphose si...

— Non. Actuellement, je cherche mon Persée. Et ma Gorgone.

— Prends-moi. J'aurai un regard de diamant.

— Tu es trop jeune.

Géraldine s'amusait beaucoup de cette inversion des rôles ; elle suppliait au lieu de refuser qu'on la prenne comme modèle. Delphine était une bénédiction dans cet été qu'elle avait trouvé jusque-là si ennuyeux. Heureusement elle avait accepté l'invitation de ce type pour le resto grec.

— Vieillis-moi.

— Non. On va attendre. On sera amies longtemps de toute manière. Mais je voudrais bien des photos de tes jambes. Il est difficile de trouver de jolis genoux.

— Quand tu veux.

Delphine entraîna Géraldine au fond de l'atelier, où

s'entassaient, face contre le mur, une dizaine de montages.

— Ils ne sont pas en pénitence. Ils se reposent.

Les clichés avaient été pris au Luxembourg. Delphine avait photographié la même chaise tous les jours à dix-sept heures pendant un an. Toute l'humanité s'était assise sur cette chaise de métal légèrement rouillée. Des vieilles dames, des enfants sérieux, appliqués à manger leur glace à la cerise, des hommes nerveux, une belle bohémienne, des poètes en mal d'inspiration, des touristes égarés, des pigeons endormis, des femmes heureuses, des feuilles mortes, le ruban d'une gamine, un adolescent qui venait de perdre son pucelage, des grains de sable, des gouttes de pluie, une aiguille à tricoter.

— Je voulais un souvenir de ma première année à Paris.

— Tu aimes beaucoup les chaises et les fauteuils, fit Géraldine en caressant le dos d'un récamier.

— Et je suis toujours debout. Mais mes modèles ont le choix. Leguay s'est assis là.

— Pas étonnant. Il voulait faire jeune, branché. Montre-moi les photos que tu as prises de lui.

— Je n'ai que des négatifs ici. Les photos sont aux Lilas.

— Allons-y. Je verrai ton chat.

— Maintenant ?

— On est à deux minutes du métro.

Géraldine prenait le métro ? Delphine, déjà surprise que le mannequin lui manifeste tant d'amitié, s'étonnait de sa simplicité. Elle s'était moquée de Pierre-Stéphane mais elle ne valait pas mieux avec ses idées préconçues.

Géraldine trouva son appartement charmant et s'extasia en découvrant Edward qui la flaira et ronronna aussitôt. Quelle gentille odeur d'abricot et de seringa avec un accent de gélinotte au creux du poignet ! Il y avait si longtemps qu'il n'avait pas vu ce minuscule volatile. Qu'était-il devenu ? Delphine n'en rapportait jamais à la maison. Rachel non plus. Même avant la guerre. Il y en avait chez M. Leblanc mais Mme Henriette elle-même n'en servait qu'à Pâques à son cher astronome. Ce jour-là, Charles Messier s'arrachait à l'Observatoire de Paris, devinait des marronniers dans l'enclos des Chartreux et se présentait au salon. Edward appréciait les manières régulières qu'avait Messier pour le flatter comme si le rythme égal des caresses l'aidait à réfléchir. Ses pensées étaient dénuées d'agressivité ; le ciel, encore le ciel, toujours le ciel et même si Edward ne comprenait pas plus que Mme Henriette les discours du savant, il aimait le son de sa voix et les morceaux de gélinotte que Messier lui donnait distraitement sans remarquer la surprise de son hôtesse. Un vrai délice !

Dommage que Delphine ne lui en serve jamais !

Géraldine regarda les photos de Leguay avec une attention suspecte.

— Qu'est-ce qu'il t'a fait ?

Géraldine mit du temps à répondre, ravalant sa salive comme si elle s'apprêtait à cracher sur les photos.

— Il a refusé le film de mon copain Serge. Avant de s'occuper de son fameux centre culturel, Leguay faisait partie d'une commission pour attribuer des fonds et il n'a pas trouvé le projet de Serge digne d'intérêt. Le film se fera pourtant. Mais quand ? Serge avait cru qu'il pourrait tourner en Russie au printemps... Sa grand-mère est née là-bas mais elle a réussi à immigrer en France.

— Bizarre que Leguay n'ait pas voté pour ton ami ; il adore tout ce qui vient de l'étranger. Il est allé lui aussi en Russie, non ?

Géraldine s'éventa avec une photo, demanda à Delphine de lui en faire des copies agrandies. Elle les offrirait à Serge avec un jeu de fléchettes.

— Je suis invitée au cocktail que préside Leguay pour le prix international du documentaire. J'aurai peine à cacher mon antipathie. Viens avec moi. Demain, à Joinville, dans une petite guinguette proprette où on fera semblant de s'amuser.

— Mais j'adore les guinguettes ! Il y aura beaucoup de monde ?

— Oui.

L'inconnu serait peut-être parmi la foule ?

— Je viendrai.

Géraldine, qui cherchait des arguments, resta bouche bée.

Pour éviter des explications vaseuses, Delphine partit vers la cuisine et revint avec des verres et du rosé.

Quand elles se furent installées sur la terrasse, Edward se blottit contre les pieds de Géraldine ; elle portait des spartiates qui dégageaient bien ses orteils aux ongles vernis carmin. Elle émit un petit rire quand il commença à les lécher mais elle le laissa continuer. Edward adorait le vernis qui lui montait un peu à la tête. Même si ce n'était pas aussi excitant que la cataire, l'effet était néanmoins plaisant. Et si rare ; Delphine ne portait jamais de vernis car elle n'avait pas la patience d'attendre que les couches sèchent. La peau de Géraldine était très douce, comparable aux galets qu'avait ramassés le frère Hugues sur les rivages maures, et Edward se laissait envahir par une aimable torpeur quand Géraldine remonta son oignon doré. Ce bruit ! Il l'avait entendu si souvent ! Celui de la montre de Rachel ! Un ronronnement sec et bref, tous les soirs avant le coucher. Rachel se glissait sous les couvertures, lui faisait signe de la rejoindre, remontait sa montre et éteignait la lampe. Elle ne s'endormait pas tout de suite même si elle demeurait immobile ; elle écoutait la nuit, trop calme depuis que les ronflements de Flavien s'étaient tus. S'habituerait-elle à ce silence ? Elle l'avait souhaité durant trois ans. Puis les alertes clamant la course aux abris l'avaient exaucée. Un hourvari épouvantable empoisonnait ses nuits. Et quand ce tumulte cessait, Rachel guettait des pas dans la rue, cessait de respirer quand ils se rapprochaient de leur immeuble, soupirait quand ils s'éloignaient. Il y avait aussi des cris sourds parfois, Rachel se redressait, s'approchait de la fenêtre, ne voyait rien mais priait. Le matin, c'était le bruit des nouvelles chaussures de bois martelant les pavés qui réveillait Edward et sa maîtresse. Tac-tac précipité des sabots des femmes qui claquaient des dents dans une aube qui ne s'était pas encore levée. L'hiver n'avait-il pas pactisé avec l'ennemi ? On ne se souvenait pas d'avoir eu aussi froid depuis 1917.

Edward frissonna à ce souvenir et grimpa sur les chauds genoux de Delphine. Il battit de la queue dès qu'il intercepta ses pensées ; l'inconnu y figurait en bonne place. Il y avait des lampions qui s'agitaient au gré du vent, le murmure d'une rivière, de la musique, des discours, et cet homme qui fendait la foule pour approcher de sa déesse... Et Delphine qui l'attendait, qui l'aimantait vers elle.

Edward sauta au sol et s'éloigna malgré les protestations de Delphine.

— Il va se coucher et il a raison, dit Géraldine. Je vais l'imiter. Je passe te chercher à midi.

Elles se firent la bise et faillirent se dire combien elles avaient apprécié leur soirée.

— À plus tard, fit Delphine quand le taxi s'arrêta à leur hauteur.

— À demain. On annonce encore du beau temps. Il fera chaud.

On étouffait dans la chambre de bonne de sept mètres carrés où attendaient Tatiana et Anouk. Elles étaient arrivées à Paris la veille, un bel homme les avait accueillies à l'aéroport, leur avait ouvert les portières d'une belle voiture, leur avait proposé un beau tour dans cette belle ville. Elles avaient vu la tour Eiffel, l'Arc de Triomphe et les Champs-Élysées, puis il les avait conduites dans cette chambre où il y avait des fruits et des sandwichs. Il avait pris leurs passeports en répétant que c'était par SÉCURITÉ et il était ressorti après leur avoir promis qu'elles verraient bientôt leurs maris. Après le départ de James, Tatiana avait ouvert la lucarne mais elle n'avait vu que des antennes paraboliques. Même en se juchant sur les épaules d'Anouk qui faisait pourtant un mètre soixante-dix. Elles avaient envie de pleurer de fatigue et de déception car elles avaient cru qu'on les conduirait directement chez elles. Dans l'avion, elles avaient parlé des réfrigérateurs qu'elles auraient dans leur nouvelle habitation et de la salle de bains qu'elles ne partageraient pas avec d'autres familles.

Elles étaient apeurées mais décidées à vivre une autre existence que celle de leurs mères. Elles avaient répondu à une petite annonce et c'est ainsi qu'elles avaient regardé des étoiles à travers les tiges métalliques des antennes sans les trouver tellement différentes de celles qui mouchetaient le ciel de Rostov.

Elles s'étaient endormies en songeant qu'elles n'avaient plus de papiers d'identité, mais elles n'en avaient pas parlé avant le matin. Quand elles avaient cru entendre sonner midi, elles avaient jeté un coup d'œil inquiet sur leurs montres et Anouk avait dit qu'elle se demandait si M. Anderson les avait oubliées.

Mais non. Il avait payé leur voyage. Pourquoi les aurait-il fait venir de si loin pour les laisser dans cette pièce asphyxiante ? Il n'allait tout de même pas vendre leurs passeports ; quelles femmes en auraient voulu ? Qui rêvait d'une masure à Rostov ? Non. Leur ami américain se levait tard mais viendrait bientôt les chercher.

Tatiana et Anouk n'étaient pas les seules à attendre James Anderson, mais à treize heures trente Delphine commençait à regretter d'avoir accompagné Géraldine à Joinville ; elle aurait dû rester à l'atelier au lieu de s'imaginer que l'inconnu participerait à la fête. Elle tâchait d'admirer l'aisance de sa nouvelle amie qui allait d'un groupe à l'autre avec de jolis rires, mais elle était obsédée par ce Persée qui lui échappait. Où était-il ? Pourquoi n'avait-il pas suivi Leguay ? Elle regardait ce dernier quand il la fixa à son tour et lui fit signe de le rejoindre. Il était surpris de la voir à cette manifestation.

— Je suis venue avec Géraldine Chevalier. C'est sa faute.

— Vous lui en voulez beaucoup ?

Delphine protesta mollement. Elle avait apprécié son exposé ; les noms retenus pour l'inauguration avaient été judicieusement choisis. Elle était contente d'en savoir davantage sur le Multiture. Ils n'en avaient pas beaucoup parlé lors de la séance de photos. Très réussies d'ailleurs, précisa-t-elle.

— On m'a déjà dit que j'étais photogénique, confessa Leguay, mais je le croirai quand j'aurai vu vos clichés.

— Mais vous n'êtes pas photogénique. Être photogénique, c'est être amélioré, être révélé par l'objectif. Ce n'est pas votre cas. Vous n'en avez pas besoin. Il y a des tas de beautés qui ne sont pas photogéniques.

Ignorant si Delphine le complimentait, il la fit pivoter en direction du buffet et lui offrit du champagne en parlant prudemment du temps qu'il faisait. Elle but deux gorgées et ne put s'empêcher de mentionner l'inconnu aperçu place des Vosges.

— Je faisais des photos du square quand j'ai cru vous reconnaître. Vous avez bien déjeuné là il y a quelques jours ?

Il se pinça le front à deux doigts comme s'il cherchait à en extirper un souvenir.

— Vous sortiez du restaurant quand vous avez croisé un ami. Un grand type aux cheveux noirs.

— Place des Vosges ? J'y mange si souvent... Je ne me souviens pas de... Pourquoi ne m'avez-vous pas abordé ? Vous saviez que vous feriez les photos pour *Match*.

— J'étais trop loin, bafouilla Delphine. Je n'étais pas certaine que c'était vous. Je... je voulais simplement savoir si le restaurant méritait ses deux étoiles au Michelin. J'ai envie d'y aller depuis longtemps.

Alain-Justin Leguay se détendit un peu. Ah bon ? C'était une gourmande ? Il lui parla des tempuras de thon au coulis de mangue et du rouget grillé dans les herbes des marais salants. Il était tellement soulagé qu'elle lui parle gastronomie qu'il l'invita à découvrir ce restaurant.

— J'en parlerai à mon secrétaire qui prendra rendez-vous avec vous.

Delphine protesta. Leguay lui prit la main et la baisa en disant qu'il se réjouissait de rencontrer une femme qui ne chipotait pas dans son assiette.

— Vous amènerez Mlle Chevalier, vous lui rendrez ainsi sa politesse.

Leguay sourit à son trait d'humour. Delphine riait encore de ce sourire quand deux députés vinrent lui ravir Leguay. Il lui tapota le bras en affirmant qu'ils se reverraient bientôt et il suivit les deux hommes.

Delphine alla libérer Géraldine de ses admirateurs et elles rentrèrent à Paris en échangeant leurs impressions sur Leguay et son centre culturel. Sa manière de se mettre en évidence les intriguait. Habituellement, les hommes d'affaires préfèrent l'ombre.

— Leguay, lui, est toujours prêt à nous distraire avec ses simagrées médiatiques, dit Géraldine. Je ne dînerai sûrement pas avec lui.

Delphine semblait déçue. Elle tenait à ce repas avec Alain-Justin Leguay.

— Parce que tu désires exposer au centre ?

Delphine haussa les épaules. Non, oui, peut-être. Quand elle aurait terminé ses sept séries. *Si* elle les terminait. Elle ne pensait pas à une exposition quand elle réalisait ses montages photographiques ; elle s'appliquait à créer des cascades d'où jaillissaient des tritons, des ombres d'où émergeaient Hadès ou Perséphone, des lunes qui expliquaient le teint nacré d'Artémis, elle s'efforçait, par de savants découpages, de recréer l'immobilité feutrée des horizons d'un Puvis de Chavanne, elle s'entêtait à isoler la ligne d'un dos de femme afin qu'en émerge une odalisque. Elle fouillait parmi ses dossiers, cherchait le pin qu'elle pourrait coller dans le coin supérieur gauche du montage sur Orphée, s'impatientait parce que aucune des cascades qu'elle avait photographiées en dix ans ne convenait à sa composition, se décourageait, déplaçait une tête, un torse, les replaçait et réfléchissait à la perspective.

— À qui vont servir mes genoux ?

— Atalante. Elle devait avoir de bonnes jambes pour courir si vite.

— Et toi ? Après qui cours-tu ? Tu n'aimes pas Leguay mais tu acceptes ses invitations.

Delphine n'avait pas révélé à Géraldine qu'elle suivait ses modèles avant de les photographier. Elle n'avait rien dit sur l'inconnu qui accompagnait Leguay. Il l'obsédait pourtant ; elle avait rêvé de ce Persée et même si c'était sa tête qu'il tenait dans ses mains après l'avoir décapitée et non celle de la Gorgone, même si elle avait mis deux heures à se rendormir après ce cauchemar, elle s'entêtait à retrouver cet homme étrange. L'attitude défensive de Leguay avait accentué sa curiosité ; quels liens unissaient les deux hommes ?

— Je suis tentée d'essayer ce restaurant, répondit Delphine.

« Menteuse », pensa Géraldine qui sourit à son amie.

Elle n'était pas vexée par son attitude. Elle était très patiente, depuis toujours. Elle avait neuf ans quand elle était tombée dans un escalier ; des mois de rééducation, des mois sans jeu, des mois où elle avait beaucoup vieilli, où elle avait cru qu'elle ne marcherait plus. Quand ses pieds l'avaient enfin portée, elle s'était efforcée d'avoir la plus jolie démarche qu'on puisse imaginer. Cette grâce lui avait valu d'être remarquée par un photographe alors qu'elle s'amusait avec Rantanplan sur une plage de Luc-sur-Mer. Géraldine avait vite compris que sa patience l'aiderait dans son métier. Elle était réputée tant pour sa taille idéale que pour son caractère égal, son imperturbable courtoisie. Il y avait des femmes plus belles qu'elle, mais sa sérénité était attirante.

Elle attendrait et saurait ce que lui cachait Delphine.

Celle-ci invita Géraldine à prendre un café chez elle mais fut soulagée qu'elle refuse son offre ; elle était gênée de lui avoir menti. Edward se précipita vers elle mais cessa de ronronner dès qu'il reconnut l'odeur d'Alain-Justin Leguay. Que faisait sa maîtresse, sa complice adorée avec un mâle qui sentait si mauvais ?

Edward mangea ses granulés beaucoup trop vite et réussit à vomir vers dix-neuf heures trente, vingt heures quarante-cinq et vingt-deux heures dix. Il miaula avec une exagération qui inquiéta Delphine. Il persista jusqu'à ce qu'elle téléphone à s.o.s. Vétérinaire.

Est-ce que Bastet lui enverrait enfin l'homme qui conviendrait à Delphine ? Il fallait que Sébastien Morin sonne à leur porte.

Un peu avant minuit, Delphine accueillait un jeune homme à qui elle décrivait les symptômes de son chat.

Le vétérinaire flatta Edward avec douceur et lui gratta le haut du crâne comme Catherine le faisait quand elle récitait ses incantations. Juste entre les deux yeux. Catherine lissait ses poils cent fois tout en psalmodiant les formules qui devaient exacerber le pouvoir des herbes qu'elle avait cuites durant la nuit. Elle chuchotait près de la cheminée en jetant des regards anxieux vers le lit conjugal ; son homme lui interdisait de pratiquer la magie. Mais comment auraient-ils vécu sur son pauvre salaire d'allumeur de cierges ? Il aurait fallu qu'on lui confie les lustres de cent églises pour qu'il gagne assez. Elle avait commencé par vendre des élixirs pour calmer les douleurs menstruelles, puis elle avait donné des plantes abortives à deux voisines. Deux autres étaient venues qui lui avaient demandé des potions pour calmer les ardeurs de leurs époux. Elles avaient prié en vain saint Raboni d'adoucir le caractère violent de leurs maris. Elles se tournaient vers Catherine et ses diableries pour se sauver des coups et des grossesses à répétition. Catherine était un bon exemple : un seul fils en douze ans de mariage ! Même son matou restait tranquille près du feu au lieu d'aller courir les chattes du quartier.

Edward entendait encore les plaintes de ces femmes qui ne savaient pas comment échapper à leur condition. Elles donnaient des œufs et du lait, de la laine et des racines, des crêpes de blé noir, une pièce de droguet, un duvantiau, un panier de passe-velours en échange de fioles ou de recettes mystérieuses. Certaines flattaient Edward en pensant qu'il secondait Catherine dans ses expériences, d'autres évitaient de le toucher et même de le regarder tant l'éclat de ses yeux de porphyre les troublait. Elles s'emparaient des remèdes, remettaient quelques sous et baissaient leur capuche sur leur front avant de sortir dans la rue Saint-Séverin. Elles se précipitaient vers l'église pour une prière à la Vierge avant de regagner leur logis. Quand la porte s'ouvrait, Edward entendait les cris des regrattières qui vantaient leur marchandise. Elles n'offraient rien qui puisse l'intéresser et il entendait leur bruit décroître avec soulagement. Il n'y avait que Catherine pour posséder une voix agréable dans cette troisième vie. Elle lui murmurait des mots tendres dans le creux de l'oreille, lui répétait qu'elle l'aimait plus que son propre fils qui ressemblait trop à son père en vieillissant. Elle comptait ses moustaches et décidait qu'elle mettrait ainsi vingt-quatre grains de genièvre dans la potion qui devait arrêter les dévoiements. Elle le regardait comme s'il l'inspirait et c'était probablement cette amitié qui l'avait rendu télépathe.

— À quoi penses-tu, mon beau chat ? demanda le vétérinaire.

Edward se laissait palper sans bouger, découragé ; l'homme n'avait aucune des caractéristiques de Sébastien. Comment découvrirait-il où se cachait son ancien maître ? Il en venait à regretter Pierre-Stéphane qui représentait sa seule piste. Il était si distrait qu'il sursauta quand le vétérinaire lui piqua le flanc droit ; il ne l'avait pas vu préparer son injection. Il tenta de lui échapper mais Delphine le maintint solidement en lui répétant que c'était bientôt fini.

On le relâcha enfin. Il s'enfuit sous le lit où il rumina son nouvel échec.

Que devait-il inventer pour trouver un mari à sa maîtresse ?

6

Edward regardait avec perplexité Delphine s'habiller ; elle avait choisi la robe qu'il détestait le plus. Le tissu était trop élastique et dégageait une odeur de caoutchouc très pénible. Elle s'était vaporisé du parfum au creux des coudes, aux poignets et dans le cou, mais les relents de la robe persistaient. Comment espérait-elle attirer ainsi un mâle ? Car il ne s'y trompait pas, Delphine se vêtait avec une fébrilité significative. Elle essayait un bijou, le reposait, en prenait un autre, se regardait dans le miroir, gémissait à voix haute, attachait la mèche de cheveux qui la dissimulait habituellement aux regards, la libérait, interrogeait Edward :

— Et si Leguay vient avec l'inconnu ? Qu'est-ce que je devrais porter ? Le collier ou les boucles d'oreilles ?

Ni un ni l'autre, aurait-il voulu répondre. Tu dois rester ici avec moi.

Edward prenait à son compte les imprécations angoissées du frère Hugues contre les femelles qui avaient voulu s'approcher des Templiers quand ils étaient rentrés de la septième croisade. Calé entre la chemise et la tunique, il se souvenait comme le cœur d'Hugues battait fort lorsque des créatures tentaient de lui parler et comme il priait Dieu, dès qu'il se trouvait seul, d'éloigner ces tentatrices qui usaient de parfums capiteux pour le détourner de sa voie chrétienne. Entre deux patenôtres, frère Hugues pestait contre les attifements des femmes du Sud qui laissaient voir leur chair de miel. Il flattait ce chat trouvé dans le comté de Tripoli après une victoire contre les Infidèles et lui répétait qu'il devait continuer à lui porter bonheur.

Delphine usait des mêmes artifices que ces femmes du XIIIe siècle en se préparant à aller rejoindre Alain-Justin Leguay, et Edward redoutait qu'elle ne commette encore une erreur. Il ne savait pas qui elle retrouverait mais il lui connaissait trop cette manière de chantonner sous la douche qui n'augurait rien de bon.

Delphine prit le bus 96 et colla son front contre la vitre. Saint-Fargeau, Ménilmontant, Filles-du-Calvaire. Elle descendit rue de Turenne avec un peu d'avance. Elle s'assit sur un banc, face à la statue de Louis XIII, et rêva des Précieuses ; la princesse de Guéménée aurait-elle montré de l'enthousiasme en allant à ce rendez-vous ?

Alain-Justin Leguay l'attendait. Il lui serra la main quelques secondes de trop avant de tirer sa chaise. Elle crut le sentir effleurer son dos alors qu'il l'aidait à ôter sa veste de lin beige. Ils discutèrent du menu, puis il la complimenta sur sa robe. Ils conversèrent ; la notion de modernité, Paris, Montréal, le centre culturel, la subjectivité de la presse et la gastronomie. Leguay semblait s'amuser même si elle avait retiré les doigts qu'il avait voulu emprisonner entre les siens après le premier verre de sancerre. L'homme n'avait pas récidivé et Delphine s'était dit qu'il l'avait draguée par habitude, sans grande conviction. En terminant sa salade de pétoncles à la papaye, elle reparla de l'inconnu ; elle doutait qu'il soit français. Elle ne vit pas la respiration de Leguay s'altérer alors qu'il répondait qu'Anderson, en effet, était un contact américain.

— Mais sa mère est originaire de Bordeaux. C'est pourquoi il n'a aucun accent. Je me suis rappelé que je l'avais croisé ce mercredi dont vous me parliez. Je connais peu James Anderson, je sais seulement qu'il est amateur d'art moderne et de sculptures inuits.

Delphine s'empressa de parler du Frick Museum qu'elle adorait pour éviter que Leguay ne devine son intérêt pour l'inconnu. Anderson. Il s'appelait James Anderson. Elle mentionna aussi son émotion en découvrant les tableaux du Bronzino à la galerie des Offices et de son envie de visiter l'Ermitage, lors de son prochain séjour en Russie.

Occupée à mentir à propos de ce voyage en prétendant y faire bientôt un reportage photo et demandant des conseils à Leguay qui y était allé souvent, Delphine ne s'aperçut pas du trouble qui agitait son hôte.

— On ne trouve pas tant de talents différents en une seule expédition, avançait-elle. Vous avez effectué plusieurs séjours, non ? À moins qu'on n'ait tout préparé avant votre arrivée. Mais vous n'êtes pas le genre d'homme à se contenter de recevoir tout cuit dans le bec ; vous aimez décider par vous-même. Vous avez sûrement vu des centaines d'œuvres avant de faire votre choix.

Que voulait cette femme ?

— Je n'étais pas le seul à décider, précisa Leguay.

Vous me prêtez plus d'importance que je n'en ai réellement. Mais je vous donnerai les noms de quelques journalistes quand vous partirez pour la Russie.

Delphine l'interrogea sur la vie quotidienne à Moscou, y avait-il autant de corruption qu'on le prétendait ? Voyageait-on facilement entre deux villes ? À quelle époque de l'année devait-elle visiter la Russie ? Trouverait-elle à se loger ailleurs qu'à l'hôtel ? Elle voulait séjourner au moins six semaines dans le pays. Sa connaissance de l'anglais lui suffirait-elle pour se faire comprendre ?

Il répondait à ses questions avec un luxe de détails, plaisantait sur ses premières surprises dans ce pays, vantait la débrouillardise des habitants tout en se promettant d'en savoir plus sur Delphine. Qui était-elle ?

Une artiste naïve ou une vilaine curieuse ?

Il insista pour la raccompagner en voiture jusqu'à son atelier. Elle allait refuser, préférant marcher, mais Leguay reparla d'Anderson.

— Je crois qu'il a déjà vécu à Montréal. Non, Toronto. Je ne sais plus. Je lui demanderai. Peut-être qu'il vous connaît ? Ce serait drôle.

Delphine secoua la tête ; elle n'avait jamais vu l'inconnu. Elle s'en serait souvenue. Il y avait assez de conviction dans son ton pour intriguer Leguay ; et si Anderson plaisait à cette photographe ? Avait-elle dîné avec lui pour en apprendre plus sur l'Américain ? Il devait savoir si Anderson l'attirait ou si elle enquêtait sur lui. Pour qui ?

Avait-elle découvert quelque chose ? Si elle ne se contentait pas de recherche esthétique mais rêvait aussi d'un reportage sur Anderson. Il lui tardait de rentrer chez lui pour rejoindre son associé. Il fut soulagé que Delphine refuse qu'il la reconduise. Elle préférait marcher.

Delphine travailla deux heures sur les ombres du labyrinthe du Minotaure ; elle avait trié des photos de plans d'architecture, elle les avait ensuite découpées et juxtaposées de manière que le spectateur devine l'œuvre d'un même Dédale mais se déclare impuissant à trouver les issues. Elle devait atténuer les contours pour accentuer le flou inquiétant du piège et prévoir plus de lumière autour du monstre. Elle travaillait avec toutes les matières imaginables ; pastel, feutres, acrylique, papier émeri, moustiquaire, tissus, plastiques, métaux. Elle coupait, collait, perçait, déchirait, pliait ses photos, les fardait, les travestissait avant de photographier le résultat. Audrey disait qu'elle réalisait des clichés gigognes mais ce n'était pas seulement des photos dans les photos, Delphine voulait modifier profondément l'image pour lui donner une autre vérité. Que ferait-elle dire a Persée si elle réussissait à lui parler ?

James Anderson n'était pas dans le bottin. Delphine s'y attendait mais fut déçue. Comment pouvait-elle le revoir sans mêler de nouveau Alain-Justin Leguay à sa quête ?

Elle oublia Anderson dès qu'elle rentra chez elle ; Edward avait fugué. Il avait réussi à sauter par-dessus le balcon, avait atterri sur le toit voisin d'où il était redescendu pour traverser la cour et batifoler dans le jardin attenant.

Delphine appela Edward de la terrasse, sans succès. Elle dévala les escaliers et s'avança dans la cour où elle fouilla les buissons dans l'espoir de découvrir son chat.

Ce n'était pas la première fois qu'Edward quittait l'appartement, mais il n'avait jamais été très loin et avait toujours répondu rapidement à ses appels. Edward ! Edward !

Delphine parcourut lentement les rues avoisinantes, déplaçant une poubelle, soulevant une planche aux abords du terrain vague, s'arrêtant toutes les deux minutes parce qu'elle avait cru entendre un miaulement, un frémissement, un craquement, demandant aux rares passants de la prévenir s'ils voyaient Edward. Elle rédigeait mentalement le texte qu'elle placarderait dans toute la ville si son chat ne revenait pas avant midi. Elle offrirait une grosse récompense. Elle reproduirait sa photo ; elle en avait des centaines. Où était-il parti ?

Tout près, vraiment tout près, mais il n'allait surtout pas répondre aux appels pressants de Delphine ; elle resterait aux abords de la maison tant qu'elle ne l'aurait pas retrouvé. Il la garderait près de lui un certain temps. Il avait eu une bonne idée en imitant M. Leblanc ; le grand chef avait quitté la maison des Fortnum après une remarque d'une invitée sur la texture des profiteroles au foie gras qui nageaient dans un bouillon à la moelle et au porto. Mrs Fortnum avait eu le mauvais goût de répéter l'insanité à son cuisinier qui avait aussitôt jeté son tablier dans la cheminée, pris son chapeau, ses gants et avait claqué la porte avant que quiconque puisse intervenir. Mrs Fortnum avait poussé un petit cri, son mari lui avait reproché d'avoir invité cette idiote de Marjory Digby qui n'avait pas plus de goût que d'esprit ; elle n'avait ri à aucune des plaisanteries de lord Malcolm ! Edward avait vu les domestiques sortir les uns derrière les autres pour rechercher M. Leblanc :

il fallait le retrouver avant le dîner sinon... Mrs Fortnum manquait s'évanouir juste à y penser ; ce serait la ruine d'années d'efforts pour accéder à la classe supérieure. Lord Malcolm leur avait fait l'honneur de sa présence parce qu'il était un gastronome, il avait entendu vanter les mérites de M. Leblanc et avait semblé mesurer ses talents au *breakfast* comme au *lunch.* Edward avait lui-même apprécié le poulet en chaud-froid et le rôti de veau. La colère de M. Leblanc ne l'avait pas empêché de digérer tranquillement son en-cas ; il était habitué à l'entendre gourmander les cuistots et le pâtissier. Il connaissait assez son maître pour savoir que celui-ci n'irait pas très loin : M. Leblanc détestait autant que lui marcher sous la pluie. Et il aimait la bonne bière. Une pinte d'ale au pub le calmerait. Il repenserait à la conduite d'Elizabeth Fortnum, qui, en vérité, était davantage responsable de sa colère que la remarque de l'ignare Marjory. Le matin, alors qu'il flattait Edward en prenant son café, la fille de la maison était venue dans ses cuisines. Ce n'était pas la première fois qu'elle y descendait ; elle savait pourtant que ce n'était pas sa place. Mrs Fortnum faisait appeler son chef quand elle voulait lui parler. Seul le maître, parfois, pouvait s'autoriser à venir fumer un cigare en sirotant un porto. Une affaire d'hommes. Les jeunes filles n'avaient pas à envahir le domaine de M. Leblanc pour un oui ou pour un non. Encore moins pour demander au maître des lieux de cuire un curry. Un curry ! Elizabeth Fortnum voulait goûter à cette nourriture d'indigène, de sauvage ! Une soubrette lui avait même donné une recette ! Une recette d'une domestique ramenée du bout du monde : Miss Fortnum avait-elle perdu la tête ? Il ne renierait pas des années de fidélité à la cuisine française, la meilleure, l'inégalée, pour se commettre avec l'infâme ragoût d'une étrangère. Elizabeth lui avait dit que son mépris ne l'honorait guère et qu'il pourrait beaucoup apprendre d'Indira. Elle était repartie en prenant un air outré, comme si c'était elle qui avait été insultée. Edward avait tout juste eu le temps de se glisser derrière le four afin que les cris de son maître retentissent moins douloureusement à ses oreilles. M. Leblanc avait hurlé que cette petite sotte déshonorait la maison en frayant avec les domestiques. Il n'avait pas le temps d'aller se plaindre à Mr Fortnum de la conduite de sa fille car il était déjà huit heures et quart, mais il l'informerait plus tard qu'il ne tolérerait pas tant d'insolence. Un curry ! Pourquoi pas un couscous ? Il trouvait amusants et avait même admiré les articles arabes qu'il avait vus à l'Exposition universelle, mais de là à adopter les coutumes de ces horsains au teint douteux... Préparer le *breakfast* l'avait distrait de son indignation. Il avait goûté, comme chaque matin, les muffins et les scones qui sortaient des fours, battu les œufs brouillés en y ajoutant des feuilles d'estragon hachées, et disposé des tranches de rôti de marcassin, de bœuf bouilli et de poisson fumé dans de grandes assiettes de porcelaine. Dès que les plats avaient quitté la cuisine, M. Leblanc avait bu un café bien noir et s'était attelé à la préparation du *lunch*. Ses poulets en gelée étaient prêts mais il devait faire dorer les choux avant de les farcir de foie gras. Avec art et patience. Il attendait les compliments, Marjory Digby l'avait humilié...

Quand M. Leblanc était rentré du pub, Edward avait su tout de suite qu'il avait bu plus qu'une pinte mais le chef avait néanmoins pu assurer le dîner en hommage à lord Malcolm. Il avait monté un mille-feuille de sole à la choucroute, apprêté un coq de bruyère farci aux cèpes, une perdrix sauce périgourdine, une roulade de veau à la mirepoix et pelures de truffe, et un gigot d'agneau avec une sauce aux airelles. Il y avait sûrement du dessert, mais après avoir goûté à tous les plats Edward s'était endormi sous la table de la cuisine, là où personne ne pouvait lui marcher sur la queue.

En évoquant ce souper gastronomique, Edward saliva ; il quitta l'entretoit où il s'était caché et se faufila dans la rue, rasant les murs pour éviter d'attirer l'attention de Delphine. Dès qu'il pénétra dans le terrain vague, il fut assailli de messages olfactifs si nombreux qu'il faillit rebrousser chemin : combien de chats se partageaient le territoire ? Il avança pourtant, excité par cette aventure qui lui rappelait ses jeunesses ; les champs de la Nouvelle-France, le quartier Saint-Séverin, la forêt derrière la commanderie, les greniers égyptiens. Autant d'endroits où il avait exterminé la vermine et capturé de bons oiseaux. Il appréciait la nourriture que Delphine rapportait de ses chasses mais, hélas, elle emballait les viandes dans des papiers qui en modifiaient trop souvent l'arôme.

Un bruissement tira Edward de sa rêverie. Il tourna la tête doucement. À quinze mètres de distance se tenait un chat à la queue dressée. Edward entendit un grondement juste avant que l'ennemi s'avance vers lui, poils hérissés et pattes tendues pour paraître plus grand. Son cœur se mit à battre mais il resta sur place afin de juger de la force de l'adversaire. Était-il aussi gros qu'il le paraissait ? Aussi dangereux ? Il grondait plus fort maintenant et il siffla quand il fut à un mètre d'Edward. Sans cesser de le regarder, il leva la tête, l'inclina sur le côté gauche, puis répéta le manège côté droit. Edward savait qu'il visait son cou. Il hésita, recula, décrivit un grand cercle vers l'arrière, au ralenti, puis il s'immobilisa, refusant de s'aplatir devant l'ennemi mais peu désireux de passer à l'attaque. Le chat s'arrêta à son tour, cracha avant de siffler de nouveau. Edward grogna, agita la queue en tous sens, aussi dubitatif qu'angoissé. Il y eut un court silence puis il émit un feulement que son ennemi imita. Ils se fixèrent longuement avant de se séparer avec des gestes incroyablement lents. Le premier qui accélérerait signifierait à l'autre sa faiblesse et l'inciterait à l'agression. Ils retinrent leur respiration jusqu'à ce qu'Edward atteigne la palissade qui bordait le terrain vague. Il y eut un dernier cri de colère, puis les deux chats s'éloignèrent dans des directions opposées.

Edward se glissa sous une voiture et y resta jusqu'à ce que sa respiration ait retrouvé son rythme habituel. Il y avait si longtemps qu'il s'était battu ! Il avait toujours détesté cela ; on ne sait jamais, même si l'ennemi fait acte de soumission, même s'il est plus petit, même si la victoire semble assurée, il peut y avoir un mouvement fatal à la dernière seconde, le coup de griffe qui aveugle ou qui vous arrache l'oreille. Il fallait se méfier de l'énergie du désespéré. Edward avait peu combattu quand il vivait avec Néfertari et ses enfants car ceux-ci ramenaient gentiment leurs visiteurs à leurs propriétaires quand ils s'aventuraient dans la cour. De même, Edward était reconduit chez lui avec un luxe de précautions s'il s'égarait chez les voisins. Tout se passait avec tant de douceur sous le règne de Sheshonq Ier ; Edward regrettait d'avoir si peu de souvenirs de cette vie de rêve. Il entendait encore les compliments qu'on lui adressait quotidiennement, les murmures de la petite servante qui lissait son poil durant des heures, il se rappelait comme il aimait frotter son museau contre les flacons d'albâtre quand Néfertari préparait les fards qui faisaient d'elle la maquilleuse la plus compétente de la cité. Il y avait les cylindres quadruples pour les khôls, ces coupelles ornées d'ibis aux pattes pliées, ces tiges d'ivoire légèrement parfumées, ces pots de faïence où Néfertari mélangeait une crème à base d'huile d'amande, d'olive et de cyprès qui l'affolait. Quand elle l'appliquait sur son visage, elle ne manquait jamais de lui en mettre une touche sur le bout du museau. Il retrouvait cette odeur sur ses colliers d'or et de lapis-lazuli quand elle les déposait près de sa couche.

Il n'avait jamais plus respiré cet effluve végétal envoûtant ; le frère Hugues sentait toujours la sueur, le vieux sel ou le cheval, Catherine manipulait trop de plantes pour qu'une odeur particulière persiste, la peau de M. Leblanc était imprégnée des sucs des viandes qu'il tripotait depuis tant d'années. L'odeur de la crème de Néfertari était unique comme celle des mocassins de Sébastien, très forte, presque poivrée, ou celle, merveilleusement musquée, des aisselles de Rachel.

Edward regrettait que Delphine se lavât autant et usât de ses savons déodorants qui gâchaient sa nature de crème chantilly. Elle la conserverait mieux si elle se léchait pour se nettoyer, mais elle avait la curieuse manie de se plonger dans l'eau matin et soir. Il aurait préféré qu'elle porte uniquement son *Roseberry's*, si fruité, si appétissant. Edward ne mangeait évidemment pas de framboises, ni de roses, mais ce parfum évoquait si justement l'été et ses jardins qu'il n'avait qu'à s'approcher de la bouteille verte pour imaginer la pelouse sous ses coussinets.

Edward quitta son abri pour regagner le jardin de M. Sévigny où il se sentait plus en sûreté. S'il restait tapi derrière le buisson d'aubépines, Delphine ne pourrait pas le voir avant l'aube, handicapée par l'obscurité.

Elle était installée sur la terrasse quand il revint vers leur domicile. Il l'entendit encore l'appeler sur tous les tons mais il résista à ses supplications ; il devait la protéger contre elle-même. Il dormit mal, peu habitué au camping, et s'enfuit du jardin dès qu'il entendit M. Sévigny ouvrir ses volets. Le vieillard le vit, l'appela, mais Edward disparut aussitôt. De la rue, il écouta Delphine interroger M. Sévigny : était-il certain d'avoir aperçu son chat ?

Edward avait juste le temps de trouver une autre cachette avant que Delphine se précipite à sa poursuite. Il descendit une rue, retraversa le terrain vague sans s'arrêter, sauta par-dessus la palissade et aboutit dans un chantier où les ouvriers commençaient à arriver. Il se coula dans un tunnel de béton pour réfléchir tranquillement à sa situation. Il ne pourrait demeurer sur ce chantier où les bottes des hommes le menaceraient. Il avait vu également un grand chien noir, très jeune, qui aurait sûrement envie de le courser dès qu'il devinerait sa présence. Mais où aller ? Il connaissait mal son quartier puisqu'il se contentait de regarder la cour du haut de la terrasse. Il se demandait où se réfugier quand il perçut les pas de sa maîtresse. Delphine s'approchait. Edward se tapit contre le béton.

— Je cherche mon chat, dit Delphine en montrant l'une des centaines de photos qu'elle avait faites d'Edward. Je l'ai perdu hier soir.

— Pas vu, mademoiselle, répondit un des ouvriers.

Un maçon regarda autour de lui ; il aurait bien aimé plaire à cette jolie femme.

— Donnez-moi votre numéro de téléphone. Si on le voit, on vous appelle.

— Et si le chat ne revient pas, tu la consoles ? se moqua un de ses compagnons.

Le maçon protesta mais Delphine lui tournait déjà le dos : elle avait aperçu le bout de la queue d'Edward. Ces quelques millimètres qui dépassaient du bloc de béton. Elle s'avança vers Edward, s'agenouilla et tendit la main vers son collier. Il se rua hors du tunnel, fit trois pas avant de revenir vers Delphine ; c'était lui qui prenait la décision de rentrer. Parce qu'il n'aimait pas qu'elle discute encore avec des hommes qui n'avaient rien en commun avec Sébastien Morin. Il courut devant elle pour être certain qu'elle ne s'attarderait pas sur le chantier et ne donnerait pas son numéro de téléphone à ces inconnus. Elle s'élança derrière lui en le suppliant d'être gentil et de l'attendre. Elle lui promit du crabe s'il se montrait obéissant. Il ralentit le pas devant la porte de l'immeuble, se frotta contre ses jambes. Heureusement, elle ne s'était pas lavée en se levant. Il détectait aussi sa propre odeur sur ses mollets. Ce message était encore assez clair pour qu'aucun autre chat n'ait osé s'approcher de sa maîtresse.

Quand Delphine se mit à pleurer de soulagement en le serrant contre lui, il comprit qu'elle avait passé la nuit à l'espérer et il dut s'avouer que sa méthode pour forcer Delphine à rester chez elle était cruelle.

Edward était découragé. Il voulait le bien de Delphine sans y parvenir. Comme il le faisait toujours dans l'adversité, il se roula en boule sous une couverture et sombra dans le sommeil en évoquant Bastet : la déesse devait lui apporter l'inspiration au plus vite ! Si, comme le prétendait la légende, elle avait tranché la tête du serpent Apophis pour l'empêcher de faire chavirer la barque solaire et de condamner le monde aux ténèbres, elle était sûrement capable de l'aider à rendre Delphine heureuse.

Tout en regardant la grosse bosse que faisait son chat sous la couverture, Delphine agitait une petite cuillère dans son café, le quatrième depuis son réveil : qu'arrivait-il à Edward ? Il n'avait jamais fugué. Il descendait rarement dans le jardin et il remontait dès qu'il avait mâchouillé trois brins d'herbe. Elle buvait son café sans le goûter quand Audrey téléphona. Pourquoi n'était-elle pas encore à l'atelier ? Delphine raconta la fuite de son compagnon.

— Je devrais peut-être rester ici aujourd'hui. Je ne comprends pas son attitude. Il est malade sans l'être, il fugue, il boude entre deux crises d'affection. Et parfois, quand il me regarde, j'ai l'impression qu'il est ailleurs, sur une autre planète. Je ne sais plus ce que je dois faire pour être une bonne maîtresse...

Audrey rassura son amie ; personne ne pouvait aimer davantage Edward. Il vieillissait, voilà tout. N'avait-il pas près de dix ans ?

— Il te trouve trop jeune pour lui, plaisanta-t-elle.

— Non. Les chats croient que nous sommes aussi

des chats, différents d'eux, mais tout de même félins. Pour Edward je suis une sorte de mère adoptive puisque je le nourris.

— C'est prouvé, ça ?

— Tu peux te moquer mais je l'ai lu dans bien des manuels.

— Tant que les chats miauleront au lieu de parler, tu ne pourras pas savoir ce qu'il y a entre leurs deux grandes oreilles. Plonge ton regard dans celui d'un chat et tu verras que c'est trop profond pour être aussi simple que les spécialistes l'écrivent. Les chats sont magiques.

Ce fut au tour de Delphine de taquiner Audrey ; depuis quand s'était-elle aperçue du pouvoir des chats ?

— Depuis toujours. On a reçu des fleurs ce matin.

— On ? Des fleurs ?

— Pour nous deux. De chez Lachaume.

— Quoi ?

— Alain-Justin Leguay. Je te lis la carte : *J'espère avoir le plaisir d'admirer prochainement vos œuvres sur les murs de Multiture.*

— Mais je ne veux pas exposer avant longtemps.

— Il a envoyé deux bouquets. Un pour toi et un pour moi. Qu'est-ce que ça signifie ? Il faut que tu les voies.

Delphine hésita, regarda en direction du lit ; Edward dormirait tout l'après-midi, sa présence ne lui manquerait pas... Elle rentrerait avant le dîner. Audrey insista, elle faiblit.

Audrey enfouissait sa tête dans un des bouquets quand Delphine pénétra dans l'atelier.

— Ça change des odeurs de peinture. Ne sont-ils pas magnifiques ?

Delphine hocha la tête. Elle ne connaissait pas la moitié des fleurs qui s'épanouissaient devant elle.

— C'est trop. Pourquoi a-t-il fait ça ?

— Tu vas tout me raconter, ma jolie. Toute votre soirée.

— Il n'y a rien à dire. On a très bien mangé et je suis rentrée. J'ai réussi à apprendre le nom de l'inconnu mais il n'est pas dans le bottin. Il ne vit pas à Paris.

— Tu ne m'as même pas appelée pour m'en parler !

— J'étais préoccupée par Edward. Je n'ai pas dormi de la nuit. Il a réussi à me faire oublier Anderson. Peut-être qu'il m'intéresse moins que je ne le pensais. S'il est ami avec Leguay... il doit être aussi superficiel.

— Tu plais à Leguay, en tout cas. Des fleurs de chez Lachaume !

— Peut-être que Leguay avait des vues sur moi, mais très floues... Tu vois ce que je veux dire ?

Audrey acquiesça. Elle connaissait des hommes qui flirtaient par habitude, mettant beaucoup de conviction dans les premières approches, mais qui abandonnaient très vite leur proie. Sans regret apparent. Ils faisaient mille compliments, papillonnaient, vous touchaient des yeux et des mains, et changeaient facilement d'objectif si vous refusiez d'entrer dans leur jeu. Il n'y avait aucune passion dans ce batifolage, juste un réflexe, presque un tic.

— Leguay sait très bien qu'il ne m'intéresse pas, conclut Delphine.

— En tout cas, c'est délicat de m'avoir envoyé aussi des fleurs. Très classe.

— Trop, répéta Delphine.

Elle regrettait d'avoir provoqué l'invitation à dîner, d'avoir partagé une certaine intimité avec un homme pour qui elle avait peu d'estime. Elle avait pensé à James Anderson dans le bus qui la menait à l'atelier. Il ferait certes un beau Persée, mais quelles étaient ses relations avec Alain-Justin Leguay ?

— Je vais être obligée de le remercier.

— Appelle Leguay tout de suite et n'y pense plus. Tu as eu ce que tu voulais, le nom de ton bel inconnu...

— Même lui ne m'intéresse plus.

Audrey tapota l'épaule de Delphine. Edward lui avait vraiment fait passer un sale moment. Elle était tendue, terrifiée par cette réalité qui lui était apparue trop clairement : son chat disparaîtrait un jour. Audrey, qui se demandait souvent ce qu'elle ferait alors pour consoler Delphine, s'en voulut d'avoir insisté pour qu'elle vienne à l'atelier.

— J'aurais dû te laisser dormir tranquille. Edward est vraiment un emmerdeur !

— Non, non, il est contrarié.

— De quoi ? Il est choyé, dorloté, gâté, adoré, adulé, admiré, caressé, flatté, aimé, chéri, idolâtré... Mes enfants seraient pourris si je les élevais de cette façon.

Audrey atténua immédiatement ses propos en précisant qu'avec sa belle maturité, Edward, bien sûr, n'était pas devenu un détestable capricieux.

— Tu n'as rien à te reprocher. Si tu comprenais les hommes comme tu comprends les chats, ta vie serait beaucoup plus simple.

— Tu crois ? répondit Delphine sans entendre l'ironie.

Elle fixait les bouquets d'un air dégoûté quand la sonnerie du téléphone retentit dans l'atelier. Elle laissa sonner cinq coups avant de se décider à répondre. Alain-Justin Leguay coupa court à ses remerciements, il avait un service à lui demander. Pourrait-elle accompagner James Anderson à l'exposition d'art inuit et prendre quelques photos des pièces maîtresses ?

— Je sais que c'est interdit, mais vous aurez les autorisations nécessaires pour effectuer votre travail.

Delphine protesta. Elle travaillait en studio. Elle n'aurait pas le bon éclairage. Leguay balaya ses objections : il avait vu son travail, elle se débrouillerait très bien. Anderson n'exigeait pas la perfection. Il voulait simplement montrer ces sculptures à des amateurs d'art américains.

— Et le catalogue de l'exposition ? Il y en a toujours un.

— Les photos sont trop petites et prises sous un seul angle. Anderson est prêt à payer un bon prix. Vous n'en aurez pas pour très longtemps.

Delphine accepta, puis regarda, perplexe, le combiné qu'elle venait de reposer : rencontrerait-elle vraiment James Anderson ?

Audrey la taquina malgré ses appréhensions. Elle savait que Delphine était devenue photographe pour se convaincre de son charme, pour figer ces instants où elle avait attiré un amant magnifique et pour garder l'image de cette proie. Renaud, son mari, décrivait Delphine comme un don Juan, typiquement moderne dans sa frénésie de consommation. Audrey penchait plutôt pour Tantale et sa soif inassouvie.

N'y avait-il pas un homme qui ressemblât à Edward et puisse combler Delphine aussi bien que l'abyssin ?

Audrey doutait que ce soit James Anderson.

7

Edward hésitait à s'approcher de James Anderson. Il aurait aimé ses manières silencieuses si celui-ci ne s'était frotté l'oreille droite de la même manière que l'homme qui avait accompagné Louis Bourget chez Rachel. Binette. Georges Binette.

Les deux hommes étaient montés à l'appartement un jour de mai. Il y avait des brins de muguet dans le petit vase bleu sur la table de la cuisine. Rachel respirait leur parfum vingt fois par jour. C'était précisément ce qu'elle faisait quand les visiteurs avaient frappé à sa porte. Louis Bourget avait ce sourire de commerçant qui peut tout vendre, y compris sa mère, Georges Binette avait l'assurance de celui qui peut tout acheter. Binette avait d'ailleurs prétendu qu'il s'intéressait aux chapeaux de Rachel, mais il mentait : Edward, qui s'était frotté la queue contre le bas de son pantalon, s'était immobilisé en gonflant instantanément son poil puis il avait reculé en biais vers la cuisine.

Il avait reconnu l'odeur du sang même si le pantalon avait été lavé. Il retrouvait les relents qui rampaient dans la tunique du frère Hugues après qu'il eut combattu les Sarrasins. Ces relents saumâtres et ferreux, gâchés par la sueur humaine, n'avaient rien de commun avec le liquide, tiède et pur, encore palpitant, goûteux, qui giclait d'une perdrix ou d'une souris. La pourriture racontait la barbarie et Edward voyait une cave semblable à celle où l'entraînait Rachel quand sonnait l'alerte. Des bruits atroces emplissaient cette cave, les coups sur les chairs éclatées, les cartilages défoncés, les foies et les intestins écrasés, les os qui pètent, les têtes qui rebondissent sur le ciment glacé et les cris d'épouvante et de terreur, de douleur et de mort. Il y avait les mains de cette femme aux ongles arrachés qui s'agrippaient au pantalon du bourreau. Celui-ci donnait un dernier coup de pied en se plaignant qu'une Juive ait encore sali son pantalon neuf. Il la regardait mourir en allumant une cigarette.

— Votre Mistigri est donc peureux, ma pauvre Rachel ! avait dit Louis Bourget.

La modiste avait fait mine de s'amuser de la remarque ; si elle n'avait pas besoin d'être télépathe comme son chat pour savoir que les discours de Binette sonnaient faux, l'attitude d'Edward confirmait néanmoins son intuition. Rachel s'était dite flattée de la visite de ces hommes mais elle s'était montrée très évasive en répondant aux questions de Binette qui prétendait vouloir acheter une série de chapeaux.

— J'aime savoir avec qui je fais des affaires, avait-il dit. Je veux bien commander des bérets, mais je dois être certain que vous livrerez la marchandise à temps.

— L'atelier appartient maintenant à M. Louis, avait répondu Rachel. Il peut vous dire que je suis très ponctuelle.

Rachel avait décidé d'adopter un ton humble dès que Louis Bourget avait manifesté le désir d'acheter son atelier-boutique. L'occupant avait décrété que les Juifs devaient trouver des acquéreurs aryens ; Rachel n'avait pas cherché ni loin ni longtemps, Louis Bourget ne tenterait pas plus ou pas moins qu'un autre de profiter de la situation. Et il n'était pas assez sot pour se priver de ses compétences, il tiendrait à ce qu'elle continue à faire tourner la maison. « Administrateur provisoire. » Provisoire ? Rachel refusait de penser à ce mensonge ; depuis des mois, elle faisait semblant. Semblant de croire qu'elle reprendrait son établissement après la guerre, semblant d'avoir les mêmes relations avec Louis Bourget, semblant d'être optimiste.

— C'est vrai, Rachel travaille très vite. Montrez-nous vos nouveaux croquis, Rachel. Je suis certain que toutes les femmes voudront porter vos chapeaux cet hiver.

Rachel savait que la moitié des femmes qui auraient dû acheter ses chapeaux y renonceraient, garderaient l'argent pour l'alimentation, mais Louis Bourget et Georges Binette réaliseraient quand même de très bonnes affaires.

— Rachel ne vit que pour le travail, continuait Louis Bourget. J'ai même essuyé un refus quand j'ai voulu l'inviter au restaurant.

— Ne m'en veuillez pas, Louis, vous savez que nous devions terminer les bordures du modèle Tison.

Edward, qui venait de l'effleurer, savait que Louis Bourget ruminait toujours ce refus. Elle devait être plus aimable avec lui ; n'avait-il pas sauvé son commerce ? Il en avait assez de ses manières distantes, de sa façon de se draper dans le souvenir de son mari pour le repousser. Elle était sans doute très belle, mais elle avait beaucoup de chance qu'il s'intéresse à elle bien qu'elle soit juive. Sa patience avait des limites qui s'amenuisaient à chaque nouvelle ordonnance. Bourget s'étonnait de s'obstiner à séduire Rachel ; il l'avait même défendue devant Binette. Elle était juive, oui, mais son défunt époux était goy et elle n'allait jamais à la synagogue. Elle n'était pas comme ces étrangères aux noms imprononçables qui ne vivaient en France que depuis dix ou vingt ans.

— Bon, je vous fais confiance, avait murmuré Binette. J'aurai vos chapeaux pour la mi-septembre ?

Rachel avait hoché la tête. Avant qu'elle puisse intervenir, Georges Binette s'était dirigé vers le salon en se penchant pour distinguer les signatures en bas de chacun des tableaux qui ornaient les murs.

— Vous aimez la peinture ?

— C'était plutôt Flavien, mon mari.

— Il avait du goût, avait dit Binette en souriant largement, tant pour les peintures que pour les femmes.

Rachel avait rougi ; le regard que cet homme posait sur elle l'indisposait. Elle avait baissé la tête afin qu'il ne devine pas la répulsion qu'il lui inspirait. Binette y avait vu de l'embarras et s'était dit qu'il laisserait Louis Bourget s'amuser quelque temps avec Rachel avant de la chasser de chez elle.

— Je ne passerai pas demain, avait expliqué Louis Bourget, mais mardi, je devrais pouvoir vous apporter des coupons de feutre.

Rachel avait reconduit les hommes jusqu'à la porte de la cour. Elle avait échangé quelques mots avec la concierge qui l'avait encore remerciée pour son beau chapeau de toile, puis elle était remontée et s'était enfermée à double tour.

Edward s'était pelotonné contre elle pour la réconforter mais ses ronronnements manquaient de conviction. Il était encore plus inquiet que Rachel. L'homme qui se frottait l'oreille droite toutes les cinq minutes représentait un grand péril.

Delphine caressa Edward avant de le déposer sur le divan près de James, mais le chat sauta sur le fauteuil voisin pour mieux observer l'inconnu qui avait le même tic que Georges Binette.

— Il est indépendant, dit l'Américain.

— Pas toujours. Il est jaloux de vous.

— On se tutoie ? Je ferai moins d'erreur.

— Vous... tu parles très bien.

— Grâce à ma mère. Attends, Delphine, je vais t'aider.

Anderson quittait le divan, se précipitait pour lui ôter le plateau des mains et le déposer sur la petite table de rotin.

— On peut boire le vin sur la terrasse ?

Il reprit le plateau tandis qu'elle ouvrait la porte-fenêtre en cherchant un sujet de conversation qui l'éclairerait sur Anderson. Il se montrait très amical mais il se livrait peu. Ils n'avaient parlé que d'art contemporain durant toute leur visite au musée. Il avait une voix grave, plus vieille que lui, et Delphine pouvait imaginer ce qu'il serait dans quinze ou vingt ans. Elle voyait ses tempes blanchies et la peau de son cou plus marquée, mais elle était persuadée qu'il se tiendrait toujours aussi droit. Elle avait eu envie plusieurs fois de lui demander de lever le bras, de le tendre comme avait dû le faire Persée quand il tenait la tête de Méduse au bout de son poing fermé.

— Tu habites ici depuis longtemps ?

— Depuis que je suis rentrée de Montréal.

— Je suis allé au festival de jazz cet été. *Terrific !* Très différent de Montreux. Montreux est le meilleur festival mais Montréal est cool avec toutes ses scènes ouvertes. Et pas trop de policiers.

— Tu n'aimes pas les flics ?

— Qui les aime ? dit-il avec un retard qui échappa à Delphine.

— Tu viens souvent à Paris ?

— Cela dépend.

De quoi ? De son travail ? De sa femme ? De son porte-monnaie ? De ses enfants ? Il était horripilant avec ses manières d'anguille qui vous glisse entre les mains.

— Des belles Parisiennes.

Il lui adressa un clin d'œil. Elle tenta de lui rendre son sourire. « Des. » Combien ? Les collectionnait-il par arrondissement ou par profession ? Par couleur de cheveux ou par ordre alphabétique ? Elle continuait à sourire tout en craignant que ses pensées idiotes ne passent dans son regard.

Le bouchon de champagne fit sursauter Edward qui protesta en miaulant. Delphine tenta de l'attirer vers elle ; elle aurait tant aimé qu'il soit gracieux avec son invité.

— Hier, il s'est sauvé, raconta-t-elle à Anderson. J'ai eu tellement peur de l'avoir perdu !

Elle frissonna et Anderson en profita pour lui passer une main réconfortante dans le dos.

— C'était sûr qu'il reviendrait. Quand on a une jolie maîtresse comme toi...

Delphine but une gorgée pour éviter de répondre mais demeura immobile afin qu'Anderson sache bien qu'elle ne se dérobait pas à cette caresse dans son dos.

Elle ne fut pas surprise qu'il retire sa main avec beaucoup de naturel. Sa désinvolture créait l'illusion de l'intimité, on aurait pu penser que Delphine et lui se connaissaient depuis longtemps. Et il escamotait toutes les questions qui permettent à deux personnes de faire connaissance avant de se retrouver au lit.

Quand Edward vit la main de Delphine se diriger vers le torse de James, il dut se décider à intervenir. Il frotta son museau contre le jean de Delphine avant de grimper sur elle.

— Je crois que tu as raison. Il est possessif.

Delphine flatta Edward tout en expliquant qu'ils formaient un vieux couple.

— Il me déteste ? demanda l'Américain d'une voix amusée. Habituellement, je plais aux animaux. J'ai même eu la chance de nager avec des dauphins.

— Est-ce que tu chantes juste ?

— *What ?*

— La légende veut que des dauphins aient sauvé le poète lyrique Arion de la noyade. Les marins qu'il avait engagés pour conduire son bateau ont voulu le tuer. Il a demandé comme dernière faveur de chanter avant de se jeter à la mer. Il a ensuite plongé pour avoir la surprise d'être soulevé hors des flots par des dauphins qui devaient avoir aimé sa musique.

— Tu as une histoire comme ça pour chaque animal ?

Était-il admiratif ou ironisait-il ?

— J'aime les bêtes.

— Plus que les humains ?

— Évidemment.

Elle rit, mentit en disant qu'elle était toujours très franche.

Edward ronronna un peu plus fort avant de s'étirer jusqu'aux genoux de James Anderson. Il avait senti monter l'excitation de Delphine ; qu'y avait-il chez cet homme qui l'attirât autant ?

L'Américain le flatta pour plaire à Delphine. Edward faillit se relever aussitôt mais il devait en apprendre davantage. Il s'immobilisa et les images commencèrent à défiler. Les paysages étaient très différents de ce que connaissait Edward, de même que les êtres qui peuplaient ces visions. Edward distinguait une tige de métal brillant. Elle s'enfonçait dans le ventre d'un homme. Une autre pièce étincelante avait la forme des croissants que mangeait Delphine à son réveil. Il y avait plusieurs de ces armes sur un mur dans une grande maison face à la mer. Le bruit des vagues n'était pas le même que celui qu'Edward avait entendu en Floride chez Mme Baxter, ni à La Rochelle quand le *Saint-Jean-Baptiste* avait levé l'ancre ou quand le bateau avait accosté en Nouvelle-France. C'était un bruit plus mat, étouffé par la grande distance qu'il y avait entre la plage et la véranda de James Anderson, mais ce bruit trouvait un écho dans la maison car elle était quasiment vide. Pour mieux mettre en valeur ses antiquités chinoises si patiemment acquises, Anderson avait opté pour un ameublement minimaliste. Une armoire où étaient installés des vases précieux du XIIIe siècle, une table devant laquelle il s'asseyait rarement pour manger, deux chaises et un futon. Edward se demandait où il aurait pu se cacher dans un tel désert. Un autre désert. Bleu de froid. Des femmes qui boivent avec Anderson. Des photographies de ces femmes. Des avions. Une maison fermée, sans fenêtre. Edward détesterait ; il supportait difficilement que Delphine ferme les portes. Des plaintes. D'où venaient-elles ?

Anderson repoussa Edward pour attraper la bouteille de champagne.

Delphine avait ramené un homme dangereux. Edward avait subi assez d'épreuves pour savoir reconnaître l'ennemi. Il cracha sur James Anderson qui sursauta alors que Delphine s'écriait :

— Edward ! Qu'est-ce qui te prend ?

Avant même qu'elle puisse réagir, le chat s'était faufilé vers la chambre, sous le lit. Delphine lui répéta deux fois qu'il était méchant mais Edward campa sur ses positions, manifestant sa désapprobation en fouettant le plancher de sa queue.

— Et tu me dis que c'est toi qui es fâché ? s'indigna Delphine. Parce que James a osé te mettre par terre pour me servir à boire ? Tu exagères, Edward. Vraiment.

Delphine s'excusa auprès de son invité ; elle ne savait pas ce qui tourmentait son chat depuis quelque temps.

— Il est devenu très capricieux.

Anderson la rassurait, Edward ne l'avait même pas griffé. Il vida sa flûte avant d'inviter Delphine à dîner avec lui.

— Pas ce soir, j'ai un rendez-vous avec des clients, mais demain ?

— J'aurai tiré les photos, promit Delphine.

— Ce n'est pas pour elles que je veux te revoir, darling.

Delphine crut que James allait l'embrasser mais il se contenta de lui effleurer la joue avant de disparaître dans l'escalier.

Elle referma la porte très vite et courut à la fenêtre pour le voir sortir de la cour. Il se retourna deux fois puis releva la tête et salua Delphine en embrassant le bout de ses doigts, en soufflant ces baisers.

Il était beau. Il était intelligent. Il était adorable.

Il devait être marié. Il avait éludé toutes les questions trop personnelles : Delphine ne savait pas comment ni où il vivait après une demi-journée passée en sa compagnie.

Edward sortit de sa cachette dès que Delphine l'appela. Il trottina vers elle en roucoulant avant de baver légèrement sur ses mollets. Elle le souleva et le colla contre son épaule pour l'interroger. Pourquoi en voulait-il tant à James qui ne lui avait rien fait ?

— La jalousie est un vilain défaut, dit-elle.

Edward cessa de ronronner. Delphine ne savait pas ce qu'était la jalousie pour s'exprimer ainsi. Elle n'avait pas entendu la colère enfler la voix du regrattier Duval, les sifflements du fouet qu'il avait pris pour corriger Catherine, les supplications de cette dernière, ses dénégations : elle n'avait fauté avec personne, le vieux Pierrot était resté cinq minutes, le temps de lui confier qu'on avait noué l'aiguillette de son fils aîné. Léonard Duval avait rugi, lui avait crié mille pouilles : elle s'y connaissait trop bien en matière de braies, elle était une guenipe, une gouine qui s'acoquinait avec des galefretiers tandis qu'il gagnait leur pain ! Il avait saisi Catherine par les cheveux, l'avait jetée sur leur couche et l'avait forcée sans cesser de la frapper au visage.

Il répétait qu'il lui ôterait l'envie de forniquer avec des gueux dès qu'il avait le dos tourné.

Catherine Duval n'avait dû son salut qu'à l'intervention de leur fils, rentré pour la soupe du soir.

Elle avait servi la potée, puis l'échine de mouton à son tortionnaire, coupé la miche et versé la goutte en silence. Plus tard, alors que Léonard Duval ronflait, elle s'était recroquevillée près de l'âtre et avait serré son chat contre elle en le priant d'aller quérir Satan : elle était prête à vendre son âme pourvu qu'on la délivre de son époux. Tandis qu'elle lissait ses poils, Edward avait vu un homme tout noir s'approcher de Catherine et lui tendre un bouquet de feuilles : le gant de Notre-Dame. Elle n'aurait qu'à en mettre dans la soupe pour être débarrassée du regrattier. L'homme noir s'évanouit avant que Catherine ait pu toucher au bouquet de digitale.

— Si Duval trépasse, on me fera des misères. On nous jettera à la rue. Où j'irai, moi ? Aux Magdelonettes ? C'est là que le bonhomme voudrait me voir ! Au couvent des filles perdues ! Je n'ai pourtant jamais eu d'attachement hors du foyer, je n'ai jamais paillardé. Duval goubelote mais je n'ai qu'à me taire quand il rentre ivre après avoir hanté les garces...

Catherine avait fini par s'endormir après avoir bu une infusion d'herbe de Saint-Georges. Comme chaque soir, Edward s'était frotté le nez contre une racine de valériane et il avait rêvé que c'étaient des cailles et non plus des rats qui couraient dans les ruelles parisiennes et qu'il n'y avait plus de vociférations dans leur demeure. Il s'était lové contre sa maîtresse et avait eu l'impression qu'elle partageait les mêmes songes.

Edward claqua des dents, il avait manqué une caille de peu. C'était étonnant comme ces petits oiseaux étaient agiles ! Il fronça le nez ; il sentait encore les plumes et la chair imprégnée d'odeurs de sous-bois et de champignons, il déglutit puis s'éveilla. Delphine le regardait avec amusement.

— À quoi rêvais-tu, mon beau trésor ?

Elle lui massait doucement les coussinets et il la laissait faire même si cette caresse le chatouillait.

— Tu as fini de bouder ? Je t'assure que James est très gentil.

Edward resta pourtant sur ses positions quand l'homme revint voir Delphine.

Souvent. Trop souvent !

Le chat évitait de se trouver dans la même pièce que James Anderson même s'il ne pouvait s'empêcher d'aller sentir ses vêtements quand ils traînaient près du lit. Edward attendait que les amants dorment et il s'approchait de l'Américain pour lire les rencontres qu'il avait faites avant de retrouver Delphine. Ce n'était pas la multitude des femmes qui angoissait Edward ; lui-même ne s'était jamais attaché à une seule chatte, c'était ces relents de peur qui se renouvelaient, qui s'ajoutaient les uns aux autres et se mêlaient à ces bouts d'acier trempé, de fer, d'étain qui perçaient d'éclairs les visions. Anderson adorait les armes.

Il était venu trois fois dans la même semaine mais n'était jamais resté toute une nuit. Le quatrième soir, Delphine lui demanda s'il était marié depuis longtemps. Il répondit qu'il travaillait avec sa femme et qu'ils étaient bons amis même s'ils ne s'aimaient plus. Il ne couchait pas avec elle. C'était Delphine qui lui plaisait mais il ne pouvait pas encore passer ses nuits aux Lilas.

Delphine prétendit comprendre parfaitement la situation, même si elle trouvait que James s'entourait d'un luxe de précautions surprenant quand il venait la voir. Après leur visite au musée, ils n'étaient plus jamais ressortis dans un lieu public. James avait même refusé de visiter son atelier, inventant toujours un prétexte pour éviter d'y aller. Il rencontrait Delphine pour dîner, louait ses talents culinaires, l'interrogeait sur son travail, critiquait intelligemment les photos qu'elle lui montrait mais s'entêtait à la rencontrer chez elle. Et repoussait catégoriquement l'idée d'être photographié. Même si Delphine lui promettait que personne ne pourrait le reconnaître quand elle l'aurait recréé en Persée.

— Si personne ne peut m'identifier, prends quelqu'un d'autre. Quelle importance ? Ne prends jamais de photos de moi. *Never !*

Delphine avoua qu'elle en avait déjà fait.

— Le jour où tu étais avec Leguay...

— Quand ?

— Place des Vosges. Il y a deux semaines.

Elle précisa tout de suite que les photos étaient ratées. Trop sombres.

— Vous étiez trop loin, de toute manière. Même si elles avaient été assez éclairées, on ne vous aurait pas reconnus. Je voulais en faire de nouvelles. Mais si ça t'ennuie...

Il l'embrassa avant de lui demander ce qu'elle avait fait des négatifs.

— Détruits. S'il fallait que je garde tous les films que je fais. Je jette ce qui est nul.

James Anderson répéta qu'il détestait être pris en photo. Il parla d'une croyance indienne qui voulait que les photographies volent l'âme des sujets. Il avoua en riant à demi qu'il était superstitieux et Delphine promit cent fois qu'elle ne prendrait plus de clichés à son insu.

Elle était pourtant intriguée par la phobie de James. Bien des gens ressentent un malaise devant l'objectif. Ils redoutent l'image que leur rendra la photo. Ils voudraient être plus jeunes, moins gros, avec un petit nez et des cheveux, beaucoup de cheveux, une peau lisse et des grands yeux. Et l'air très intelligent. Et sexy, oh oui. Ce n'était sûrement pas son apparence qui gênait son amant...

Audrey dit à Delphine qu'elle ne devait se faire aucune illusion ; si James Anderson craignait à ce point d'être vu en sa compagnie, c'est qu'il était encore très marié.

Géraldine, à qui Delphine avait raconté son aventure, se garda de tout commentaire. Elle avait connu ce genre de liaison et savait combien il est facile d'envisager une heureuse issue. Elle avait cru que sa jeunesse et sa beauté lui garantissaient un divorce ; elle s'était trompée. Quinze ans de vie commune pèsent souvent plus lourd qu'un mètre soixante-dix pour cinquante-quatre kilos et plusieurs couvertures de magazine.

Géraldine examina les photos que Delphine avait prises de James place des Vosges et lui proposa de trouver un mannequin qui lui ressemble pour incarner Persée. Delphine déclina l'offre ; c'était le magnétisme de son amant qui permettrait de croire qu'il domptait la Gorgone.

— Tu ne peux pas utiliser ces photos ? Il ne sait pas que tu les as...

— Je lui ai dit qu'elles étaient détruites. Mais si je m'en sers et que James se décide à venir à l'atelier, s'il se voit dans un montage ?

James Anderson déclara à Alain-Justin Leguay qu'il était persuadé que Delphine avait conservé les photos de la place des Vosges. Il avait fouillé chez elle durant son sommeil, après l'avoir légèrement droguée, mais il n'avait rien découvert.

— Il faut que j'aille à leur atelier voler les négatifs.

— Comment les trouveras-tu ?

Alain-Justin Leguay était inquiet. L'Américain l'avait consterné en lui rapportant cette confidence de Delphine : elle suivait ses modèles avant de les photographier officiellement.

Qu'avait-elle vu ?

Et si elle avait pris d'autres clichés d'Anderson ; quand il était allé chercher les Russes, par exemple ?

Anderson assura Leguay qu'il n'avait pas été suivi cette nuit-là. Il n'y avait pas une voiture dans la rue, pas un passant, pas un chat. Juste des trombes d'eau.

— Tout est rentré dans l'ordre ?

— Elles se sont calmées. À l'heure qu'il est, les Russes sont à Austin, Texas.

— Un bled hautement culturel...

Alain-Justin Leguay remit quelques documents à son associé : les lieux des prochains échanges, les modes de paiement, la liste des étrangères.

— On en a davantage qu'avant, tes hommes ont bien travaillé.

— Les tiens aussi ; grosse demande... Il y a toujours des États où on ne trouve pas une main-d'œuvre à si bon marché. Même avec les Mexicains et les Cubains. Il y a aussi des nouveaux clients à Toronto. Pour changer de la filière asiatique, je suppose...

— Ils ne rechignent même pas sur l'investissement de départ.

— On ne leur demande pas grand-chose ; ils ont les filles pour la vie. Et s'il y a des emmerdes... C'est si loin.

— De toute manière, on n'existe pas.

Les filles n'étaient pas toutes bêtes et soumises. Plusieurs apprendraient la langue du pays où elles échoueraient. Certaines auraient même envie de se plaindre. Quelques-unes le feraient. Dénonceraient le trafic dont elles avaient été victimes. Parleraient des toiles et des sculptures entassées dans un grand appartement.

Mais aucune ne pourrait dire où était situé cet appartement. Aucune ne remonterait à la source. Elles croyaient que James Anderson s'appelait Peter Thomson, Jack Andrew ou Louis Nelson et qu'il était journaliste.

— Pour Delphine Perdrix, il faut que tu te dépêches, dit Alain-Justin Leguay. Si jamais elle sortait un truc avant l'inauguration du centre... Elle pose toujours des questions saugrenues. Est-elle bête ou non ?

Anderson haussa les épaules. Il n'en savait rien.

— Elle aime baiser, mais elle ne dit rien sur elle. Uniquement sur son travail. Ses maudites photos. Ses montages. Elle veut le Pulitzer, c'est sûr.

— Je n'aime pas ça. Elle doit avoir des amis dans la presse.

— Elle ne parle que d'Audrey et de Géraldine. Ou de son chat.

À se demander si elle n'était pas à voile et à vapeur. Pas un mec à l'horizon, sauf le type qui lui vendait le matériel photo. Et les modèles qui venaient poser pour les deux femmes à l'atelier.

— Cette fille nous échappe. Elle est trop imprévisible.

— Il faut tout brûler. Cette nuit. Je vais mettre le feu à l'atelier.

— Es-tu fou ? On est en plein cœur de Paris ! Tes méthodes de mercenaire...

— Qu'est-ce que tu proposes, A.-J. ? Elle a des photos de nous, c'est sûr.

— Tu dois la faire parler. Et après...

James Anderson allait rétorquer que c'était plus facile à dire qu'à faire quand il eut une idée pour soutirer des informations à la photographe. Il penserait ensuite à la meilleure façon de se débarrasser d'elle.

Il retrouva Delphine chez elle à vingt heures et l'invita à dîner à l'extérieur de Paris. Il avait découvert un restaurant à Ermenonville, une vieille maison près du parc, avec un jardin où il serait agréable de boire du champagne. Delphine n'avait qu'à enfiler cette robe bleue qui lui allait si bien et le suivre.

Elle embrassa Edward sur la tête avant de partir, déposa du jambon haché dans sa gamelle et descendit dans la rue en se disant que James Anderson l'emmenait certes loin de Paris, dans un coin plus que tranquille, mais que cela représentait tout de même un pas hors de la clandestinité. Elle avait envie de chanter. De sourire au monde entier. Et tout particulièrement à l'Américain.

Il l'interrogea comme il ne l'avait jamais fait sur son travail. Choisissait-elle ses sujets ou était-ce l'inverse comme plusieurs artistes semblaient le vivre ? Pouvait-elle travailler sur plusieurs séries en même temps ou se consacrait-elle à un seul thème à la fois ? Comment s'arrachait-elle à sa démarche totalement artistique pour remplir une commande plus commerciale, faire le portrait d'une personnalité par exemple ? Que devenaient les milliers de photos qu'elle avait prises au cours de toutes ces années ? Les négatifs ?

— J'en jette beaucoup. J'en garde quelques-unes...

— Comment réussis-tu à te souvenir de tes photos si tu ne les as pas classées ? Tu m'as dit que tu utilisais parfois pour tes montages des clichés que tu avais pris dix ans auparavant.

Delphine avait une très bonne mémoire visuelle ; les boîtes où étaient rangées les photos étaient marquées de couleurs différentes. C'était suffisant pour qu'elle sache ce qu'elle y avait mis.

Anderson voulut savoir si la boîte jaune contenait des photos de soleil, de mimosa ou de champs de blé.

— Non, non, aucun rapport de ce genre. Cela correspond plutôt à l'humeur que j'avais au moment où j'ai pris la photo. Ou à une époque.

L'homme renonça aussitôt à fouiller l'atelier de la rue Traversière. Autant chercher une aiguille dans une botte de foin. Faire parler Delphine était plus simple ; il avait eu raison de miser sur son charme.

L'auberge où Anderson invitait Delphine était très

accueillante : les nappes fleuries accentuaient l'effet champêtre créé par les nombreux bouquets qui ornaient la salle et les boiseries rosées, les doux bougeoirs vert d'eau avaient retenu plusieurs clients à l'intérieur même si le temps permettait de dîner dans le jardin.

James Anderson avait réservé une table à l'extérieur, contre un mur tapissé de glycines. Des roses thé, des lupins et des cosmos bordaient un sentier qui menait à la forêt et Delphine souhaita s'y promener après le repas.

— Ça fait une éternité que je ne suis pas sortie de Paris.

— Tu mérites encore mieux. Nous irons bientôt à Venise.

Venise ? Delphine frémit. Était-il sérieux ?

— Dans un mois ou deux. Le temps que je règle...

Son divorce ? Tout allait trop vite.

— Je t'ai menti, avoua-t-il. Je n'ai jamais été marié. Je ne devrais pas te dire pourquoi j'ai dû m'inventer une épouse mais notre relation évolue... Je ne veux pas continuer à te raconter des histoires.

Anderson avait bien préparé sa fable ; il fit d'abord jurer le secret absolu sur ses révélations, puis il apprit à Delphine qu'il était journaliste et qu'il enquêtait sur le terrorisme. Il espérait prouver qu'il existait des liens entre l'explosion d'une bombe dans le R.E.R. en juin 1996, celle de décembre de la même année et les agissements d'un groupe d'islamistes américains et anglais.

— Le drame d'Atlanta a semé la terreur au cœur de la nation, ajouta Anderson, les Américains ont été frappés par les tragédies parisiennes. Ils veulent que les pays victimes de terrorisme s'unissent pour le vaincre. J'aime l'art inuit, mais je n'en ferais pas une collection. Mon enquête est plus excitante.

— Mais pourquoi m'as-tu demandé des photos ?

— Tu m'as servi de couverture.

— Moi ?

— Je devais entrer dans ce musée pour rencontrer un informateur.

Delphine écoutait son amant sans tenter de dissimuler sa stupeur ; elle avait été mêlée à une activité concernant le terrorisme international ? Elle ?

— Tu n'avais pas le droit ! s'écria-t-elle en repoussant sa chaise.

— Il n'y avait aucun danger pour toi, fit-il en lui prenant le poignet pour la forcer à se rasseoir.

— Je déteste être manipulée. J'ai sué sur tes photos et voilà que tu me dis qu'elles ne servent à rien ?

— Mais tu as été payée, commença-t-il.

— Et alors ? Tu es bien un Américain : il suffit de payer pour que tout rentre dans l'ordre !

Il protesta ; elle ne pouvait pas proférer de telles généralités. Et il aimait ses photos. Il ne les avait pas détruites. Elles lui rappelaient leur rencontre.

— N'essaie pas de m'amadouer, rétorqua-t-elle en songeant que c'était précisément ce qui se passait.

— Crois-tu que je me confierais à toi si je n'avais pas une raison importante ? Je ne peux pas continuer à te mentir. Je ne veux pas d'une relation fondée sur ces bases. Tu dois savoir à qui tu as affaire. Pourquoi j'évite de sortir avec toi dans Paris. J'essaie de te protéger. Tu n'as même pas remarqué que j'ai changé de voiture.

— Oui, mais les voi... Tu veux dire qu'on te suit ? Qu'on *nous* suit ?

Il la rassura, ce n'était pas le cas mais il fallait être vigilant.

Delphine tortillait la nappe entre ses mains. Elle aurait aimé être une fumeuse pour se calmer en tirant de longues bouffées de cigarette. Son amant américain lui racontait vraiment une histoire de gangsters alors qu'elle dégustait un feuilleté aux champignons sauvages qui avaient peut-être été cueillis dans la forêt qui naissait au bout du jardin ? Un sentiment d'irréalité l'envahissait. Qui était cet homme avec qui elle faisait l'amour depuis plusieurs jours ? Un journaliste ou un mythomane ?

— Je comprends que tu aies des difficultés à me croire, admit Anderson. Mais c'est la vérité.

Il tira de sa poche une photocopie d'un journal américain.

— On me l'a faxée tout à l'heure. Je voulais une preuve quand j'ai décidé de te parler.

Delphine pouvait lire un article signé J. Anderson sur l'installation de terroristes islamistes à Londres. L'auteur affirmait qu'on accueillait les fanatiques parce qu'il y avait un réel pouvoir économique arabe dans le pays et que les autorités craignaient une fuite de capitaux si elles se montraient trop dures pour certains étrangers.

— J'ai écrit ça l'an dernier après un mois en Angleterre. C'est terrifiant. ils sont partout.

— Et tu me reproches les généralités ? Tu pourrais écrire pour le *Reader's Digest.* Pendant trente ans, on a fait l'hagiographie du vaillant aigle américain qui se battait contre le méchant ours communiste, et maintenant ce sont les musulmans qu'on montre du doigt.

— Je ne confonds pas musulmans et terroristes.

— Je suis contente de l'entendre.

Elle termina son verre de saint-julien en silence. James Anderson lui prit la main mais elle la retira aussitôt.

— Et Alain-Justin Leguay ?

— Ne le mêle pas à ça.

— C'est lui qui m'a embarquée dans ta combine, Il va m'entendre.

— Non. Laisse tomber. Rentrons.

Le ton d'Anderson était soudain glacial, son visage se refermait.

— Mais nous n'avons pas fini notre repas...

— Et alors ? C'est tout ce qui t'intéresse dans la vie ? Bouffer ?

Il remit sa veste, chercha le serveur des yeux pour demander l'addition et fixa un arbre de la forêt, droit devant lui, au-delà de Delphine, à travers Delphine. Elle n'existait plus. Elle sentit son pouls ralentir ; cet homme allait se lever, partir et ne jamais revenir. Par sa faute. Parce qu'elle lui reprochait de lui avoir menti.

Mais comment aurait-il pu lui dire plus tôt la vérité ? Il ne pouvait faire confiance à la première venue. Elle l'avait blessé en écoutant ses secrets comme l'aurait fait un procureur alors qu'elle aurait dû être fière de cette marque d'intimité. Et n'était-elle pas plus intéressée par un homme qui flirtait avec le danger que par un amateur d'art esquimau ? Qui n'était plus du tout marié ?

Elle oubliait déjà qu'il l'avait fait marcher.

Elle glissa son bras sous la table et caressa le genou de l'Américain, qui refusa de lui sourire ; Delphine devait s'inquiéter davantage, croire qu'il se séparerait d'elle. Le regretter.

Elle lui parlerait sûrement sur un autre ton le lendemain. Il saurait où étaient rangés les négatifs. Leguay s'affolerait s'il savait qu'Anderson prétendait être un journaliste, mais ce dernier était persuadé qu'il obtiendrait ce qu'il voudrait de Delphine avant vingt-quatre heures.

8

Edward avait mal dormi parce que Delphine avait eu un sommeil très agité. Elle s'était retournée en tous sens, avait eu des sursauts semblables à ceux d'un insecte qui tente d'échapper au chasseur. Ce n'étaient pas les bonds des délicieux criquets, bien sûr, mais les secousses étaient suffisantes pour réveiller un chat. Edward avait émigré sur un coussin où il avait pu réfléchir aux cauchemars de sa maîtresse. Elle avait rêvé de cet homme au poil brun qui marchait vers elle, puis se détournait pour aller rejoindre une autre femme. Celle-ci portait des lunettes noires, et un chapeau de fourrure était enfoncé sur ses oreilles ; elle n'entendait pas les cris de Delphine, elle ne la voyait pas, elle se dirigeait vers un groupe d'hommes qui s'agenouillaient dès qu'elle s'approchait d'eux, elle les touchait du bout de son gant et ils se changeaient en serpents. La femme enjambait les reptiles, les repoussait nonchalamment du pied vers Delphine même si celle-ci criait à sa mère qu'elle avait peur des boas, des cobras, des najas et des crotales. L'homme au pelage noir observait la scène sans bouger puis disparaissait dans une voiture verte décorée de rubans en dentelle blanche. Delphine recueillait quelques confettis et les regardait fondre dans sa main comme le paysage qui l'entourait.

C'est alors qu'elle avait eu un geste brusque et qu'Edward s'était éloigné d'elle. Il n'avait pas aimé ce rêve d'où il était absent. Ni les serpents qui le peuplaient. Et encore moins cet homme noir.

Pourquoi ne rêvait-elle pas comme il le souhaitait de Sébastien Morin ? Il réussissait parfois à influencer ses songes mais elle résistait cette nuit-là, refusait de connaître la Nouvelle-France. En écoutant les chants des merles et des pies qui fêtaient l'aube, Edward pouvait sentir leurs plumes sous ses coussinets, ces rémiges qui craquaient dans un si joli bruit quand il capturait une proie. Il aimait aussi ces énormes poulets que Sébastien grillait dans l'âtre même s'il détestait le crépitement du gras qui réveillait le feu et le bruit de la peau qui éclatait. S'il n'y avait pas tempête, il préférait sortir jusqu'à ce que la cuisson soit terminée. Il se mouillait les pattes dans la neige, cette neige si froide à laquelle il ne reconnaissait qu'une qualité, apporter un peu de silence dans leur vie. Finis les bruits de sabots, de ferraille, de charrettes ! Et même s'ils semblaient se répéter dans le froid, les cris étaient étouffés et les martèlements qui montaient du chantier naval assoupis. Les gens marchaient plus lentement, la porte de la brasserie claquait moins fort et Mme Choquette restait enfermée chez elle durant six mois. À moins de lui rendre visite, personne n'entendait plus cette voix trop aiguë qui blessait jusqu'à l'oreille humaine et qui faisait dire à Sébastien Morin qu'Hermine Choquette pouvait effarer une crécerelle.

Edward n'en doutait pas et fuyait la maison dès qu'Hermine Choquette poussait la porte pour demander à son maître d'écrire sur ces grandes feuilles de papier qu'on lui défendait d'approcher. Il aurait pourtant tellement aimé se rouler sur elles ! Sébastien Morin était intraitable ; il rangeait la pile de feuilles dans des peaux très souples et plaçait le sac dans une armoire qu'il fermait à clé. Il lui arrivait parfois de froisser une feuille et de la jeter à Edward, mais ce n'était pas ce que le chat désirait ; il voulait se coucher sur le papier pour sentir les vibrations de la plume dont usait Sébastien pour noter ce que ses visiteurs lui demandaient. Edward avait entendu ce crissement pour la première fois sur le bateau, alors qu'il léchait sa blessure, et depuis lors ce son le rassurait.

Il regrettait que Delphine préférât ces stylos au roulement à bille inaudible. Et qu'elle ait le même comportement possessif que Sébastien avec le papier. Elle possédait une grande quantité de feuilles, de formes et d'odeurs diverses qu'elle découpait avec une lame ou avec des ciseaux et qu'elle s'empressait de ranger dans une boîte en plastique dès qu'elle s'en désintéressait. Il avait très rarement le droit de baver sur les photos.

Heureusement qu'elle le laissait le faire sur elle. Il adorait mouiller le creux de ses coudes et fouir cette humidité où il avait parfaitement mêlé leurs odeurs. Il s'y endormait d'un sommeil pastel, beige et blanc comme le ventre de sa première mère. Il entendait presque les bruits de succion de ses frères qui tétaient à ses côtés en ronronnant de bonheur. Edward aimait aussi dormir dans le cou de Delphine quand ses cheveux retombaient sur lui et le protégeaient comme les branches d'un saule pleureur. S'était-il caché souvent derrière ce rideau bruissant de feuilles quand il guettait des oiseaux dans le jardin de Fontenay-aux-Roses ! Le saule le dissimulait si bien ! Il éprouvait un bonheur identique à s'abriter dans la chevelure de Delphine. Parfum de chantilly en plus.

Pourquoi sentait-elle la crème ? C'était un mystère qu'il n'avait pas encore percé mais il était persuadé que ce serait le dernier souvenir qu'il emporterait de Delphine quand il mourrait enfin vraiment. L'odeur de la chantilly qui lissait sa peau offrait d'admirables paradoxes, à la légèreté du goût s'opposait une texture aimablement grasse, lourde, tandis que l'exotisme de la vanille était révélé par l'ancestrale assurance du lait.

Edward bondit sur le lit, incapable de contenir son envie ; Delphine se plaindrait un peu d'être réveillée si tôt mais elle ne lui résisterait pas longtemps.

Il lui lécha la main jusqu'à ce qu'elle ouvre les couvertures et il s'y glissa pour savourer son arôme incomparable.

— Tu sais quelle heure il est, Edward ?

Il poussa son museau contre son avant-bras pour la faire taire. Elle commença à le flatter en bâillant puis elle se redressa dans leur lit en entendant l'horripilante sonnerie du téléphone.

L'une des inventions qu'Edward détestait le plus dans sa dernière vie. Avec les voitures. Il ne s'y était pas encore habitué. Il n'avait jamais partagé la colère de Rachel qui supportait mal que la chaussée parisienne soit réservée aux seules voitures allemandes le dimanche. Quand il était assis sur elle, il sentait l'humiliation de cette brimade dominicale, mais dès qu'il sortait dans la rue, il se félicitait qu'il y ait moins d'automobiles sur le boulevard Sébastopol. Évidemment, avec l'Occupation, des chars et de nouveaux camions, énormes, faisaient trembler les pavés, il fallait se méfier des vélos-taxis qui sillonnaient maintenant la ville et des bicyclettes qui ne lui avaient jamais paru si nombreuses, mais les sonnettes étaient plus douces à l'ouïe que les klaxons et les rues plus quiètes dès que la nuit tombait.

Rachel se plaignait que son chat la réveillât quand il rentrait de ses virées nocturnes, mais au fond, et il le savait bien, elle avait toujours préféré qu'il sorte la nuit, qu'il s'y fonde, protégé par les ombres.

Le téléphone sonna une deuxième fois, puis une troisième. Delphine avait la manie de ne répondre qu'après trois coups. Elle se précipitait sur le combiné dès qu'il retentissait mais, après l'avoir saisi, elle attendait pour décrocher et dire bonjour d'une voix enjouée.

— Géraldine ! Où es-tu ?

— À Paris. On déjeune ? J'ai un avion à dix-huit heures seulement.

— Pour ?

— Munich. Je suis ravie. J'aime encore le glockenspiel. C'est très touristique mais je ne boude plus ces plaisirs. Lorsqu'on est snob, on passe à côté d'un tas de trucs.

Géraldine, snob ? Delphine rit tandis que celle-ci affirmait avoir des tas de défauts.

— Je ne supporte pas qu'on me résiste, par exemple. Je t'attends place du Châtelet à treize heures. Ciao.

Delphine recomposa immédiatement le numéro de Géraldine mais elle n'obtint aucune réponse.

— Je n'irai pas, dit-elle à Edward tout en se demandant quelle robe porter. Elle ne se rend pas compte.

Sortir avec Géraldine supposait un effort particulier. Delphine se sentait obligée de se maquiller avec plus de soin, de se coiffer avec plus de patience, de se vêtir avec plus de recherche. Elle n'allait pas jusqu'à vernir ses ongles mais elle y pensait. Puis elle laissait tomber. Géraldine était si belle avec ses jambes interminables et sa chevelure de feu ; à quoi bon vouloir rivaliser ? Quelle plaie !

Delphine savait pourtant que ce n'était pas la top model qui l'agaçait mais sa soirée ratée avec James Anderson. Il l'avait reconduite en répondant du bout des lèvres à ses questions et elle avait fini par renoncer à converser avec lui. Il avait fait le tour de la voiture pour lui ouvrir la portière, mais son attitude était aussi rigide que celle d'un valet. Il ne l'avait évidemment pas embrassée.

Elle avait eu du mal à s'endormir même si elle se répétait que James était trop susceptible et qu'elle ne pourrait vivre avec quelqu'un qui prenait la mouche si facilement. S'il la rappelait, elle se montrerait distante.

Une foule joyeuse et colorée se pressait place du Châtelet et Delphine n'aurait pu retrouver Géraldine si celle-ci n'avait dominé la foule, perchée sur des souliers à talons très hauts qui ressemblaient à des cothurnes. Elle aperçut son amie dès qu'elle sortit du métro en face du *Café Sarah-Bernhardt.*

Elle désigna ses chaussures d'un air incrédule.

— Comment fais-tu pour marcher avec ça ?

— La courbe du talon n'est pas trop abrupte, ce n'est pas tant la hauteur d'un soulier que son inclinaison qui vous brise le dos.

L'explication de Géraldine ne convainquait guère Delphine, qui jura qu'elle ne monterait jamais sur ces dangereuses plates-formes. Elle tint à marcher derrière son amie rue des Lavandières-Sainte-Opportune et l'observer jusqu'au restaurant, mystifiée par ce défi à l'équilibre.

La Robe et le Palais méritait bien sa place dans le cœur de Géraldine ; l'endroit était clair et vaste, tout de boiseries blondes et les parquets vernis brillaient jusqu'à la bibliothèque où les clients pouvaient consulter des ouvrages de cuisine. Juste à côté, de jolis phares en bois donnaient des envies de mer, de vacances. Et de poisson.

— Prends le thon au beurre d'orange, conseilla Géraldine.

— Et la lotte au vin rouge ?

— Elle est aussi excellente. On partagera ?

Le gaspacho avait rafraîchi Delphine mais c'était avant tout l'accueil qui lui avait fait oublier sa mauvaise humeur ; elle avait eu tout de suite l'impression d'être une habituée. Les serveurs et les patrons ne parlaient pas qu'à Géraldine, pourtant si belle cliente, mais s'adressaient à elle, s'intéressant à son métier, à ses goûts, à ses désirs. Avant même qu'elles soient assises, deux verres de sancerre ornaient leur table et un tableau où était inscrit le menu du jour complétait ces promesses de bonheur. On prit leur commande en leur apportant des charcuteries dont un magret de canard séché aux herbes pour lequel Géraldine aurait fait des bassesses.

— Tu n'as pas l'air de t'inquiéter de ta ligne,

s'étonna Delphine. Des soufflés la semaine dernière, de la charcuterie aujourd'hui...

— Et je prendrai le fondant au chocolat pour dessert. Patrice le réussit divinement ! Comme tout le reste d'ailleurs... Je n'ai pas de mérite ; je n'engraisse jamais. Et j'adore l'exercice physique : je nage beaucoup, je fais du taï chi. Je suis comme ma mère.

— Ta mère est aussi jolie que toi ?

Géraldine eut un sourire très doux avant de répondre que sa mère n'avait rien d'une beauté. C'était son père qui lui avait légué ces traits si sobres, si utiles.

— Utiles ?

— Je plais aux agences parce que je suis caméléon, malléable.

— Et ta voix ?

— Ça, c'est maman. Mais tu es la première à m'en parler.

— Ma mère était très belle.

— Elle est décédée depuis longtemps ?

— Non.

L'expression de Delphine était si dure que Géraldine crut qu'elle luttait contre les larmes d'un deuil récent.

— Je suis désolée.

— Ma mère n'est pas morte. Je ne l'ai pas vue depuis des années, c'est tout.

Delphine termina le sancerre d'un trait, ajouta qu'au fond elle n'en savait rien : sa mère était peut-être décédée.

Géraldine se taisait sans savoir que ce silence allait approfondir l'amitié qui l'unissait à Delphine. Cette dernière n'avait pas envie de raconter sa blessure même si elle jetait sa douleur à la tête des gens parce qu'elle était toujours en colère. Elle avait moins besoin de questions que de compassion.

Elle rompit le silence la première.

— Tu n'étais même pas née, Géraldine.

— Je suis plus âgée que je n'en ai l'air.

— Tu n'as pas vingt-cinq ans.

— Ça ne fait rien ; je vis dans un milieu où on vieillit très vite. On prend cinq ans à chaque ride.

Delphine rit, leva son verre en regardant Olivier derrière le zinc. Il vint vers elles, leur proposa un bandol rouge. Un petit bijou, promit-il en souriant.

— Tant pis si Edward me boude.

— Te boude ?

— Il n'aime pas l'alcool. J'ai lu que les dompteurs évitent de boire avant de travailler avec leurs fauves. Ce vin est superbe, il est de la même couleur que la fleur du diable. C'est une plante des forêts du Québec. Une des premières du printemps. Petite, j'en cueillais en redoutant qu'une sorcière ne surgisse quand j'arracherais le pied du trille mais je l'espérais aussi. Il devait bien y avoir des sorcières de mon âge, avec qui je pourrais m'amuser...

— Tu as fait une série sur les sorcières ?

Delphine dévisagea la jeune femme ; sa maturité, son intuition, l'intriguaient. Elle regardait vraiment les gens alors qu'ils se contentaient de la voir.

— Oui. Elles me fascinent. Je rêve parfois à l'une d'elles ; une jeune femme qui fabriquait des potions sous Henri IV, dans le quartier Saint-Séverin. C'est affolant de précision ; j'ai l'impression de la connaître... Je me suis toujours sentie proche des sorcières. C'était d'ailleurs ma première série. Je ne travaillais pas encore avec la couleur. Je commençais seulement à coller.

— Pourquoi n'es-tu pas peintre ?

— Je l'ai été, un peu, mais je suis orgueilleuse ; j'arrête le temps au moment où je prends la photo. Pouvoir illusoire, certes, mais ce sentiment de saisir un instant me rassure. J'aime immortaliser un témoignage.

— Tu haches l'éternité. Tu découpes tout. Des fragments de temps sur le fil de nos vies.

— Le bandol nous rendrait-il philosophes ? demanda Delphine.

Géraldine prit la bouteille, remplit les verres.

— À nous. À nos amours, dit-elle.

— Trinquons plutôt à l'amitié. C'est plus sûr !

James Anderson subit son procès et fut condamné par contumace. Géraldine réussit à faire rire Delphine mais elle savait bien que cette gaieté ne tiendrait pas jusqu'à la fin de la journée ; le rejet de l'Américain blessait Delphine. Elle l'écouta en l'approuvant d'un battement de paupières, souleva régulièrement la cafetière que Stéphane avait déposée devant elle.

— Ils apportent toujours la cafetière à la table du client ? interrogea Delphine en sucrant son café.

Géraldine acquiesça en poussant des morceaux de sucre pour extraire les grains de chocolat. Delphine l'imita et déclara :

— C'est bourré de phénoétylamine. Une hormone qu'on sécrète quand on tombe en amour. Quand on nous plaque, on est en manque et on trouve un substitut dans le chocolat.

— C'est prouvé ?

— Non, mais c'est une bonne excuse pour se faire plaisir.

— Pourquoi nous faut-il toujours une raison pour s'aimer ?

Delphine eut une impulsion qui la surprit ; elle saisit la main de Géraldine et la porta contre sa joue, puis la relâcha subitement. Elle n'était pas habituée à toucher les gens. Même ses rapports avec Audrey étaient légèrement empruntés. Il n'y avait qu'avec Edward qu'elle abandonnait toute pudeur.

— Tu es une sage, Géraldine. Tu m'écoutes me lamenter sans cesser de sourire poliment. Je suis déjà complexée par ta beauté, je vais l'être aussi parce que tu es une sainte ?

— Ne dis pas ça ! Je déteste les gens parfaits. Ils sont si ennuyeux. J'avais une idée derrière la tête quand je t'ai appelée. Je sais que tu es une artiste et que ce n'est pas ce que tu photographies habituellement, mais je voudrais des photos de...

— Rantanplan.

Géraldine hocha la tête ; elle avait des clichés de Rantanplan mais il semblait empaillé.

— Il avait peur de l'appareil. Je voudrais le voir joyeux.

Delphine fouilla dans son sac et en tira des photos d'Edward.

— Je le photographie une fois par semaine. Je ferai le portrait de Rantanplan quand tu voudras.

Elles se quittèrent après que Delphine eut proposé un dîner avec Audrey au retour de Géraldine.

La photographe souriait encore quand une voisine l'interpella de sa fenêtre ; on avait livré des fleurs pour elle, elle les avait gardées en attendant l'arrivée de Delphine.

James !

Le bouquet était composé des fleurs qu'elle avait remarquées dans le jardin d'Ermenonville. Comment s'en était-il souvenu ?

Elle prit un soin infini à placer les fleurs dans l'eau avant de se décider à ouvrir la carte. Edward renifla le bouquet avec bonheur mais se figea quand Delphine lui lut la carte en le flattant : *Recommençons cette soirée. Mille excuses, mille baisers. James.*

James ! Edward n'en serait jamais débarrassé ?

L'Américain rappliquait le soir même. Cette fois-ci, il resta toute la nuit.

Au matin, Delphine tenta d'attirer Edward dans le lit mais il bouda jusqu'à ce qu'elle lui prépare un petit bol de crème chantilly.

— Il est vraiment jaloux, dit James Anderson en riant. Allez, soyons copains.

Il passa sa main sur le dos d'Edward qui redressa aussitôt la queue, cessa de lécher la crème. Anderson retira sa main.

— Il est très beau. Presque autant que toi, chuchota l'Américain en étreignant Delphine.

Elle avait tenté de rester blottie contre lui, reconnaissante, épuisée d'amour, mais Edward s'était installé entre elle et James, et ronronnait hypocritement comme s'il n'écoutait pas les mensonges de l'Américain. Celui-ci révélait à leur maîtresse sa peur de la perdre et sa décision de lui dire toute la vérité à son sujet. Il enquêtait bien sur les groupes terroristes, mais il avait omis de parler de Leguay.

— C'est lui qui t'a mis en contact avec moi et non l'inverse ?

— Je l'ai flatté en lui demandant conseil et en lui parlant de son centre ; il croit vraiment que je me passionne pour l'art inuit. Mais je pense que Leguay est mêlé à un trafic d'œuvres d'art.

— Quoi ?

— Il utilise Multiture pour faire rentrer des toiles en même temps que les œuvres qu'il doit exposer. Il trafique beaucoup avec la Russie. Quand j'ai su que tu faisais des photos de lui, je me suis demandé si tu ne pourrais pas m'aider.

Delphine recevait ces confidences avec étonnement et délectation ; James lui faisait réellement confiance pour tout lui raconter sur Leguay. Il devait l'aimer vraiment. Edward se demandait comment Delphine pouvait gober ces fables. Elle était aussi naïve que Charles Messier qui s'était laissé emberlificoter par Delisle. Mme Henriette avait donc pesté contre le patron de son cher Charles ! Delisle aurait dû rester à l'observatoire de Saint-Pétersbourg qu'il avait fondé vingt ans plus tôt !

— Pauvre M. Charles ! Il n'a même pas touché à la soupe que je lui ai portée hier soir. Il aurait dû parler quand il a vu passer la maudite comète à la fin de l'hiver ! Mais non, il a fallu qu'il écoute Delisle qui voulait garder le secret ! Alors que tout le monde aurait pu féliciter M. Charles d'avoir vu la planète de M. Halley ! On aurait peut-être pu dire qu'il l'avait découverte en même temps que ce paysan de Saxonie. Au lieu de ça, Delisle a attendu et maintenant on reproche à monsieur de lui avoir obéi. On dit que d'autres découvertes auraient pu être faites si on avait su tout de suite ce que M. Charles avait vu.

La brave dame s'était tue, puis avait déclaré qu'il ne fallait jamais mentir, même par omission, même pour obéir à son patron, et qu'elle ferait un ragoût de tanches pour réconforter l'astronome. Edward s'était pourléché les babines en entendant mentionner le poisson d'eau douce à la chair si délicate.

Ses goûts avaient changé. Les produits de la mer n'excitaient plus autant Edward. Et hormis les crevettes, les crustacés lui étaient indifférents. Peut-être avait-il trop mangé de homard quand il vivait avec M. Leblanc ? Il l'entendait encore se moquer des Anglais qui importaient les décapodes bretons par dizaines de caisses. Mr Fortnum avait rapidement convaincu sa femme et sa fille de l'excellence du homard.

— Ils font n'importe quoi pour être à la mode, mon pauvre ami, disait le chef cuisinier à Edward. Ils mangeraient des insectes si on leur apprenait qu'on en grignote chez Mr Dickens. Du homard ! Quelle idée ! Nos gars de la côte doivent bien rire.

M. Leblanc avait néanmoins apprêté les crustacés avec respect et s'était amusé à disposer les pinces en couronnes comme il l'aurait fait avec des côtes levées. L'effet était réussi et le grand chef devait admettre que la couleur corail du homard accrochait joliment l'œil. Il était cependant vexé que son chat semble apprécier cette chair étrange.

— Toi qui es habitué à mes rognons à la crème ? Tu me déçois, mon pauvre ami...

M. Leblanc avait rempli l'écuelle d'Edward des œufs et des quelques morceaux de homard qui s'étaient déchirés alors qu'il les retirait des carapaces. Il avait entendu le ronronnement approbateur du chat et s'était résigné à demeurer le seul être à avoir encore du goût dans le *townhouse* de Mayfair.

Cent quarante-six ans plus tard, c'était Delphine qui mangeait du homard et Edward qui le boudait. La veille, quand James était arrivé avec des crustacés dans un panier, elle avait poussé des cris de joie. Cela lui rappelait le mois de mai au Québec quand les homards de la Gaspésie et des îles de la Madeleine envahissent les bassins des poissonneries.

— Ils sont si tendres ! Ils goûtent l'été, la mer. Cela me surprend que mon chat les boude.

— Il est trop gâté, avait déclaré James Anderson.

Edward avait fixé l'Américain sans que celui-ci baisse les yeux. Georges Binette regardait Rachel de la même manière ; elle aurait dû se méfier de cet homme qui la scrutait comme s'il évaluait une marchandise. Il souriait en disant des amabilités mais Edward savait qu'il s'amusait avec Rachel comme il le faisait, lui, avec des souris. À la différence que Rachel ne tentait pas de fuir malgré son inquiétude. Elle avait peur mais s'obstinait à rester chez elle. Elle éconduisait Louis Bourget sans se douter qu'elle entrait dans le jeu de Binette. Pouvait-elle deviner qu'il avait rencontré le sinistre Lafont en sortant de prison ?

Delphine n'était pas plus futée, pire, elle accueillait Anderson avec une joie que Rachel, au moins, n'avait jamais manifestée envers Bourget et Binette. Voilà qu'elle s'enthousiasmait à l'idée d'aider son amant à enquêter sur Leguay ! Delphine avait autant de jugeote qu'un poussin à peine sorti de l'œuf.

— Je t'ai dit que j'avais détruit les photos de toi et d'Alain-Justin Leguay place des Vosges, mais je ne l'ai pas fait, confessa-t-elle. Ne te fâche pas, je comprends maintenant pourquoi tu ne voulais pas être pris en photo. Je vais te les rendre. Je peux aussi te remettre des photos de Leguay avec des tas de personnes différentes. Je l'ai suivi plusieurs fois.

Anderson dévisageait Delphine qui poursuivait.

— Je n'aime pas vraiment photographier ainsi les gens. Sans leur consentement. Je n'ai rien d'un paparazzi, j'ai simplement besoin d'étudier mes modèles avant de faire leur portrait.

— Et que deviennent toutes ces photos ? Tu m'as parlé de tes boîtes classées par couleurs...

— J'en jette beaucoup. Comme des feuilles de notes après un examen. Mais j'ai toujours les négatifs de Leguay.

Un long frisson parcourut l'échine d'Edward quand il appuya son museau contre l'avant-bras d'Anderson ; un grondement roulait dans son sang, charriait une violence glacée, implacable. Les veines de l'Américain palpitaient trop vite même si sa voix demeurait posée.

— Tu pourrais me les donner ?

— Les photos, oui. Mais je n'ai pas les négatifs.

— Ne me mens pas, l'avertit-il en souriant.

Delphine l'assura qu'il n'y aurait plus de mensonges entre eux : elle n'avait pas détruit les négatifs, elle les avait apportés à la banque.

— À la banque ?

— Oui, j'ai un coffre. J'y mets les négatifs auxquels je tiens. Ceux où tu apparais en font partie. J'en range peut-être deux ou trois par an, tu peux être flatté.

Flatté ? James Anderson calculait qu'il ne pourrait pas récupérer les négatifs avant plusieurs heures.

— On ira demain alors.

— Non, la succursale est fermée demain, et après-demain.

— Fermée ?

— C'est férié. Fête nationale, 14 juillet, prise de la Bastille.

Elle l'embrassa sans s'apercevoir de son trouble. Deux jours encore.

Il la repoussa doucement, prétextant un rendez-vous urgent.

— Mais tu m'as dit hier qu'on avait toute la journée pour nous.

— Je ne voulais pas gâcher notre nuit. Mais je dois partir. Tu me montres les photos de Leguay ?

Delphine alla retourner un des tableaux d'Audrey, saisit une pochette et la tendit à Anderson.

— Voilà, c'est tout ce que j'ai sur lui. Tu reconnaîtras peut-être des types ? Tu verras que tu n'apparais pas souvent...

James Anderson passa la pile en revue rapidement, repéra les images où il apparaissait. Elles étaient un peu floues, mais Anderson se méfiait des miracles de la technologie moderne ; on pourrait peut-être grossir les clichés compromettants. Il n'aurait jamais dû accepter de rencontrer Leguay dans un endroit public. Il avait dérogé à ses habitudes et payait maintenant cette incartade. Il était furieux contre Leguay qui semblait oublier parfois qu'il était son associé et non pas son employé.

— D'où t'est venue cette idée de ranger tes négatifs à la banque ? Ce n'est pas très pratique.

— Un écrivain expliquait à la télé qu'il redoutait les incendies et portait ses manuscrits à la banque pour les protéger. Je le comprends ; quand tu as sué des mois sur un texte, tu n'as pas envie qu'il s'envole en fumée.

— Il pourrait avoir un coffre chez lui, sans avoir à se déplacer.

— J'en ai vu. Ils n'ont pas l'air bien solides. J'ai trop peur du feu pour me contenter d'une petite boîte en fer.

Edward posa une patte sur la cuisse de Delphine ; elle faisait enfin preuve d'un peu de sagesse en avouant sa crainte du feu. Lui connaissait les ravages d'un incendie, sa force de destruction. Il avait déjà senti roussir ses poils...

James Anderson effleura Edward quand il se pencha vers Delphine pour l'embrasser ; Edward eut l'impression de recevoir une décharge électrique tellement la tension de l'Américain était élevée. À quoi pensait-il ? Des négatifs qui brûlaient dans un feu de cheminée, puis une arme, Anderson mettait des balles dans le barillet, puis l'arme disparaissait. Une auto qui plongeait dans l'eau ? Delphine dans l'eau ? Que voulait Anderson ?

L'Américain serrait Delphine contre lui, s'en détachait, l'embrassait sur le front avant de s'éloigner.

— Je te rappelle ce soir, promit-il. Je t'emmène dans un restaurant où je vais chaque fois que je viens à Paris.

— Où ?

— Surprise !

La porte claqua, l'intrus était enfin parti. Edward monta sur Delphine et se cala entre ses seins, cherchant son regard, mais elle s'assoupissait, rêvait déjà du retour de son amant.

Il fallait l'arracher à cette emprise.

Edward sauta sur la table de la terrasse pour méditer au soleil. La lavande et les rosiers miniatures attiraient des abeilles qui l'auraient sûrement agacé s'il n'avait été aussi préoccupé par le destin de sa maîtresse. Les miaulements saccadés de Muscade, une jeune beauté siamoise qui cherchait un compagnon de jeu, lui apportèrent la solution.

Delphine serait bien obligée de rester chez eux ce soir.

9

Muscade aurait peut-être hésité à grimper à l'arbre si Edward ne l'y avait incitée. Il avait sauté du balcon pour la rejoindre en empruntant le même chemin que le jour où il avait fugué. Il n'irait pas aussi loin aujourd'hui ; l'arbre qui ombrageait toute la cour lui convenait parfaitement. Il attira l'attention de Muscade en jouant avec une araignée, elle s'approcha de lui et il l'attrapa par le cou pour s'amuser avec elle comme le faisait sa mère peu de temps auparavant. Muscade n'avait pas encore cinq mois et s'ennuyait des cabrioles avec sa famille. Son maître lui lançait des boules de papier et des peluches aux formes étranges mais rien ne valait une poursuite endiablée avec un copain. Edward l'effrayait un peu car il était plus gros qu'elle mais il ripostait très mollement à ses coups et il ne grondait pas. Quand elle fit ses griffes sur le tronc du tilleul, il l'imita en s'étirant pour lacérer l'arbre un peu plus haut. Elle bondit au-dessus de ses pattes, se retourna, mutine, pour savoir s'il surenchérissait. Mais bien sûr ! Il sauta à quelques centimètres de sa tête. Elle s'immobilisa, surprise, puis le contourna et monta jusqu'à la première branche sans s'arrêter. Dans la fourche, elle regarda au sol ; comme tout était différent vu d'en haut ! Elle aurait dû se décider avant à grimper à l'arbre. Edward la rejoignit et s'installa sur une autre branche, satisfait ; sa ruse fonctionnait parfaitement. Il agita mollement sa queue pour témoigner d'une rassurante nonchalance, puis il reprit son escalade. La chatonne l'imita aussitôt, s'enhardit. Edward l'observa, revivant ses expériences en Nouvelle-France avec les érables qui poussaient au fond du terrain de Sébastien Morin. Il avait coursé un écureuil mais le rongeur s'était envolé vers l'arbre voisin, l'avait fixé une seconde, narquois, avant de regagner prestement le sol. Edward avait miaulé pour attirer l'attention de Sébastien Morin mais celui-ci sciait son bois pour l'hiver et n'avait rien entendu. Edward avait tenté de reculer mais ses pattes ne lui obéissaient plus. Il s'était figé dans une fourche en se demandant pourquoi il n'avait pas flairé le piège. Heureusement que la femme qui vivait chez son maître depuis deux mois avait l'oreille aussi fine qu'un chat ; elle était sortie de la maison et s'était plantée sous l'arbre en lui murmurant une sorte de mélopée qui avait fini par le détendre. Il s'était décidé à affronter le vide et avait enfoncé ses griffes dans le tronc, reculé craintivement avant de se retrouver dans les bras de l'Indienne. Jamais il n'avait tant aimé se perdre dans cette chevelure où brillaient quelques perles. Anora n'avait pas raconté sa mésaventure à Sébastien car elle trouvait que les hommes parlaient trop, les Indiens comme les Blancs, et savait que son amant l'avait choisie pour son silence si apaisant.

Anora aurait probablement réussi à rassurer Muscade avec son chant indien mais elle était restée dans la quatrième vie et Edward se cala, encercla la branche du tilleul qui le supportait en attendant la suite des événements.

Au bout de quinze minutes, Muscade se lassa de contempler les toits où elle avait toujours eu envie d'aller se balader et cette cour où elle mangeait parfois de gros papillons. Il n'y avait même pas eu un oiseau pour la distraire. La pie qui la narguait depuis deux semaines s'était envolée à son approche. Ce jeu n'était pas si distrayant et Muscade se souvenait de la pâtée qui traînait dans sa gamelle.

Elle se retourna pour descendre mais la branche s'agita dangereusement et Muscade cessa de gigoter, paralysée par la peur. Elle miaula en regardant Edward qui mima la détresse en mêlant ses cris aux siens. Quelques secondes suffirent pour que M. Sévigny sorte dans la cour et vienne constater que deux chats avaient pris son tilleul cinquantenaire pour le mont Everest. Il reconnut Edward et se moqua gentiment de sa témérité, puis il se souvint que la petite boule beige et noir frémissant au bout de la branche maîtresse appartenait à François Lecoq. Il l'avait croisé avec sa bestiole alors qu'il sortait de chez le vétérinaire, au début de l'été. La vieille Mme Abba affirmait que M. Lecoq était très correct — il la saluait respectueusement, taillait avec beaucoup de soin les lilas et enlevait ses souliers quand il rentrait chez lui pour ne pas la déranger — mais elle était assurément sénile. Il ne changerait pas d'avis sur cet homme qu'il connaissait depuis toujours ; c'était un lâche qui s'était planqué durant la guerre.

La chatte semblait vraiment affolée mais il n'était pas question qu'il en avertisse François Lecoq. Mlle Perdrix s'en chargerait. C'était d'ailleurs curieux qu'elle ne se soit pas montrée au balcon.

M. Sévigny se résigna à monter deux escaliers et à frapper chez Delphine. Elle mit du temps à lui répondre et, quand il vit ses cheveux hirsutes, il s'excusa de l'avoir éveillée même s'il pensait qu'il ne s'était pas levé à midi et quart de toute son existence.

Delphine se précipita sur sa terrasse : son voisin n'avait pas menti, elle reconnut les cris d'Edward et le distingua bientôt à travers le feuillage. Quelle mouche l'avait piqué ? Il n'avait jamais manifesté le désir de grimper aux arbres.

— Il a dû courir après la petite chatte, dit M. Sévigny qui avait suivi Delphine jusqu'à sa terrasse. Ils ont l'air cons, maintenant qu'ils ne peuvent plus redescendre.

— L'échelle de l'immeuble est-elle assez haute ?

— Je ne peux pas monter avec mes rhumatismes.

— Je vais y aller.

— Appelez plutôt Lecoq. Sa chatte a aguiché votre Edward. C'est sa faute, c'est sûr.

Delphine appuya une échelle contre le tilleul.

Elle monta jusqu'à l'avant-dernier barreau et appela Edward, le supplia de venir vers elle mais il résista à ses prières en miaulant encore plus fort.

Deux voisins se mirent à leur fenêtre pour donner leur avis sur la situation ; Delphine perdait son temps, les chats redescendraient seulement quand ils en auraient envie. On avait lu l'histoire d'un matou qui était resté dans un arbre près d'une semaine.

Après une heure d'efforts inutiles, elle s'avoua vaincue.

Les pompiers s'arrêtèrent devant la porte dix minutes plus tard. Un grand type roux s'esclaffa quand il comprit que Delphine voulait prendre des photos du sauvetage des chats mais il se prêta avec complaisance à ce qu'il croyait être un jeu. Il avait déjà rendu Muscade à son propriétaire et allait attraper Edward quand ce dernier lui échappa et descendit rapidement le long du tronc pour éviter d'être saisi par ces grandes mains gantées de cuir. Redoutant d'être poursuivi, Edward sauta au sol sans voir le clou caché dans la pelouse. Il hurla en sentant la pointe s'enfoncer dans les coussinets de sa patte de derrière droite. Delphine se précipita mais il fonça vers l'immeuble malgré la douleur et monta les marches jusqu'à leur appartement en poussant des miaulements de douleur.

Delphine téléphona à s.o.s. Vétérinaire sans quitter son chat des yeux : que lui arrivait-il donc depuis un mois ?

Elle réussit à flatter Edward avant que le vétérinaire sonne à leur porte mais il refusa qu'elle examine sa patte.

Il dut se soumettre finalement au médecin, qui nettoya la plaie, la banda et lui fit une injection pour prévenir l'infection. C'est alors que l'homme remarqua une des rares photos que Delphine avait consenti à encadrer.

— Elle me rappelle les livres de Nedim Gürsel. Elle représente bien la Turquie.

Il désigna le Nikon sur la table de la salle à manger.

— C'est vous qui l'avez prise ? Vous êtes plus douée que moi.

— Normal, c'est mon métier.

— J'aimerais avoir votre talent.

— Et moi vos compétences. Je comprendrais peut-être mieux mon chat.

Elle servit le café tout en dressant la liste des modifications du comportement d'Edward. L'homme sirota son café tout en jetant des coups d'œil très furtifs sur le chat.

— Ils détestent qu'on les regarde fixement dans les yeux. C'est une menace pour eux. Ils ont ainsi tendance à aller vers la personne qui fuira leur regard. Personne qui, en général, agit ainsi car elle a elle-même peur de l'animal.

La voix du vétérinaire était très basse, très reposante, et Edward accepta qu'il s'assoie à côté de lui sur le canapé. Il se frotta le museau contre la grosse cuisse du vétérinaire. Il frissonna en décelant une odeur de beurre, d'anis et de foie de veau. La cuisine de M. Leblanc ! Les petites douceurs du grand chef... Edward n'avait jamais pensé à retrouver M. Leblanc pour le présenter à Delphine, mais maintenant qu'un homme qui montrait des similitudes se trouvait chez eux, cela signifiait peut-être qu'il devait abandonner l'idée d'unir Sébastien Morin à sa maîtresse.

Après tout, il avait été heureux avec M. Leblanc. Il ne comprenait pas son attitude si sévère avec Elizabeth Fortnum, mais le chef cuisinier ne l'avait jamais malmené et Delphine apprendrait des tas de nouvelles recettes ; il y aurait peut-être moins d'affreux légumes et plus de viandes ?

— Il est très beau, votre Edward, dit le vétérinaire.

Edward grimpa sur l'homme pour montrer son contentement. Delphine s'étonna : c'était bien la première fois que son chat manifestait une telle confiance envers un vétérinaire.

— Vous avez Edward depuis longtemps ?

— Six ans déjà. Avant il vivait en Floride. Je l'ai ramené au Québec dans mes bagages.

— Vous viviez là-bas ?

— À Montréal.

— Je dois y aller en août ! Je resterai deux jours à New York et ensuite Montréal ! Où habitiez-vous ? Dans Outremont ? Sur le Plateau ?

Delphine s'étonna qu'il connaisse ce quartier. Il lui expliqua qu'il avait lu les *Chroniques du Plateau Mont-Royal* de Michel Tremblay.

— Rue Fabre, rue Cartier. J'ai adoré. Mais vous pourriez peut-être me donner des adresses intéressantes ? Des restos, des boutiques. J'irai sûrement à l'Insectarium.

— Allez au Biodôme, docteur...

— Frédéric Douhannet.

Delphine lui offrit un autre café mais il avait un rendez-vous.

— Je ne veux pas vous retenir...

Frédéric rassura Delphine ; les chats de Mme Briglia n'étaient nullement en danger mais leur vieille propriétaire souffrait de solitude. Surtout les dimanches.

— Elle appelle s.o.s. au moins deux fois pas mois. Personnellement, je suis allé cinq fois chez elle. Elle a deux chiens et six chats, des perruches et un aquarium, mais elle se sent très isolée depuis que son fils est parti vivre au Danemark. C'est une femme fascinante, intelligente, et je suis persuadé que Minouchka sera en pleine forme quand j'arriverai. Je prendrai un petit porto,

Mme Briglia me racontera ses voyages avec son mari ambassadeur et ma présence émoussera son cafard dominical. J'espère qu'aucun appel ne troublera ma visite chez elle.

— Vous êtes aussi psy pour les humains ? dit Delphine.

— Ça va ensemble. On ne traite pas l'un sans l'autre.

— Ah bon... Je n'ai pourtant pas l'impression d'avoir changé de comportement avec Edward ces dernières semaines, mais lui, en revanche, fait des bêtises alors qu'il a toujours été très sage depuis que nous vivons ensemble.

— Je ne veux pas être indiscret, mais peut-être avez vous quelqu'un de nouveau dans votre vie ? Les bêtes réagissent parfois avec jalousie.

— Edward est habitué à mes amants, assura Delphine.

Frédéric Douhannet sourit ; il aimait le naturel de cette femme. Elle n'avait pas rougi en parlant de ses aventures, c'était une information qu'elle traitait comme une autre. Il aurait souhaité avoir cette même spontanéité.

— Un nouveau régime ?

— Il n'a jamais eu de régime. Je m'adapte à ses goûts. Qui changent souvent.

— Un autre animal ? Un voisin qui aurait adopté un chien ? un chat ?

Delphine secoua la tête ; rien ne justifiait le comportement de son chat.

— On dirait qu'il a une idée derrière la tête, mais laquelle ? Je me demande quelle surprise il me réserve encore ! Je commence à ressembler à votre Mme Briglia : j'appelle s.o.s. Vétérinaire régulièrement.

— Avez-vous quitté Edward récemment ? Un reportage à l'étranger ? Il doit essayer d'attirer votre attention.

Mais non ! Il voulait seulement trouver un mari pour Delphine. Pourquoi pas lui ? Edward ronronna encore plus fort sur les genoux de Frédéric Douhannet.

— Il vous a vraiment adopté, remarqua Delphine. Même si vous lui avez fait une piqûre.

— Il a changé à ce point ? Voulez-vous qu'on lui fasse un examen complet ? Quoique... J'ai un ami qui étudie le comportement animal, il pourrait peut-être vous aider.

Frédéric Douhannet confia à Delphine qu'il partirait pour le Québec avec ce copain biologiste.

— Si nous dînions ensemble la semaine prochaine ? Il est à l'étranger jusqu'au 21 juillet. Je connais un petit restaurant sympa dans le Marais.

Edward avait vu apparaître le visage du biologiste dans les pensées du vétérinaire. Un homme joyeux, heureux, sensuel. Il avait réparé le toit du pavillon que Frédéric Douhannet et lui venaient d'acheter. Frédéric se demandait s'ils avaient eu raison de peindre le vestibule en tourterelle. En flattant Edward, il se mettait à préférer cette couleur sable. Plus chaude.

Il but sa dernière gorgée de café, déplaça délicatement Edward avant de se lever.

— Il faudra changer son pansement dans deux jours.

— J'irai vous voir si vous n'êtes pas installé trop loin...

Frédéric Douhannet partageait un cabinet avec deux confrères rue de la Roquette.

— Je vous attendrai en fin de matinée.

Delphine acquiesça et raccompagna son visiteur jusqu'à la porte de la cour. Elle remonta chez elle le cœur léger, reconnaissante : ce vétérinaire l'avait écoutée sans montrer la plus petite condescendance ou la moindre lassitude. Delphine savait que les détails de sa vie quotidienne avec Edward n'étaient pas tous passionnants, mais elle détestait ces médecins qui cachaient à peine leur agacement quand elle s'exprimait : elle payait une consultation assez cher pour avoir droit à un peu de considération.

Elle finirait sûrement comme Mme Briglia, entourée de ses bêtes. Enfant, on la surnommait déjà « la mère aux chats » ; aucun compliment ne pouvait lui plaire davantage depuis qu'elle avait compris que sa mère ne lui dirait jamais qu'elle était jolie.

Delphine avait photographié encore plus de chats que d'amants. Des gris, des noirs, des angoras soyeux, des siamois longilignes, des abyssins chocolat, des gouttière heureux, des sacrés de Birmanie dubitatifs, des tigrés affables, des unis sobres, des à taches, à rayures, à mouches, des persans étonnés, de sages chartreux, des orientaux joueurs, des maus égyptiens américains, de placides scottish, de patients ragdolls, de fiers tonkinois, des bleus de Russie magnifiques, des occicats nerveux, un insolite couple de sphinx, des bengales sportifs et des burmillas chocolat. Elle avait même failli immortaliser les brasses d'un chat turc du lac de Van quand elle était allée à Évian, mais à Istanbul, ce sont tous les chats errants qu'avait dû nourrir Audrey le temps qu'elle ajuste son appareil qui l'avaient bouleversée. Elle rêvait encore d'un minuscule chat, très sale, qui l'avait accompagnée jusqu'à la porte de leur hôtel. Audrey avait tenté de distraire le gardien le temps que Delphine puisse monter la bête dans leur chambre, mais les miaulements perçants du chaton avaient attiré l'attention du cerbère, qui l'avait jeté à la rue.

Edward lécha la main de Delphine afin de connaître ses impressions sur leur visiteur. Elle pensait déjà aux adresses qu'elle lui donnerait. Elle pourrait aussi demander à James de lui fournir quelques pistes pour New York ?

Edward cessa aussitôt de lécher sa maîtresse. James ! Encore lui !

Il claudiqua jusqu'à la chambre, gémit en sautant sur le lit. Delphine le suivit et se coucha près de lui en lui promettant de la dinde pour dîner.

De la dinde ? Edward saliva. Ces gallinacés avaient toujours eu sa préférence ; il n'oublierait jamais la surprise de Catherine quand la Marion avait déposé ce gros oiseau sur la table de la grande pièce. Même son mari s'était tu. Catherine avait fait cuire la bête dans une marmite durant d'interminables heures et Edward avait dû attendre que le bonhomme Duval soit endormi pour goûter enfin à la dinde. Il avait chipé une aile tandis que Catherine avait le dos tourné et s'était enfui avec son butin pour le déguster tranquillement. Mme Henriette et M. Leblanc préparaient aussi la dinde mais ils avaient la fâcheuse manie de la farcir de marrons, ces boules pâteuses qui trafiquaient le goût de la chair blonde. Rachel, elle, préférait la simplicité et cuisait la dinde dans le four du vivant de Flavien. Après le décès de son époux, elle n'avait jamais plus acheté une bête entière. Seulement des escalopes, qu'elle grillait dans une poêle de fonte noire. Elle avait semblé tout aussi étonnée que Catherine quand Louis Bourget lui avait promis une dinde pour le soir de Noël.

— Je sais bien que vous ne fêtez pas Noël comme moi, avait-il dit à Rachel, mais une dinde, c'est une dinde. On pourrait la manger ensemble. Je l'ai eue par Georges Binette.

Rachel hésitait ; même si rien dans son attitude ne pouvait laisser deviner à Louis Bourget qu'elle l'estimait un peu moins chaque jour, elle ne savait pas comment lui opposer un refus. Elle flattait son chat en se demandant si elle évoquerait encore la mémoire de son Flavien disparu. Ce motif agacerait-il Bourget ? Devait-elle se résigner à dîner avec son nouveau patron ? Ce collègue qui avait pris si vite l'habitude de lui donner des ordres. Même s'il les formulait poliment, elle sentait combien il jouissait de son autorité. Il discutait ses modèles, houspillait ses employées, s'ingéniait à avoir des exigences idiotes, se prenait pour un créateur parce qu'il changeait la disposition d'un ruban. Il parlait des chapeaux aux clientes comme si c'était lui qui les avait confectionnés alors qu'il ne distinguait pas la singalette de la tarlatane, la paille d'Italie de la bakou. Il montrait les esquisses des modèles en se rengorgeant, flattait les marottes d'un air inspiré. Rachel était encore plus écœurée par sa bêtise que par son égoïsme ; il ne voyait pas que les femmes battaient des paupières, riaient à ses plaisanteries, le félicitaient de son talent pour payer moins cher leurs chapeaux.

— C'est gros, toute une dinde, Rachel. On pourrait

inviter les Collin ? Ce sont d'excellents clients. Et Mme Fossart ? Elle habite tout près. Elle nous a amené beaucoup de monde. Et les Perreault, ils sont bien, les Perreault. Vous savez qu'il a réussi à avoir un laissez-passer ? Ça pourrait nous rendre service... Les Collin, aussi. Ils connaissent des tas de gens.

Edward avait senti les cuisses de Rachel se tendre : Louis Bourget voulait recevoir ses clients et comptait sur son employée pour les accueillir. Edward avait enfoncé ses griffes dans la laine de la jupe pour empêcher Rachel de répondre trop vite à son patron. Elle avait inspiré lentement, songé qu'elle préférait, après tout, un dîner avec leurs clients plutôt qu'un tête-à-tête, et réussi à sourire à Louis Bourget. Elle pourrait également récupérer les os de la dinde.

— Je n'ai rien pour faire un dessert, avait-elle avoué.

— Je vous trouverai des œufs. Et du sucre. Promis. Et les invités apporteront des tickets de pain, je le leur rappellerai. Georges Binette m'aura du café. Pur à cent pour cent ! Il se débrouille bien, Binette...

Rachel avait acquiescé et s'était empressée de parler de l'atelier pour éviter d'en apprendre plus long sur les trafics de Binette ; elle se sentait déjà complice de Louis Bourget en acceptant qu'il mange à sa table même si ce n'était pas elle qui le nourrissait. Geneviève, une de ses employées, lui avait conté la rafle du 12 décembre : dès que ses voisins avaient été embarqués, des hommes avaient pillé leur logis. Elle était sortie sur le palier et un policier lui avait lancé un collier de perles en disant que les Juives n'avaient pas besoin de bijoux en prison. Geneviève avait montré le collier à Rachel qui l'avait immédiatement reconnu : c'était celui d'Odette. La patiente, la douce Odette, qui lui avait enseigné à broder. Geneviève avait dit à Rachel de cacher le collier ; son amie Odette serait contente de le récupérer quand on la libérerait. La délicatesse de Geneviève avait réconforté Rachel : le meilleur côtoyait le pire.

Geneviève avait murmuré que les lâches avaient tout de même beaucoup d'avance ces derniers temps et Rachel n'avait rien trouvé à répondre. Edward avait quitté ses genoux quand Louis Bourget l'avait rejointe et l'homme s'était encore moqué de sa couardise.

Rachel savait, elle, que son chat Mistigri était prudent.

La dinde avait cuit plus lentement que jamais ; Rachel l'avait mise dans une marmite avec un oignon et des carottes et avait alimenté le feu de la cheminée avec le bois que Louis Bourget lui avait donné pour l'occasion.

Il en avait rapporté le soir et, malgré son malaise, Rachel avait apprécié cette chaleur si rare. Elle avait flatté Edward, blotti devant l'âtre, en se répétant qu'elle n'avait rien demandé, qu'elle avait dû obéir à son patron. Elle avait écouté les invités poliment, se contentant de répondre si on l'interrogeait, hochant doucement la tête pour approuver des propos stériles, souriant aux compliments. Elle avait à peine frémi quand Mme Collin avait parlé de tous ces étrangers qu'on renvoyait enfin chez eux. Edward avait enregistré sa rage en frôlant sa cheville mais il savait que Rachel se maîtriserait. Elle avait même chanté avec ses invités et versé le vin en riant pour inciter Louis Bourget à boire davantage. S'il s'enivrait et s'endormait, elle n'aurait pas à lui répéter qu'elle ne voulait pas être sa maîtresse. La chaleur avait accéléré les effets de l'alcool et

M. Perreault avait dû aider ses amis Collin et Bourget à descendre les escaliers quand ils s'étaient enfin décidés à quitter les lieux. Rachel était si soulagée qu'ils partent qu'elle avait donné un morceau de gâteau aux épluchures de pomme de terre aux trois femmes. Après tout, elle conservait les reliefs du repas et les invités lui avaient remis leurs coupons de pain.

Edward avait eu droit au croupion de la dinde et au cartilage.

Delphine ne lui donnait jamais de cartilage, à cause de ses mauvaises dents, sans doute, mais il regrettait de ne plus en croquer. Il avait toujours aimé ce bruit, cette texture bien lisse sous la dent.

— Tu as mal, mon pauvre Edward ? demanda Delphine. Qu'est-ce qui t'a pris de grimper au tilleul ? Tu voulais épater Muscade ? Elle est mignonne avec ses gants et son loup sombres, n'est-ce pas ? Tu es bien un mec, va...

Edward soupira. Delphine manquait tellement d'intuition ! Comme s'il se souciait de Muscade ! Il se roula en boule et s'endormit. Il ne se réveilla même pas quand Audrey téléphona. Delphine lui raconta la dernière bêtise d'Edward.

— Heureusement que le vétérinaire était sympathique.

— Il est beau garçon ?

— Audrey ! C'est James qui me plaît. Même si Edward le boude.

— Que fais-tu demain ? Les enfants sont déjà partis pour Lyon. Je ne les rejoindrai que le 16.

— Viens chez moi. On peut voir les feux d'artifice de ma terrasse.

— Et tu pourras répondre au téléphone si jamais James t'appelle... Et si tu lui proposais de se joindre à nous ?

— Bonne idée, on doit se parler ce soir.

Le soir s'étira sans que la sonnerie retentisse et Delphine se coucha près d'Edward qui ronronna d'aise même s'il devinait la déception de sa maîtresse : il n'aurait pas à dormir sur le canapé pour laisser toute la place à ce maudit Américain.

Edward rêva d'un tilleul où poussaient de grosses dindes qui se changeaient en corbeaux quand il grimpait vers elles. Les croassements étaient assourdissants et il sautait sur le toit voisin pour fuir cette cacophonie.

Delphine s'empressa d'éteindre le radio-réveil qui diffusait du heavy metal. Elle s'était trompée de fréquence en réglant son appareil. Elle s'excusa auprès d'Edward qui miaulait d'indignation.

— En tout cas, tu n'as pas perdu la voix, ajouta-t-elle.

Elle posa le dos de sa main contre son nez. Il était humide et frais.

— Tu vas mieux, mon beau ?

Edward boita jusqu'à la cuisine mais mangea ce qui restait de l'escalope de dinde avec un appétit qui rassura Delphine : son chat se portait très bien.

Delphine avait cru qu'elle devrait rester près d'Edward mais il était assez en forme pour qu'elle l'abandonne quelques heures. Elle devait rencontrer un client pour une série de photos publicitaires. Elle acceptait peu de contrats dans ce domaine mais l'agence qui l'avait demandée était réputée payer très convenablement. Delphine avait envie d'accompagner Géraldine la prochaine fois qu'elle le lui proposerait. À moins, bien sûr, que James ne l'ait déjà emmenée en voyage à ce moment-là. N'avait-il pas parlé de Venise ?

La couleur des eaux de la Sérénissime troublait encore Delphine dix ans après son voyage dans cette cité fantasmatique. Elle avait tenté maintes et maintes fois de teinter ses clichés de cette onde qui empruntait ses nuances à la nuit, à la vase, à la pierre des ponts, aux algues et aux sirènes pour émouvoir des touristes déjà mystifiés par sa légende. Delphine avait été éblouie par la multitude des canaux et l'écho particulier d'une ville piétonne, mais c'était la souveraine présence des chats qui avait scellé son attachement pour Venise. Elle aimait les *mamma getti* qui gâtaient leurs protégés avec une sollicitude ponctuelle. Elle avait pris de nombreuses photos de ces femmes qui rendaient encore hommage à ceux qui chassaient les rats de leur ville depuis des siècles. Elle-même avait semé des miettes de thon aux abords de la pension de famille où elle logeait et avait toujours préféré manger en terrasse afin de sentir les frôlements des dos soyeux contre ses jambes.

Est-ce que James aimait Venise autant qu'elle ?

Qu'aimait-il ?

L'aimait-il ?

Elle tentait de repousser cette question mais elle refaisait surface régulièrement comme les cétacés qui remontent pour respirer avant de se laisser engloutir par les flots.

Pourquoi James n'avait-il pas encore appelé ? Delphine comprenait qu'il soit fort occupé par son enquête mais composer un numéro de téléphone ne demandait pas un effort considérable. Elle vérifia si son répondeur était bien branché et elle sortit avec un pincement au cœur. S'il ne rappelait plus jamais ?

Quand Delphine rentra, le voyant rouge du répondeur clignotait et elle se précipita pour écouter ses messages avant même de saluer Edward, qui vint malgré tout se frôler contre elle. La déception de Delphine le contraria ; ne pouvait-elle penser à autre chose qu'à l'Américain ?

Quelques mots de Géraldine qui venait de rentrer à Paris la firent tout de même sourire. Et si elle l'invitait à rencontrer Audrey ?

10

— Pauvre Edward, dit Audrey en s'approchant de lui. Ça t'apprendra à courir les filles ! Je t'ai apporté un cadeau, regarde. C'est Jacinthe qui m'a conseillée.

Audrey lui lançait une souris en peluche tout en tendant à Delphine le sac d'un traiteur asiatique.

— Verrons-nous James ?

Delphine haussa les épaules ; il était très occupé, elle ne savait pas encore s'il pourrait dîner avec elles.

— Tant pis pour lui, répondit Audrey en se demandant si Delphine lui avait parlé ou non. On aura plus de dim sum !

— Géraldine mange beaucoup. C'est désespérant ! Elle ne prend pas un gramme même si elle s'empiffre de soufflés et de chocolat.

Audrey était sceptique ; Géraldine devait se permettre quelques écarts en société mais grignoter de la salade et boire de l'eau plate quand elle était seule.

— Non, non, elle est ainsi faite qu'elle peut manger ce qu'elle veut. Ma mère était comme ça.

Audrey cessa de disposer des feuilles de laitue dans une assiette : Delphine parlait de sa mère ? La dernière fois que c'était arrivé, Audrey était enceinte de Laurent.

— Ta mère était mince ? bredouilla-t-elle.

— Oui. Elle aurait pu être mannequin si elle avait voulu. Elle a préféré partir au Brésil.

Edward décela la fêlure dans la voix de Delphine et sauta sur la table pour la distraire. Elle le flatta et il reconnut cette petite fille blonde qu'il avait vue si souvent dans les cauchemars de sa maîtresse. Elle se tenait devant l'allée d'un bungalow en briques rouges et agitait sa main, imitant la femme qui venait de s'engouffrer dans un taxi. La fillette continuait à saluer bien après que sa mère avait disparu ; son père avait dû la prendre dans ses bras pour la faire entrer dans la maison. Elle était ressortie durant la nuit et c'est le camelot qui l'avait réveillée en glissant le journal dans la boîte aux lettres. Edward lécha le poignet de Delphine pour la réconforter.

— Tu es un bon chat, toi, tu ne me plaquerais pas comme elle.

— Tu n'as jamais de nouvelles ?

— Non, Audrey, elle nous a oubliés. J'ai fait pareil.

Audrey acquiesçait au mensonge tout en cherchant une parole apaisante quand Edward se dirigea vers la porte d'entrée en agitant la queue.

— Un vrai chien ! fit Audrey.

— Non, il a l'ouïe encore plus développée : 60 000 cycles par seconde ! Les chiens plafonnent à 40 000.

— Et nous ?

— À 15 000... Malgré mon handicap, je devine que c'est Géraldine.

Le mannequin portait un grand sac en papier d'où elle tira un chandail en chenille où était brodé un chat. Elle le tendit à Delphine.

— J'ai pensé à toi à Munich.

Elle avait adopté un grand café, dans Maximilianstrasse, où elle avait bu chaque soir un verre de riesling en songeant que Delphine aurait aimé les chaises du jardin, très blanches, qui ressemblaient à des fantômes quand la nuit embrassait le parc.

— J'ai aussi pensé à Edward.

Elle lança une jolie balle rayée rouge et vert sur le plancher mais Edward la regarda rouler sans bouger. Delphine raconta son accident tout en disposant les baguettes sur la petite table de la terrasse.

Géraldine se servait de riz cantonais pour la troisième fois quand retentirent les premières pétarades des feux d'artifice. Des confettis multicolores illuminèrent la fin du jour.

— Ils sont pressés. Ils n'attendent même pas la vraie noirceur, se plaignit Delphine.

— On va en voir toute la nuit, fit Audrey.

Il y eut tant d'explosions qu'elles n'auraient pas entendu frapper à la porte si Edward n'avait trottiné dans cette direction. Delphine se leva trop brusquement, accrocha la table ; un peu de salade atterrit sur la robe de Géraldine.

— Excusez-moi, je reviens, dit Delphine en courant vers la porte.

Audrey aida Géraldine à nettoyer sa robe.

— Je suppose que c'est son Américain. Tu l'as déjà vu ?

— M. Mystère ? Non.

— Je ne l'aime pas.

— Tu le connais ? s'étonna Audrey.

Elle était vexée que Géraldine ait rencontré James

avant elle. Et honteuse de cette mesquinerie ; Géraldine était adorable et elle n'avait pas à être jalouse de son amitié envers la photographe.

— Non, mais c'est un copain d'Alain-Justin Leguay.

Delphine revint seule sur la terrasse.

— On pensait que c'était James...

— C'était lui. Il n'a pas voulu entrer.

— On ne l'aurait pas mangé ! protesta Géraldine. Malgré mon appétit !

Audrey versa du vin dans les verres, en tendit un à Delphine, qui s'efforça de lui sourire.

— Il croyait que nous ne serions que tous les deux et... Je ne comprends pas son attitude.

De nouvelles étoiles étincelèrent au-dessus de Pantin et du Pré-Saint-Gervais. Ces gerbes rougeoyantes, ces bouquets de tourmaline, ces fusées d'or, ces pluies de colibris évoquaient moins, par leur souplesse et la grâce de leur chute, l'astérie que le saule pleureur ou l'anémone du Pacifique. Des enfants fouilleraient sûrement le sol, au matin, pour chercher des pierres précieuses et des pétales de bronze. Ils refuseraient de croire que la magie est éphémère.

Delphine, elle, s'y résignait.

— C'est fini.

— Pas comme ça, protesta Géraldine avec une conviction artificielle.

Edward, couché entre Audrey et Delphine, approuvait le dénouement ; même s'il y avait peu de chances que Delphine s'intéresse à Frédéric Douhannet, le pire était derrière eux.

La suavité de la nuit, l'affection de ses amies, le vin blanc, engourdirent la peine de Delphine qui refusa que la rebuffade de James gâche la soirée. Elle accepta même qu'on se moque de l'Américain. Géraldine le surnomma le Marlboro quand Delphine lui montra la photo de James.

— On pourrait percer ce cow-boy d'aiguilles, comme les poupées vaudou, proposa Audrey.

Delphine hésita ; c'était la seule photo qui lui restait de son amant.

— Tu en avais fait plusieurs pourtant ?

— Je les ai remises à James, sauf celle-ci.

— Tu lui as donc avoué que tu avais gardé des photos ?

Delphine hocha la tête.

— Allons-y !

Elle tendit la photo de son amant à Audrey qui détacha la broche qu'elle portait sur son chemisier et troua l'image de part en part. Elle passa la photographie à Géraldine qui choisit la bouche.

— J'espère qu'il aura un bon mal de dents !

Delphine allait enfoncer l'épingle dans le front de James Anderson quand Edward s'en saisit. Il disparut avec la photo sous les yeux éberlués des femmes. Elles rirent en entendant Edward gruger l'image.

— Les chats sont très intuitifs, dit Géraldine.

— Dommage que ses crocs soient usés, les dégâts seront légers.

Audrey aurait aimé que Delphine déchire la photo en mille morceaux, que la séance d'exorcisme dure plus longtemps, mais Edward avait déjà poussé la photographie derrière le canapé.

Géraldine choisit un disque d'Ella Fitzgerald, Delphine prit Edward dans ses bras et lui murmura les paroles de *My Funny Valentine* au creux de l'oreille. Il passa ses pattes autour de son cou, frotta son museau contre son menton, juste à côté de son grain de beauté, et bava, béat de contentement.

Tout finissait par s'arranger.

Le réveil fut brutal.

À neuf heures, alors qu'Edward et Delphine prenaient leur petit-déjeuner, James Anderson envahit l'appartement avec un énorme bouquet et supplia sa maîtresse de passer la journée du lendemain avec lui. Ils iraient à Chantilly ; il avait réservé une chambre dans un manoir du XVIIIe siècle.

— Je remplirai une baignoire de crème, tu y plongeras et je te lécherai ensuite tout le corps...

Delphine restait froide à ces promesses enamourées ; James avait-il oublié qu'il avait rejeté très cavalièrement ses amies ? Qu'il ne lui avait pas, l'avant-veille, téléphoné comme il le lui avait promis ? Pourquoi lui accorderait-elle de nouveau sa confiance ?

Edward, caché derrière les jambes de Delphine, découvrait pourtant qu'elle désirait toujours l'Américain. Elle repensait à ses caresses, elle adorait son accent, elle le trouvait si beau, il serait idéal en Persée, le montage photographique où elle l'introduirait ferait sensation. Elle avait même changé d'idée en ce qui concernait la Gorgone ; Géraldine l'incarnerait. Méduse devait être très belle pour avoir autant de pouvoir sur les êtres ; pour qu'une tension soit crédible entre elle et Persée, ils devaient être égaux, parés des mêmes armes. Qui aurait eu envie de s'approcher de la Gorgone si elle avait été repoussante comme le prétendait la légende ? On évitait les monstres, personne ne recherchait leur compagnie à moins d'être vraiment téméraire ou violent ou sot, comme ces gens qui défient une éclipse de Soleil même si on leur a répété qu'elle causerait leur cécité.

James Anderson s'approcha de Delphine.

Elle frémit quand il l'embrassa à la naissance des cheveux, sur les tempes, sur la nuque. Sa résistance fondait, dégoulinait comme la glace à la vanille que M. Leblanc avait oublié de ranger un soir où il avait bu un peu trop de bière au pub. Edward avait lapé la glace sur les pierres de la cuisine sans pouvoir s'arrêter tellement la crème était douce et bonne.

Il avait été malade et M. Leblanc qui avait la migraine lui avait dit qu'ils payaient pour leurs péchés.

James Anderson entraîna Delphine vers le lit. Elle n'opposa aucune résistance. Edward eut beau miauler pour la distraire, elle se dévêtit aussi vite que son amant.

Edward s'enfuit de la chambre, écœuré par tant de faiblesse.

Il y revint quand les respirations se firent plus régulières ; les amants s'étaient endormis. Il s'approcha des vêtements d'Anderson, et choisit son jean, sur lequel il urina copieusement.

Deux heures plus tard, Delphine le grondait avec les accents d'une réelle colère. Tandis qu'elle mettait le pantalon dans le lave-linge, James tentait de la calmer, ce n'était qu'un jean, après tout...

— Il exagère ! Il y a des limites aux caprices !

— Il est jaloux, plaida Anderson. Je peux le comprendre ; je n'ai pas non plus envie de te partager.

Elle sourit. Elle avait presque oublié la douleur que James lui avait causée. Elle refusait de s'interroger, de chercher à savoir pourquoi Edward avait pissé sur les vêtements de son amant. Jamais, pourtant, son chat n'avait montré une telle hargne envers un homme. Un homme qui était charmant avec lui.

Delphine trouvait même qu'Anderson montrait trop de clémence envers Edward. Il lui lançait la balle que Géraldine lui avait donnée. Edward ne fit pas un geste pour arrêter la balle et Delphine se crut obligée d'expliquer que son chat n'avait jamais été joueur. Elle poussa la balle du pied pour prouver qu'il ne s'amuserait pas davantage avec elle. Edward la regarda rouler jusqu'au canapé, bondit, mais la coinça sous le meuble au lieu de la repousser ailleurs.

— Tu vois, il n'a aucun esprit ludique.

Elle se pendit au cou de James, câline. Souhaitait-il toujours l'emmener à Chantilly ?

— Je suis coincé aujourd'hui pour la journée et demain matin, mais je te raconterai tout. Je suis sur un gros coup. Je vais avoir besoin de toi car tu as bien observé Leguay. Tu jures de n'en parler à personne ?

Delphine acquiesça. À qui ? Audrey partait pour Lyon et Géraldine devait déjà être assise à l'aéroport, attendant son vol pour Londres.

— Je vais m'ennuyer de toi, honey. On pourrait partir dans l'après-midi. Se retrouver... place des Vosges ? Où tu m'as vu la première fois ? Je déjeune avec un collègue. Il doit me donner des informations sur Leguay. À ce propos, tu récupéreras les négatifs ?

Delphine promit de les lui remettre quand ils se rejoindraient dans le Marais.

— J'irai avant de passer chez le vétérinaire avec Edward. On doit lui refaire son bandage. Je peux aussi aller à l'atelier et te rapporter toutes les photos que j'ai prises de Leguay. Ça pourra peut-être te servir ? Ça ne t'embête pas qu'on doive revenir ici pour déposer Edward au lieu de partir directement vers Chantilly ?

— Mais non ! On prend un drink place des Vosges puis on rentre ici. J'aime mieux laisser ma voiture dans ta rue qu'en plein Paris. Ça m'arrange, en fait. Alors, demain, treize heures trente, en face de *La Guirlande de Julie.*

Il l'embrassa, sortit, et Delphine trouva qu'elle faisait preuve d'indépendance en se retenant de se pencher à la fenêtre pour le saluer une dernière fois.

Edward se déroba quand elle voulut le faire entrer dans son panier mais elle le rattrapa avant qu'il se faufile sous le lit et réussit à fermer les attaches sans que son chat proteste trop.

— On va chez Frédéric, mon chéri. Tu l'aimes bien, non ?

Oui, mais il détestait la voiture. Il se mit à miauler dès qu'il sentit les vibrations du moteur. Ne pouvait-elle pas avoir une charrette comme celle de Mehmet ? Il y avait bien des voitures, à Istanbul, mais son maître n'en possédait pas et il n'avait jamais été obligé de subir ces engins bruyants et puants. Il se terrait dans des recoins, sous les étals, quand un de ces monstres d'acier empruntait les ruelles de Galatasaray et il déplorait les odeurs nauséabondes qui dominaient les effluves maritimes du marché durant un long moment. Les écailles des poissons ternissaient, les chairs se flétrissaient dans cette fumée malsaine qui envahissait le quartier de plus en plus souvent. La population locale avait beaucoup augmenté sans que son maître ait plus de clients. Il se plaignait de la concurrence des Grecs, pestait contre

Menderes qui avait fait arrêter deux de ses clients réguliers et regardait avec envie les automobiles immobilisées aux carrefours. Edward ne s'inquiétait pas de ce pauvre désir ; il ne se réaliserait jamais, Mehmet le savait très bien. Il discutait avec les autres marchands des marques de voitures, un touriste allemand lui avait laissé un catalogue rempli de photos somptueuses des voitures qu'il vendait à Munich. Amabilité ou cruauté ? Les rêves impossibles sont-ils torture ou évasion ? Mehmet était toujours un peu triste même s'il chantait en travaillant ; Edward croyait qu'il fredonnait comme lui-même ronronnait, dans des situations pénibles, pour se donner du courage. Il est vrai qu'il en fallait pour se lever dans l'humidité infernale des nuits de janvier, aller au port, rapporter des caisses de poissons gluants et froids, les disposer avec soin sur les éventaires, sourire aux clients qui hésitaient, marchandaient, critiquaient. La vie de Mehmet n'était pas beaucoup plus enviable que celle de Catherine. Hormis le fait qu'il n'avait pas à supporter les crises d'un mari jaloux et que son logis n'était pas éclairé avec des bougies de suif. Pour le reste, c'était la même lutte des humbles qui s'échinent pour échapper à leur condition.

Delphine, elle, était plus riche et avait toujours eu une voiture. Une voiture terne avec des sièges qu'Edward n'avait jamais palpés car Delphine refusait qu'il sorte de son panier pour explorer l'habitacle. Tout juste si elle lui permettait de sortir la tête pour regarder la route défiler. Il goûtait peu l'exercice, de toute manière, étourdi par la vitesse des véhicules qui fonçaient sur le leur.

Frédéric Douhannet accueillit Delphine et son chat

avec gaieté ; il caressa Edward et lui parla doucement tout le temps qu'il examina la plaie. Il le pansa en lui jurant qu'il n'aurait pas à garder cet embarrassant bout de tissu plus de deux jours.

Edward ronronna aussi fort qu'il le pouvait tout le temps qu'il passa dans le cabinet mais Delphine le remit pourtant dans son panier ; il n'eut plus que le loisir de miauler à fendre l'âme quand Delphine le trimbala vers la place des Vosges. Elle avait beau chercher à l'apaiser, il n'allait certainement pas capituler et la laisser parler à James tranquillement. Delphine s'impatienta et le laissa dans la voiture. Il la vit retrouver l'Américain en face d'une galerie de peinture. Ils s'embrassèrent. Edward détourna la tête, anéanti.

Delphine et James Anderson échangèrent quelques mots, il prit les précieux négatifs et les photos que Delphine était allée retirer à la banque avant sa visite chez le vétérinaire et il lui dit qu'il la suivrait avec sa propre voiture jusqu'à l'aéroport Charles-de-Gaulle. Il avait changé ses plans ; comme il savait que Delphine répugnait à se séparer d'Edward, il avait rappelé l'hôtel pour s'assurer qu'ils acceptaient les animaux.

— Mais je n'ai pas mes affaires, protesta-t-elle mollement.

— Tu n'en auras pas besoin puisqu'on restera dans la chambre...

Delphine fondit de gratitude, comme il s'y attendait. Il ajouta qu'il s'arrêterait à l'aéroport car il devait laisser sa voiture à un ami qui débarquait de Suède. Il suivrait donc Delphine et sa Renault jusqu'à l'aéroport, donnerait les clés de son automobile au copain, le présenterait à son amante, ils boiraient un café puis ils emprunteraient la nationale 1 en direction du nord.

Delphine se demanda si son amant joignait l'utile à l'agréable, mais étouffa rapidement cette question empoisonnante. James n'avait-il pas pensé à Edward ? Dit qu'il allait la présenter à un de ces amis ? Elle n'allait pas tout gâcher alors qu'il changeait d'attitude. Sa dépendance envers cet homme l'agaçait ; elle aurait critiqué une amie qui se serait laissé reconquérir avec tant de facilité mais elle ne pouvait renoncer à un amant aussi beau.

Elle espéra qu'Edward ne le gênerait pas trop. Elle allait le surveiller avec beaucoup d'attention, prévenir les bêtises.

James lui passa la main clans les cheveux alors qu'il la raccompagnait à sa voiture.

— Tu as une petite mine.

— Je n'ai pas assez dormi, fit Delphine d'une voix langoureuse.

— Tu devrais boire un café avant de prendre la route. Il vaut mieux que tu sois bien réveillée au volant.

Delphine protesta mais James Anderson insista ; c'était plus prudent. Les conducteurs roulaient vite sur les autoroutes, il fallait avoir de bons réflexes.

— Attends-moi, j'ai du coke dans ma voiture, tu en boiras pour me faire plaisir.

Delphine le regarda s'éloigner, puis ouvrit sa portière ; Edward protestait toujours contre son enfermement. Delphine glissa sa main par l'ouverture du panier pour flatter son chat, mais il refusa de ronronner même quand elle lui apprit qu'il l'accompagnait à Chantilly.

— Toi qui adores la crème, mon trésor, tu devrais

être content. C'est James qui a eu l'idée de t'amener avec nous, témoigne-lui un peu de gentillesse, non ?

James revint rapidement et tendit la bouteille de coca à Delphine en lui souriant. Il la regarda boire en la couvant des yeux, puis reprit la bouteille, fit semblant d'avaler une gorgée, « pour connaître tes pensées », dit-il, et ils se séparèrent après être convenus de se retrouver en face du comptoir Air France s'ils étaient séparés sur l'autoroute.

James Anderson regarda sa montre ; Delphine ressentirait les premiers effets de la drogue dans moins d'une heure. Il pourrait provoquer l'accident sur l'autoroute comme prévu. Les gens avaient peu tendance à s'arrêter pour porter secours. Encore moins s'il s'agissait de vacanciers qui avaient retardé leur départ d'une journée pour éviter la cohue du 14 juillet. Ils réfléchiraient avant de ralentir, puis accéléreraient en se disant qu'un autre conducteur, moins pressé, plus curieux, jouerait les bons Samaritains. Un homme penserait peut-être à utiliser son téléphone cellulaire pour appeler les flics mais James Anderson aurait eu le temps de fuir avant leur arrivée.

Il suivit Delphine durant trente minutes sans remarquer de changement dans sa conduite, puis il nota des coups de volant un peu brusques, une conduite moins souple. Il devait agir avant que Delphine s'en inquiète et préfère s'arrêter.

Il mit une casquette à laquelle étaient cousus des cheveux roux et réussit à enfiler un blouson de supporter de foot aux couleurs de l'Italie.

Il fonça.

Sa voiture percuta le pare-chocs de Delphine avec

une violence qui le surprit lui-même, mais il maîtrisait très bien son véhicule et accéléra, frôla l'aile gauche, forçant Delphine à se déplacer vers la droite. Il vit son regard horrifié, donna un autre coup sur son aile, entendit crisser les pneus et serra les mâchoires quand la Renault se déporta hors de la route et fit trois tonneaux.

Anderson s'arrêta aussitôt, courut vers la voiture. Un pneu avait éclaté, les vitres étaient brisées, du sang les tachait. Le sac de Delphine avait été catapulté à plusieurs mètres de la Renault. Anderson s'en empara avant d'aller vérifier si Delphine était bien morte.

Elle respirait toujours mais elle était inconsciente. Elle n'entendait même pas son maudit chat hurler. Il était tapi au fond de la voiture, son panier démoli, et émettait un son près du feulement. James ouvrit la portière et donna un coup de pied à Edward, qui valsa dans les airs.

Que se passait-il donc ? Edward n'avait jamais été aussi secoué depuis qu'on l'avait mis dans un sac et qu'on l'avait hissé au poteau où était attachée Catherine Duval. Il ne la voyait pas, mais il avait reconnu son odeur quand la poche où on l'avait enfermé avait rebondi contre le corps de la sorcière. Il avait entendu ses pleurs, ses supplications tandis que la foule venue assister à leur exécution criait d'impatience. Elle gémissait, demandait pardon, répétait les pauvres prières qu'un prêtre ânonnait au bord du bûcher où le bourreau achevait ses préparatifs. Edward avait écouté les pas de l'homme qui tassait les ballots de paille, ses soupirs en les déplaçant, ses réponses à la foule qui se moquait de sa lenteur en cherchant à comprendre ce qui allait se passer. Il avait secoué le sac en tous sens, le fouillant, le mordant, le lacérant, mais le jute était tissé serré ; il n'avait réussi qu'à se blesser. Il y avait eu une grande rumeur de satisfaction quand le bourreau avait mis le feu au bûcher. Les cris de Catherine Duval avaient couvert cette rumeur infâme, stridents, épouvantés, inutiles. La jeune femme avait maudit ce mari qui l'avait dénoncée en sentant les premières flammes lécher ses pieds. Un coup de vent lui avait soufflé la fumée au visage, encore et encore, et elle avait pensé que Dieu était miséricorde s'il commandait à la bise de continuer à l'étouffer au lieu de se coucher. Elle ne grillerait pas à petit feu comme cette sorcière qui avait eu le malheur d'être exécutée un jour trop doux.

Catherine Duval avait toussé, mais alors qu'elle entendait son chat prendre le relais de ses cris et hurler de nouveau, une clameur avait parcouru l'assistance ; Catherine l'avait regardée se disperser, se fendre, s'étoiler. Les gens couraient en tous sens, trébuchaient, se relevaient, s'enfuyaient en désignant le ciel, épouvantés. Alors qu'elle levait la tête pour les imiter, Catherine avait vu son chat émerger du sac au moment même où la lune voilait le soleil.

Ce 12 octobre 1605, la nuit était tombée en plein jour ; Catherine avait suffoqué et s'était évanouie alors qu'Edward plongeait dans les flammes. Le brasier l'avait dévoré vivant.

Il n'allait certainement pas revivre cette mort atroce. Il se força à se relever et à fuir ce lieu où il avait été si malmené.

C'est alors qu'il vit James Anderson penché sur Delphine, la frappant d'une énorme pierre. Edward se rua sur l'homme et lui sauta à la gorge. L'Américain lâcha la pierre et repoussa le chat de toutes ses forces en l'étranglant à moitié. Edward perdit conscience en tombant.

James Anderson se penchait de nouveau vers Delphine quand il entendit klaxonner. Une femme criait dans sa direction, des enfants sortaient de son véhicule. L'Américain se releva, courut vers sa voiture et démarra aussitôt. Heureusement, il avait pensé à maculer de boue sa plaque d'immatriculation. Il ôta la casquette, jeta le blouson sur le siège avant de se regarder dans le rétroviseur. Le chat avait enfoncé ses griffes avec une rage peu commune ; son cou était strié de longues marques rouges. Sale bête ! Il devrait porter un bandage par cette chaleur.

Et il n'était même pas certain que Delphine Perdrix était morte. Il l'avait prise par les épaules et l'avait assommée avec la pierre mais il avait fallu que cette conne et ses kids l'empêchent de finir son travail. Alain-Justin Leguay serait furieux quand il lui téléphonerait de Madrid. Mais que pouvait-il faire ?

Il abandonna la voiture de location à l'aéroport ; on mettrait du temps à s'apercevoir qu'elle n'était au nom de personne. Il faudrait que la compagnie de location dépose une plainte contre Rupert Mallory et Mallory n'existait pas.

Il passa un moment dans les toilettes de l'aéroport où il changea de souliers. Il jeta les godasses infectes qu'il avait prises à un clochard pour laisser de mauvaises empreintes et enfila une paire de Nike. Puis il examina son cou. Les membres du personnel d'Iberia le remarqueraient sûrement. Oseraient-ils poser des questions ? Devait-il les devancer ? Il achetait des produits désinfectants à la pharmacie de l'aéroport quand il aperçut une minerve. Elle camouflerait à merveille ses vilaines égratignures. Il paya et retourna aux toilettes pour installer correctement la prothèse. Il mit des lunettes à monture d'écaille qui lui donnaient un air très sérieux, il adopta une démarche hésitante, comme s'il était très las, et se présenta à l'embarquement où on l'accueillit avec beaucoup d'amabilité.

L'employée, pleine de compassion, le couvait des yeux et Anderson regretta pour la première fois de sa vie d'être un bel homme. Quand il réussit à échapper à la sollicitude de l'hôtesse d'Iberia, il se dirigea aussitôt vers les boutiques hors taxes où il joua les touristes en attendant son vol et en s'interrogeant sur cette femme qui l'avait dérangé sur l'autoroute. Avait-elle des notions de secourisme ? Était-elle intervenue assez rapidement pour qu'une ambulance vienne cueillir Delphine Perdrix avant son dernier souffle ?

Elle témoignerait contre lui si elle survivait. Elle l'avait sûrement reconnu malgré sa perruque rousse.

Elle avait le sens de l'observation ; il avait récupéré les négatifs et les photos, mais Delphine Perdrix était sûrement douée pour les portraits-robots. Elle donnerait des tas de détails.

Anderson devait modifier son apparence. Très vite.

Dès son arrivée à Madrid, il téléphona à Alain-Justin Leguay d'une cabine située dans un quartier éloigné de son hôtel et il attendit que Leguay le rappelle lui aussi d'un poste public. Ce dernier apprit l'issue improbable de l'accident de Delphine Perdrix avec une rage non dissimulée, mais il se calma dès qu'Anderson lui dit d'aller finir le travail.

— Elle est peut-être morte ou dans le coma, fit platement Anderson. Tu dis toi-même que les médias n'ont rien annoncé.

— Parce qu'ils ne l'ont pas encore identifiée, mais avec les plaques de sa voiture, ça ne sera plus très long. Elle mentionnera mon nom dès qu'elle se réveillera : c'est moi qui vous ai mis en contact ! Vous avez parlé de moi ensemble !

— Écoute, A.-J., je pense vraiment qu'elle avait son compte. Attends avant de freaker.

— Va chez Pedro quand même. C'est un maquilleur de génie.

— Je sais, je dois changer de tête.

— Tu reviens ensuite. J'ai des Russes qui arrivent, moi. Je ne peux pas m'en occuper tout seul.

Leguay raccrocha et s'essuya le front. Pourquoi cette petite idiote l'avait-elle suivi ? L'avait-elle pris en photo avec Anderson ? Qu'allait-il faire des étrangères qui débarqueraient dans quatre jours ? Il avait besoin d'Anderson. Heureusement que l'Américain avait les passeports nécessaires pour voyager sous plusieurs identités. Pedro le grimerait si bien que sa propre mère ne pourrait le reconnaître.

Leguay pria Lucifer que Delphine Perdrix soit décédée à son arrivée à l'hôpital. Et même avant. Trois tonneaux, avait précisé Anderson, avant qu'il ne l'assomme. Elle ne pouvait tout de même pas s'en remettre facilement !

Leguay rentra chez lui à pied malgré la chaleur ; il ne voulait pas qu'un chauffeur de taxi puisse dire qu'il l'avait pris en charge en face d'une cabine de téléphone. Il avait déjà manqué de prudence en croisant son associé place des Vosges ; il payait cher cette négligence. Il alla marcher le long des quais ; il ne voulait pas regagner son domicile immédiatement car il hébergeait son ex-femme, rentrée d'un long séjour au Danemark, et il n'avait aucune envie de l'entendre comparer les vertus françaises et scandinaves. Il s'interrogeait plutôt sur l'efficacité américaine ; Anderson n'avait jamais connu d'échec auparavant, de quelque ordre que ce soit.

Lui avait-il dit toute la vérité ?

Des courants contradictoires agitaient la Seine ; Leguay y vit l'illustration de ses sentiments et remonta vers le quai de Montebello en se répétant qu'il avait toujours eu de la chance. Il coulerait encore beaucoup d'eau sous le Pont-au-Double avant que les enquêteurs prouvent quels liens l'unissaient à James Anderson.

« Anderson ? dirait-il. C'est l'ami d'un ami. Je ne l'ai rencontré que deux ou trois fois. Pour parler d'art inuit. »

Que de temps perdu !

Il avait envie d'aller étrangler Delphine Perdrix de ses propres mains.

Quand saurait-il s'il en était délivré ?

Il se servit un scotch en rentrant chez lui ; Fanny était sortie et il regrettait maintenant son absence. Son babillage l'aurait agacé mais distrait dans l'attente du prochain bulletin télévisé.

11

Edward se réveilla avec un mal de tête comparable à celui qu'il avait enduré le jour où il avait fait dégringoler des pots de grès dans la chambre de Néfertari. Elle était accourue en se lamentant comme s'il était déjà mort. Elle l'avait flatté sans relâche jusqu'à ce qu'il se relève et trottine vers sa coupelle où elle avait déposé des morceaux d'oiseau grillés et désossés. Il avait fait honneur au plat mais Néfertari ne l'avait pas quitté des yeux de la soirée, et à la nuit toute la famille s'était relayée pour veiller sur lui. Dès qu'il ouvrait une paupière, il voyait un visage souriant.

C'était une figure ronde et blonde, avec des yeux du même bleu qu'une des robes de Delphine qu'Edward découvrait maintenant. Pourquoi était-elle penchée sur lui ? Il se raidit. La figure était petite : il était entre les mains d'un enfant. On n'allait pas tarder à lui tirer la queue ou les oreilles. Il tenta de s'échapper, mais dès qu'il se redressa il sentit une grande faiblesse dans ses pattes et dut se recoucher.

Parce qu'il était couché. Où ?

La forme claire posa une main délicate sur son front, lui lissa les moustaches avec mille précautions.

Edward ouvrit grands les yeux, tétanisé : l'enfant était imprégné de l'odeur de Sébastien. L'enfant *était* cette odeur qu'il avait tant cherchée.

Mais pourquoi Sébastien était-il déguisé en petite femelle et non en mâle en âge de plaire à Delphine ? Que signifiait cette erreur ?

Peut-être faisait-il un cauchemar ? Il lécha les doigts d'Emmanuelle et sentit qu'elle ne le maltraiterait jamais. Elle était bonne comme un petit pain au lait, elle rêvait de l'emmener dans un champ et de lui tresser des couronnes de fleurs comme elle le faisait pour ses poupées, de le bercer, de lui chanter des comptines et lui donner les bouchées de viande que son père s'entêtait à mettre dans son assiette, juste à côté des petits pois. Edward vit aussi qu'elle était seule et espérait qu'il deviendrait son nouveau confident. Déjà, elle promettait de le protéger et lui cherchait un nom. Elle ne put se concentrer plus de vingt secondes ; qu'allait dire son père quand il entrerait dans sa chambre ?

Quand Mme Trudel avait freiné sur l'autoroute, Emmanuelle et la fille d'Élise Trudel, Marie-Louise, chantaient à tue-tête ; il était étonnant que Mme Trudel n'ait pas été plus distraite, qu'elle ait remarqué l'accident et freiné aussitôt. Elle était infirmière. Elle avait interpellé un homme qui s'était enfui, puis elle avait hurlé aux fillettes de rester près de sa propre voiture mais Emmanuelle et Marie-Louise s'étaient pourtant approchées, refusant de demeurer seules, apeurées et curieuses. Elles avaient regardé un grand type démarrer, Emmanuelle s'était demandé pourquoi il se tenait le cou comme ça, puis elle avait rejoint Marie-Louise à qui sa mère ordonnait de reculer.

Emmanuelle regardait le sang qui coulait de la tête de Delphine et elle avait envie de pleurer même si elle ne connaissait pas cette dame. Elle avait alors entendu des gémissements. Un gros chat de la couleur d'un faux mousseron soufflait difficilement. Elle s'élança vers lui, ralentit, se souvenant des conseils de son père ; il fallait toujours présenter sa main lentement à un animal. Pour faire connaissance. L'odeur est notre nom pour une bête, avait dit Charles Le Querrec. Emmanuelle se rappelait la leçon. Elle avait tendu ses doigts vers le matou mais il gardait les yeux fermés ; allait-il mourir ? Elle avait appelé Mme Trudel à son aide mais celle-ci avait secoué la tête en disant qu'elle devait parvenir à trouver du secours avant qu'il ne soit trop tard pour la jolie dame blessée.

Emmanuelle adorait les émissions de télévision médicales. Quand elle serait grande, elle porterait une grande blouse blanche ou verte. Elle ne l'avait jamais dit à Marie-Louise, mais le métier de sa mère la fascinait : infirmière ! Elle avait vu sa trousse, un jour, pleine de seringues et de pansements, de fioles en verre avec des bouchons en métal, des plaquettes de cachets de toutes les couleurs. Quand Emmanuelle allait chez sa mère, elle regardait les histoires d'hôpital à la télévision. Dans chacune de ces aventures, on mettait le malade sur un drap et on le soulevait en comptant un, deux, trois. Emmanuelle avait donc ôté sa jupe et fait signe à Marie-Louise de venir la seconder. Elle lui avait expliqué qu'elles allaient transporter le blessé jusqu'à la voiture.

— Je le prendrai ensuite sur mes genoux.

— Pourquoi toi ?

— Parce que c'est moi qui l'ai trouvé.

— Mais c'est la voiture de ma mère.

— Tu as déjà un chien, ta mère ne voudra pas que tu le gardes.

Marie-Louise n'avait pu réfuter cette affirmation ; sa mère pestait assez souvent contre Jujube qui laissait ses poils partout. Et puis ce gros chat lui faisait un peu peur car il avait des crocs très longs qui dépassaient de sa gueule. Et s'il la mordait quand il se réveillerait ?

— Tu es bête, avait décrété Emmanuelle. Il ne me mordra jamais. Je suis son amie.

Mme Trudel avait voulu protester — elle ne voulait pas ramener ce chat — mais les policiers étaient enfin arrivés et lui avaient demandé de rester près de la blessée en attendant les ambulanciers. Ils lui avaient posé des questions sur l'homme qu'elle avait vu s'enfuir à bord d'une voiture grise. Non, elle ne connaissait pas la marque de cette voiture. Elle n'en reconnaissait aucune d'ailleurs, hormis la sienne. Elle pouvait seulement dire qu'elle était grise. Gris perle. L'homme était roux avec une casquette et un blouson sport.

— Et les enfants ? avait demandé un des policiers. Vous avez vu quelque chose d'autre ?

Emmanuelle et Marie-Louise s'étaient tues, trop gênées pour parler.

Quand les policiers avaient enfin autorisé Mme Trudel à partir, elle n'avait plus repensé au chat couché sur les genoux d'Emmanuelle et elle avait démarré en se disant qu'elle aurait de la chance si son mari et Charles n'avaient pas pris un taxi en arrivant à Roissy.

Mais non, Gérard Trudel et Charles Le Querrec étaient là, à siroter un demi bien gentiment. Emmanuelle n'avait pas compris pourquoi Élise s'était énervée en les voyant si calmes et en quoi son chat dérangeait tout le monde puisqu'elle le gardait sur ses genoux.

Charles avait dit qu'on en reparlerait à la maison.

Emmanuelle expliquait la situation à Edward quand Charles poussa la porte de sa chambre. Il regarda le chat en fourrageant d'une main dans sa barbe et en tapotant la tête d'Emmanuelle de l'autre.

— On ne peut pas garder ce chat, Manu chérie, commença-t-il.

— Pourquoi ? Il est blessé ; regarde, on lui a bandé la patte. La dame ne peut pas s'occuper de son chat à l'hôpital.

— Nous non plus. Je ne suis pas toujours ici ; qui s'en chargera quand tu iras chez ta maman ?

— Je l'emmènerai avec moi.

Emmanuelle avait baissé la voix ; sa mère ne permettrait jamais qu'un animal foule le sol de son nouvel appartement. Elle répétait toujours qu'elle aimait la propreté et qu'on pouvait manger sur le plancher de sa demeure même si on ne le faisait jamais.

— Écoute, ma puce, on va héberger le chat jusqu'à ce qu'on ait des nouvelles de sa propriétaire.

— On va être un genre d'hôtel pour lui ?

Charles Le Querrec acquiesça ; Emmanuelle déclara qu'elle appellerait le chat Charlot puisqu'il était gentil comme son père.

— Il a déjà un nom, mon poussin, on va regarder ce qu'il porte au cou pour l'identifier.

Edward respira à pleins poumons le parfum de Le Querrec : Sébastien Morin ! Il l'avait enfin retrouvé. Le père d'Emmanuelle sentait beaucoup moins fort que son ancien maître, il se lavait manifestement de la même manière que Delphine, mais Edward avait trop aimé Sébastien pour ne pas reconnaître entre tous cet arôme de tabac et de terre, de musc, d'encre et de papier, de corde, de sel de mer, de bois brûlé et de ces champignons qui poussent sur les troncs d'arbres pourris. Des insectes grouillaient entre les lamelles de ces polypores et attiraient une multitude d'oiseaux prêts à être croqués. Sébastien ne s'offusquait pas qu'il rapporte ses proies dans la maison ; il l'avait même aidé à plumer une caille. Edward l'avait dévorée en attendant que son maître ait fini ses écritures. Ce dernier était si concentré qu'il ne remarquait pas les effluves qui s'échappaient de la grosse marmite où Anora avait mis des morceaux de lièvre à cuire dès l'aube. L'odeur de la chair qui s'effeuillait dans le bouillon avait chatouillé les narines d'Edward toute la journée ; il était parti chasser la caille avant de devenir fou. Elle était assez dodue malgré son jeune âge et Edward avait mâché ses flancs avec délectation ; c'était bien meilleur que de l'écureuil. Cette bête-là était non seulement très difficile à attraper mais sa viande était moins tendre. De plus, les écureuils faisaient fuir les oiseaux en sautant d'une branche à l'autre. C'était une engeance et Edward était content qu'Anora partage son opinion ; elle les capturait et tannait leur peau qu'elle cousait en mitaines ou en casques pour l'hiver. Sébastien en avait même offert un à leur intendant ; Jean Talon avait sûrement apprécié le chapeau de fourrure car l'hiver avait été long en 1670. Sébastien Morin affirmait pourtant à Anora qu'il préférait la neige de la Nouvelle-France à l'humidité de la Picardie ou à l'air empuanti de Paris. Il parlait des logements si sombres, étouffants à cause de l'éclairage au suif qui ressemblaient bien un peu à cet égard aux maisons longues des membres de sa tribu, mais les Indiens, contrairement aux Parisiens, pouvaient se laver les poumons dès qu'ils sortaient de leurs cabanes. Anora écoutait avec horreur les descriptions des rues de la cité, avec ses égouts à ciel ouvert, ses carrosses qui peuvent vous écraser, ses rues trop étroites qui mènent à des coupe-gorge... La Huronne s'étonnait qu'on puisse vivre loin d'une forêt et s'amusait des peurs des colons qui croyaient voir des loups-garous dans les bois ; ils avaient échappé à plus grand péril dans leur pays français ! Edward aussi se sentait plus en sûreté en Nouvelle-France mais ce n'était pas tant la ville que le foyer où il vivait qui présentait des gages de tranquillité : Sébastien n'avait jamais levé la main sur lui ou sur Anora.

Charles Le Querrec n'avait jamais battu de femme non plus, Edward en était persuadé. Il s'apprêtait à le lécher quand l'homme retira sa main.

— Ça y est, Emmanuelle, je l'ai décroché.

Le journaliste tendit un tube minuscule à sa fille.

— Mes doigts sont trop gros pour l'ouvrir et puis tu sais lire aussi bien que moi.

Avec mille précautions, Emmanuelle extirpa un mince feuillet du tube et lut à haute voix :

— *Ed... double-v... ar* avec un *d.* C'est un drôle de nom.

— Edward, c'est Édouard en anglais.

La fillette poursuivit sa lecture ; le chat habitait aux Lilas. Delphine Perdrix avait écrit son adresse et son numéro de téléphone. Elle avait ajouté qu'il y avait une récompense pour quiconque rapporterait son chat.

En entendant prononcer le nom de Delphine, Edward dressa l'oreille : on connaissait sa maîtresse ? Où était-elle ? Il revoyait son visage ensanglanté et l'Américain déguisé penché vers elle, puis plus rien. Que s'était-il passé ? Il y avait eu cet effroyable bruit de pneus, les cris de Delphine, puis ces chocs lourds, son panier qui rebondissait sur les parois de l'auto, qui tombait, qui volait, qui s'écrasait au plancher, se collait au plafond. Le fracas des vitres brisées était plus assourdissant que les sirènes des alertes qui agaçaient tant Rachel. Même les bombardements sur les usines Renault avaient eu lieu trop loin du Ier arrondissement pour qu'Edward puisse les comparer au vacarme de l'accident. Louis Bourget avait frappé à l'appartement quand la R.A.F. avait lâché des bombes à Boulogne-Billancourt, Rachel avait tout juste eu le temps de cacher *Le Silence de la mer*, qui venait de paraître aux nouvelles éditions de Minuit. Un de leurs voisins, Antoine, connaissait l'imprimeur. Il avait même déjà salué Jean Bruller et Pierre de Lescure. Rachel venait de lire la première page quand l'alerte avait été donnée et c'est à ce livre qu'elle pensait en descendant, Edward dans les bras, vers l'abri. Et si quelqu'un pénétrait chez elle et trouvait le roman ? Si on le lui volait ? Elle en avait assez de lire et relire les mêmes ouvrages ; depuis que les bibliothèques étaient interdites aux Juifs, elle avait appris des passages entiers de Maupassant et de Zola. Des clientes compatissantes lui avaient prêté des romans de Berthe Bernage mais Rachel aspirait à des lectures qui la changeraient davantage de sa condition de femme. Dans l'abri, Louis Bourget s'était trop collé à elle, sous prétexte de la rassurer ; durant combien de semaines parviendrait-elle encore à le repousser ? Que deviendrait son atelier ? Elle lui avait déjà fait cadeau d'un chandelier en argent qu'elle tenait de sa mère pour le remercier de toutes ses « bontés » et elle se départirait de tout son mobilier pour acheter la paix. Mais après ? Pourquoi ne s'intéressait-il pas à leurs clientes ? Il y avait de bien jolies femmes parmi elles. Ou dans l'abri. Tout le monde se parlait, c'était le moment de faire des rencontres, non ? Non. Louis Bourget était remonté avec elle, toujours pour la protéger, et elle avait dû déployer des trésors de diplomatie pour le congédier. Il avait prédit d'autres bombardements et elle avait cru discerner dans sa voix moins d'effroi et de commisération pour les futures victimes qu'une certaine excitation. Il anticipait les cavalcades dans les escaliers où il se frotterait à elle par hasard, il espérait qu'elle trébucherait afin de la serrer contre lui en la relevant. Avec un peu de chance, l'alerte serait donnée en pleine nuit et Rachel sortirait de chez elle en chemise.

Edward n'avait jamais senti une telle concupiscence chez les amants de Delphine. Aucun n'éprouvait une telle rage sexuelle envers sa maîtresse, ni autant de crainte. James Anderson était furieux contre Delphine mais sa colère n'était pas reliée à une virilité inquiète ; elle le gênait et il devait se débarrasser d'elle. Où était-elle maintenant ? Cette petite fille l'aiderait-elle à la retrouver ?

Edward lécha le genou d'Emmanuelle, qui rit d'aise jusqu'à ce que son père se dirige vers le téléphone.

— Mais la dame est à l'hôpital, papa !

— Elle a peut-être un mari et des enfants qui aiment

aussi Edward et qui croient l'avoir perdu. On doit leur dire que tu t'en occupes. Pour aujourd'hui.

— Juste aujourd'hui ?

Charles Le Querrec laissa sonner cinq coups avant d'entendre le déclic d'un répondeur : « Vous êtes bien chez Delphine Perdrix et Edward, laissez-nous un message après le bip. » Il donna son nom, son numéro de téléphone, expliqua qu'il hébergeait Edward et raccrocha lentement.

Emmanuelle rayonnait de contentement ; la dame vivait seule, elle était à l'hôpital et ils allaient garder Edward jusqu'à ce qu'elle soit guérie. Dis oui, papa, dis oui.

Charles secoua la tête et composa le numéro des Trudel ; Élise lui apprit que la blessée avait été conduite à la Salpêtrière, puis elle s'exclama :

— Tu connais son nom ?

— À cause du collier du chat. Tu sais, cette bête que ma fille a fourrée en douce dans ta bagnole...

— Je l'avais oubliée. Écoute, Charles, tu dois immédiatement appeler les flics pour les renseigner sur l'identité de cette femme. Elle n'avait aucun papier sur elle quand ils l'ont transportée à l'hôpital.

— Rien ?

Pas un sac. Les policiers savent sûrement à qui appartient la voiture, mais tu pourras leur confirmer que cette Delphine Perdrix en est bien la propriétaire. À moins qu'elle ne l'ait empruntée. Ou volée.

— Volée ?

— On la poursuivait peut-être ? Elle aura perdu le contrôle de son véhicule en voulant s'échapper.

— Qui penserait à trimbaler son chat dans une évasion ?

— J'ai pourtant vu quelqu'un se pencher vers elle et fuir quand je l'ai interpellé.

— Ça pouvait être un voleur ; il s'est arrêté pour piquer son sac, il a fouillé la boîte à gants mais il n'avait pas envie de la secourir.

— Il était collé sur elle !

— Pour lui voler son collier, ses boucles d'oreilles.

Élise était sceptique ; la jeune femme n'avait pas une tenue qui annonçait des bijoux de prix. Elle était d'allure simple, sans chichi.

— Pas trop sophistiquée. Ton genre, Charlie.

Élise Trudel s'entêtait à chercher une compagne pour son ami d'enfance. Elle n'avait jamais aimé sa première femme, Hélène, qui avait épousé Charles parce qu'elle croyait qu'il ferait carrière à la télévision. Après les succès de ses reportages, elle avait espéré qu'il accepterait un travail plus prestigieux : pourquoi avait-il refusé un poste élevé au sein de la chaîne nationale ? Il aurait pris des décisions intéressantes, fréquenté les artistes et les politiciens. Au lieu de ça, Charles avait continué à courir à l'autre bout du monde pour voir les derniers pygmées disparaître ou entendre les confidences d'un parrain, d'un terroriste, d'un astronaute. Hélène avait quitté Charles quand Emmanuelle avait deux ans et avait, seule qualité que lui concédait Élise Trudel, montré peu d'entêtement pour la garde de la petite. Charles l'élevait quand il n'était pas en reportage à l'étranger. L'ironie voulait que le journaliste refuse maintenant des affectations pour demeurer plus souvent avec sa fille. Hélène ne s'en était même pas aperçue, toute à son nouvel époux, un chef d'orchestre qui souhaitait qu'elle s'habille chez les plus célèbres couturiers et qu'elle le suive en tournée. Elle s'exécutait avec bonheur. Exit Hélène. Il y avait eu Louise. La riante, l'enthousiaste Louise. Journaliste, aussi. Tuée en Bosnie. Avaient suivi Nadia et Violette, sympathiques mais un peu fades. Charles n'aimait pas les caractères pastel. Et il regrettait encore Louise même s'il ne l'avait pas vraiment connue.

— Il faut qu'on dise à cette femme qu'on a récupéré son chat.

— Elle ne pourra pas t'entendre aujourd'hui, mon pauvre Charles. Elle est bien sonnée. Peu de fractures, à ce que j'ai pu voir, mais de méchants coups à la tête. À l'heure qu'il est, elle est encore sur le billard ou... Je t'appellerai quand j'en saurai plus.

Charles remercia d'un ton découragé. Cette Delphine Perdrix ne pourrait pas s'occuper de son matou rapidement. Il fallait que ses amis puissent le prendre en charge. Il fallait que cette femme revienne à elle et lui donne les noms de ses copains. Quel cierge fallait-il allumer pour être débarrassé d'un chat ? Il ne voulait pas d'un animal qui viendrait piétiner ses livres, ses disquettes, ses fiches, qui jouerait avec ses plumes, qui marcherait sur les touches de l'ordinateur et effacerait ses programmes. Charles Le Querrec rougit, piteux : quel égoïsme ! Au lieu de penser à cette blessée qui souffrait, il songeait à protéger l'ordre de son bureau.

— Espérons qu'elle ira mieux demain, dit-il sincèrement avant de reposer l'appareil.

Emmanuelle regarda son père en souhaitant exactement le contraire ; si cette Delphine restait longtemps à l'hôpital, Edward s'habituerait à elle et finirait par l'aimer encore plus que son ancienne maîtresse. Peut-être qu'il ne la reconnaîtrait même pas quand elle viendrait le chercher ? Il se cacherait sous son lit et la dame déciderait d'en acheter un autre.

En attendant, elle allait traiter Edward comme un roi. Elle vida le landau de ses poupées, y prit le gros coussin de velours et l'installa à côté de son lit. Elle s'éveillerait si son protégé pleurait durant la nuit ; elle comprenait, bien sûr, qu'il puisse s'ennuyer de Delphine. Les premières fois qu'elle était restée à coucher chez Marie-Louise, elle avait pleuré un peu car son père lui manquait.

— Il a peut-être faim ? dit Charles Le Querrec qui avait lui-même envie d'un en-cas.

— On va lui acheter de la nourriture au Champion. Puis de la litière pour faire pipi. Ça doit être amusant de faire pipi dans le sable.

Charles aimait ce trait d'Emmanuelle ; tout l'enchantait. C'était une enfant heureuse de vivre. Un papillon, une glace à la pistache, un caillou d'une forme amusante la ravissaient, visiter une animalerie ou acheter des caramels la comblaient, faire des bulles dans son bain, chanter, battre son père à la marelle, dessiner une fleur, vider un œuf pour le peindre ensuite en violet et jaune, regarder pousser un haricot la réjouissaient tout autant qu'une journée à Eurodisney. Emmanuelle était douée pour la vie. Charles retrouvait sa propre mère quand il observait sa fille.

— Papa ! On va au supermarché ?

Et elle était aussi impatiente que lui. Aussi butée. Aussi rancunière.

— Minute, poupée, va t'habiller pendant que j'appelle le commissariat.

Il changea plusieurs fois d'interlocuteur, mais il réussit à informer les autorités de l'identité de Delphine Perdrix. Il dut répéter plus d'une fois l'histoire du chat qu'on ne semblait croire qu'à demi. Il apprit que la voiture appartenait bien à Mlle Perdrix et que celle-ci était toujours inconsciente à 16 h 6.

Emmanuelle avait enfilé sa salopette bleue.

— J'ai mis du bleu parce que Delphine avait une robe bleue ; peut-être qu'Edward aime cette couleur ? Est-ce que c'est vrai que les chats voient dans le noir, papa ?

Les notions de biologie de Charles étaient lointaines ; il parla d'accumulation de la lumière qui se reflétait quand tout devenait sombre mais sa fille déclara que ses explications l'étaient encore plus.

Emmanuelle avait envie d'avoir un chat depuis très longtemps ; elle savait dans quel rayon se trouvait la nourriture pour chats et la litière, et elle dénicha rapidement un ouvrage sur son animal préféré. Charles, la regardant courir vers la caisse, songea qu'il était dommage que Delphine Perdrix ignore à quel point son matou serait dorloté ; elle devait tenir à Edward puisqu'elle voyageait avec lui. Se dirigeait-elle vers l'aéroport ?

Alors qu'Emmanuelle disait qu'elle choisirait une barquette de Sheba parce que c'était la plus jolie avec son beau chat noir sur l'étiquette, Charles Le Querrec téléphonait à l'hôpital afin qu'on puisse rassurer Delphine Perdrix sur le sort de son animal. On lui répondit qu'elle avait repris connaissance et que des médecins l'examinaient pour déterminer l'impact du choc sur son cerveau, s'il avait créé des lésions graves. Mlle Perdrix semblait ignorer qui elle était. L'infirmière remercia Charles d'avoir pris la peine d'appeler ; on pourrait répéter son nom à Delphine sans crainte de se tromper puisque son information corroborait celle des policiers.

— Parlez-lui de son chat. Il se nomme Edward. Oui, à l'anglaise. Elle s'en souviendra peut-être...

— Et si elle ne s'en souvient pas ? demanda Emmanuelle qui s'était avancée silencieusement derrière lui.

Le Querrec soupira, marmonna « demain est un autre jour », dut expliquer l'adage à Emmanuelle avant de s'enfermer dans la cuisine pour préparer le dîner.

— Penses-tu qu'Edward aime les croquettes de poisson ?

Non. Il ne les aimait pas. La congélation donnait parfois un goût bizarre aux produits surgelés. Les humains ne pouvaient les détecter, mais lui n'était pas dupe. Il y avait une différence entre les poissons de Mehmet et ceux qu'on rangeait au congélateur dans des sacs en plastique. Une petite odeur chimique, très ténue, mais agaçante pour qui n'était pas affamé. Il manquait justement d'appétit. Il se languissait de Delphine ; où était-elle ? Il avait déjà perdu le frère Hugues durant plusieurs jours à Damiette. Son maître s'était agenouillé, avait imploré Dieu d'épargner le roi Louis, puis il était sorti et Edward ne l'avait pas revu cette nuit-là, ni la suivante. Quand Hugues était revenu, il était très las mais il portait tout de même un autre frère du Temple, blessé à l'épaule, avec qui il avait pleuré la perte de leurs compagnons. La tempête qui avait gardé Edward à l'intérieur de la forteresse avait coulé plus de deux cents vaisseaux devant la ville et les chevaliers luttaient contre le découragement. Dieu éprouvait douloureusement leur foi ! Hugues clamait qu'il pourfendrait tous ces chiens d'Infidèles, il les décapiterait et il donnerait leurs boyaux à manger aux rats. Il ne permettrait même pas à son chat de goûter à la chair des Incroyants ! Il avait pourtant repoussé brutalement Edward quand celui-ci était venu réclamer des caresses. Le chat s'était éloigné, vexé.

C'était le seul maître qui avait fait preuve de brusquerie avec lui. Mehmet était rude, à l'image de sa vie, âpre et sans concession ; il n'avait pas beaucoup de temps pour le flatter, mais il lui parlait tout en travaillant et il ne l'avait jamais chassé de son étal de poissons avec violence. Il se contentait de dire « *hayir kedicik, hayir* » d'une voix ferme. Catherine Duval lui avait bien coupé quatre vibrisses et bien des touffes de poil qu'elle mêlait à ses potions mais elle ne l'avait jamais frappé. Néfertari se serait fait lapider par les siens si elle avait osé toucher à un poil de sa moustache. M. Leblanc criait, certes, mais comme les chiens qui jappent fort, il ne mordait jamais, et Rachel, sa chère Rachel, ne l'avait jamais puni autrement qu'en l'ignorant durant quelques heures. Il n'avait pas eu de heurts avec Sébastien puisque ce dernier lui interdisait seulement de se coucher sur ses papiers. En Nouvelle-France, Edward sortait et entrait comme il le souhaitait, rapportait ses proies sans être grondé et dormait avec Sébastien et Anora sans qu'ils s'en plaignent. Au fil des ans, il avait appris à partager leur affection car le couple avait soigné puis adopté une biche, un chien et deux mainates. Ceux-ci narguaient Edward mais il ne désespérait pas de leur couper le sifflet un jour. Évidemment, à chaque fois qu'un habitant amenait une bête pour que Sébastien la sauve, Edward craignait qu'elle ne finisse par s'installer chez eux, mais la plupart repartaient avec leur maître et Edward conservait une place privilégiée au bout du lit. Il n'avait jamais dormi avec M. Leblanc parce qu'il devait rester à la cuisine, mais son panier, devant l'énorme cuisinière, était très confortable. Il s'était toujours endormi près de Rachel alors qu'il n'avait jamais pu se permettre d'entrer dans la chambre de Mme Baxter. Il n'y aurait même pas songé ! Heureusement qu'il n'avait pas fini ses jours dans son élevage ! Et que Delphine était venue en vacances en Floride.

Où était-elle ? Comment la retrouver ? Il ignorait où Emmanuelle l'avait emmené. Même s'il connaissait ses pensées, touchantes, à son égard, il voulait revoir Delphine. La revoir avec Charles. Il n'avait pas eu le temps de le percevoir dans sa totalité mais il était certain que le journaliste était de la même famille que Sébastien Morin. La réincarnation n'était pas parfaite puisque Charles ne semblait pas le reconnaître, mais son odorat ne pouvait le tromper : cet homme possédait les qualités de Sébastien.

— Papa, demanda Emmanuelle, on devrait faire venir le docteur pour Edward. Il a eu un accident lui aussi. Il a peut-être quelque chose de cassé à l'intérieur ?

Edward se sauva sous le lit qu'il avait repéré dans la pièce du fond et entendit rire Charles.

— Je pense qu'Edward n'a aucune envie de voir un vétérinaire. Il n'a pas l'air si mal en point. Une bonne nuit de sommeil lui fera du bien. Et à toi aussi, ma chérie.

— Je peux dormir avec Edward ?

— C'est à lui de décider.

Edward sortit de la chambre de Charles et rejoignit Emmanuelle alors que son père lui lisait « Les boîtes de peinture » pour la dixième fois. C'était son histoire préférée dans les *Contes du chat perché*. Emmanuelle aurait tant aimé créer la réalité à son goût ; elle aurait peuplé sa chambre d'elfes et de koalas, de fées et de chauves-souris. Quand elle s'endormit, Edward vit des rêves irisés, doux comme sa peau. Il s'étira, posa une patte sur le bras de la petite et l'imita.

Charles contempla un moment cette scène heureuse et refusa de songer à la peine de la fillette quand ils rendraient Edward à Delphine Perdrix. Il acceptait déjà de garder le chat quelques jours de plus. Et se disait que cette femme partait sûrement en vacances ; il lui offrirait de prendre Edward comme pensionnaire quand elle le désirerait. Ce rôle de gardienne atténuerait peut-être le chagrin d'Emmanuelle ?

Il termina la rédaction d'un article sur la Tchétchénie et repensa à Delphine Perdrix. Qui était-elle ? Comment s'était produit l'accident ? Pourquoi Élise croyait-elle que cette femme était en fuite ? Qui la menaçait ?

À l'hôpital de la Salpêtrière, Delphine rêvait qu'une voiture fonçait vers elle à toute allure. En se rapprochant, le bolide se métamorphosait, l'acier faisait place à des longs poils noirs et le sanglier d'Érymanthe tentait maintenant de la piétiner. Elle appelait au secours mais Persée avait tranché la tête d'Hercule au lieu de celle de la Gorgone et il s'amusait de voir le porc monstrueux la terroriser. Deux chouettes ululaient et tentaient de la préserver de l'assaillant, mais quand Delphine parvenait à échapper à l'animal, elle tombait dans une mare de crapauds ; il y en avait tellement qu'Edward ne parvenait pas à les chasser tous. Delphine lui criait de ne pas y toucher, les batraciens pouvaient l'empoisonner mais il ne l'écoutait pas. Dès qu'il sautait sur un crapaud, celui-ci pondait des cochenilles par milliers et Delphine voyait son chat se noyer dans une rivière de sang. Elle cria et une infirmière posa une main apaisante sur son front, tenta de calmer les délires de cette patiente qui l'intriguait ; on avait découvert de la drogue dans son sang mais elle n'avait aucun autre symptôme de toxicomanie. Aucune trace de piqûre, un corps apparemment en pleine forme, bien nourri, propre, des cheveux brillants, des dents saines. Les policiers n'avaient rien trouvé sur elle, mais il est vrai qu'on lui avait volé ses affaires.

L'infirmière travaillait depuis dix-huit ans dans le milieu médical ; elle avait connu plusieurs cas mystérieux, mais cette femme qui réclamait son Edward dès qu'elle avait un éclair de lucidité ressemblait un peu à sa jeune sœur et elle la veillait avec une attention particulière. Elle devait l'aimer, son Edward ! Elle répétait son nom sur tous les tons. Contrairement à nombre de ses patients, elle n'avait pas appelé sa mère une seule fois.

Est-ce qu'Edward était son fiancé ? Elle ne portait pas encore d'alliance mais... Où était cet homme ? Il fallait que les policiers le retrouvent rapidement ; sa présence aiderait sûrement Delphine Perdrix à guérir.

12

Demain fut vraiment un autre jour et le réveil de Charles Le Querrec assez mouvementé. Emmanuelle, debout à l'aube pour jouer avec Edward, lançait des balles et des boules de papier froissé sans succès. L'impassibilité du chat l'inquiéta et elle se glissa dans le lit de Charles pour lui confier ses craintes : Edward devait être malade.

Charles Le Querrec se leva pour examiner Edward qui ronronna très fort.

— Il t'aime, papa ! C'est sûr qu'il t'aime !

Charles sourit en continuant à palper Edward qui se roula sur le dos, offrit son ventre pour montrer sa confiance ; il discernait des pensées pour Delphine dans l'esprit de Charles, il voyait des voitures, puis des armes, des guerriers épuisés, des mines qui explosaient ? Des avions, des bombes. Charles avait-il connu Rachel comme lui ? Le fracas des bombardements s'atténuait, Charles pensait maintenant à Emmanuelle, à un étang où pataugeaient des grenouilles et à une petite fille en salopette.

— Papa ! Qu'est-ce qu'il a, Edward ?

— Rien, mon trésor, il n'a pas envie de jouer. Tu sais, il est probablement plus vieux que toi.

— Aussi vieux que toi ?

— Tu demanderas à sa maîtresse à l'hôpital.

Emmanuelle n'était allée qu'une fois dans un hôpital, quand Charles avait été blessé à l'épaule, et elle avait gardé un souvenir d'une grande activité. Un peu comme celle d'une fourmilière. Il y avait toujours autant de monde mais la carte de presse de Charles leur permit d'accéder plus vite à la chambre de Delphine Perdrix. Une infirmière qui avait vu un de ses reportages le guida dans les couloirs.

Delphine Perdrix semblait dormir mais Emmanuelle se demanda si elle était morte car elle était presque aussi pâle que les draps du lit. On lui avait bandé la tête, plâtré une cheville, et des tuyaux de plastique transparents la reliaient à des appareils qui grondaient comme un moteur d'aquarium. Delphine ouvrit les yeux et regarda Charles avec une telle expression d'angoisse qu'il lui présenta aussitôt Emmanuelle pour la rassurer.

— C'est ma fille qui a trouvé votre chat. Vous avez bien un chat qui se nomme Edward ?

Delphine écarquilla les yeux.

— Edward est vivant ?

— Il a mangé du Sheba au poulet, lui apprit Emmanuelle.

Delphine eut un soupir de soulagement même si ses yeux trahissaient toujours un grand désarroi.

— Élise vous a porté secours après l'accident. Tandis qu'elle s'occupait de vous, ma fille récupérait votre chat. Il était un peu sonné, mais il a très vite repris des forces.

— Il a dormi avec moi. Il ronfle un peu, précisa Emmanuelle. Il m'aime beaucoup.

— Bravo, approuva Delphine. Habituellement, il n'aime pas tellement les enfants.

Delphine ferma les yeux. Charles hésitait ; devait-il se retirer immédiatement ? Delphine eut un geste de la main alors qu'il s'apprêtait à sortir. Elle voulait le remercier de s'être occupé d'Edward mais elle ne voulait pas lui imposer sa présence trop longtemps.

— J'ai des amies, commença-t-elle. Elles pourraient venir chercher mon chat.

Emmanuelle répéta qu'Edward l'aimait autant qu'elle l'aimait.

— Vos amis savent que vous êtes ici ? dit le journaliste.

Delphine gémit ; elle ne pouvait pas répondre. Elle eut un hoquet de panique en constatant qu'elle ne se souvenait pas du nom de ces amies dont elle parlait. Elle se souvenait des genoux d'une femme, mais elle avait oublié son identité. Elle voyait des couleurs, beaucoup de couleurs sur des murs et dans des tubes mais elle en ignorait la signification.

— Je... je ne sais pas. Je ne sais plus rien.

Elle détourna la tête, tenta de retenir ses larmes. L'infirmière lui rappela qu'il était normal qu'elle souffre d'amnésie après le choc qu'elle avait subi.

— Vous vous souvenez de votre chat, c'est déjà beaucoup.

Edward. Elle lui parlait juste avant l'accident. Il râlait parce qu'elle refusait qu'il sorte de son panier quand elle conduisait. Elle lui expliquait que le trajet était très court. Rien à voir avec leur retour de Floride qui avait duré plus de deux jours. Edward rétorquait qu'il détestait la route quand Delphine avait vu la voiture de James s'avancer trop rapidement vers la sienne. Qu'avait-il de si urgent à lui dire ? Un problème technique ? Devait-elle se déporter sur le côté ? Elle avait aperçu une casquette, des cheveux roux, et cru qu'elle s'était trompée ; ce n'était pas James qui cherchait à la dépasser. La voiture s'était encore rapprochée. Il y avait eu un premier choc. Delphine s'était agrippée au volant. Un deuxième. La voiture était à sa hauteur. Aile contre aile. Elle avait reconnu James. Quel regard ! Elle avait pensé qu'il était devenu fou. Et roux ?

Elle avait voulu s'arrêter, lui parler, le calmer, mais sa propre panique et les grondements d'Edward l'empêchaient de réfléchir. Son chat n'avait jamais crié de cette manière ; il feulait, loup et tigre respirant l'odeur de la mort. Elle était en train de comprendre que James Anderson voulait la tuer quand sa Renault s'était renversée.

Elle n'avait aucune idée de la suite des événements. Que savaient les gens qui l'avaient emmenée à l'hôpital ? Cette infirmière ? Cet homme et cette gamine ?

— Que m'est-il arrivé ?

— Élise vous a secourue après que votre voiture a fait des tonneaux, expliqua Charles. Je suppose que les policiers vous en diront plus aujourd'hui.

— Oui, renchérit l'infirmière. Ils recueillent les témoignages des gens qui se rendaient à Roissy.

— Vous ne vous souvenez de rien ?

Delphine regarda le plafond : elle refusait de se rappeler. Son Persée n'avait pas pu vouloir la tuer. Il y avait une explication à cette histoire de dingue. Un bris mécanique ? James devait lui signaler un bris mécanique ? C'est pour cette raison qu'il s'était trop rapproché de sa voiture ?

Les cris d'Edward. Elle ne les avait pas oubliés. Ils refusaient de rester enfouis dans sa mémoire. Il était temps qu'elle les écoute. Qu'elle admette qu'ils étaient emplis de terreur et de rage. Elle aurait dû se fier à l'intuition féline.

— On peut garder Edward en attendant que vous sachiez le nom de vos amies, affirma Emmanuelle.

Elle lui caressa le poignet en promettant qu'elle s'occuperait d'Edward comme si c'était son propre chat. Ils allaient sortir quand Delphine se dressa, demanda à l'infirmière de lui apporter ses effets personnels.

— Vous portiez une veste mais les policiers n'ont rien trouvé dans les poches. Elle était en piteux état... Je l'ai envoyée au pressing, qu'elle soit propre quand vous repartirez. Que voulez-vous faire avec vos vêtements ? Vous ne pouvez pas rentrer chez vous, si c'est ce que vous envisagez...

— Je voulais... Je ne sais plus.

Elle tourna la tête avec effort vers Emmanuelle.

— Comment t'appelles-tu, jeune fille ?

Trop heureuse d'être traitée avec considération, Emmanuelle se garda de faire remarquer à Delphine qu'elle lui avait dit son prénom en entrant dans la chambre. Elle l'assura encore qu'elle serait très gentille avec Edward. Charles la poussa vers la porte avec un dernier signe de la main vers la blessée.

— Ne vous inquiétez pas, vous retrouverez très vite votre mémoire. Je suis déjà passé par là. C'est affolant, mais tout se remet en place si vous maîtrisez votre panique.

Delphine sourit. Avant d'éclater en sanglots. Sa vie en lambeaux, sa chair meurtrie, son esprit troué ; qu'allait-elle devenir ?

L'infirmière tenta de la réconforter. Elle avait vu des cas bien plus graves que le sien, des patients qui souffraient d'amnésie antérograde ou rétrograde sévère. Soit ils avaient oublié tout ce qui leur était arrivé avant l'accident, famille, amis, travail, patrie, soit ils étaient incapables d'emmagasiner de nouvelles informations. Leur mémoire, véritable passoire, ne retenait rien. Ils devaient écrire leur emploi du temps pour savoir ce qu'ils avaient vécu la veille.

— J'ai connu une femme qui inscrivait tous ses faits et gestes et les relisait avec un sentiment d'incrédulité. Tout était à recommencer chaque jour.

— Comme Sisyphe. Ou les Danaïdes qui remplissent un tonneau sans fond.

— Vous voyez, vous vous souvenez de certains détails très pointus. Laissez agir le temps, vous saurez bientôt le nom de vos amis. Ils pourront venir vous rendre visite.

L'infirmière espérait autant que sa patiente des visiteurs ; elle n'ignorait pas l'effet salutaire de ceux-ci sur le moral des blessés.

Mais c'était moins le choc de l'accident que la trahison et la violence de James Anderson qui bouleversaient sa patiente.

— Restez avec moi, la pria Delphine alors qu'elle sortait de la chambre.

— Je dois voir d'autres malades.

— Et s'il revenait ?

— Qui ? Le monsieur et sa fille ? Ils ont promis d'être là demain. Maintenant, reposez-vous.

Delphine tenta d'expliquer qu'elle était en danger mais tout se brouillait, elle ne pouvait plus préciser sa pensée. Elle répétait que Persée voulait sa tête à elle et non celle de Méduse. L'infirmière sortit en promettant de revenir vite. Delphine s'endormit dans les larmes mais elle rêva d'Edward, et quand l'infirmière reparut elle la trouva beaucoup moins agitée. Il lui sembla même qu'elle souriait.

Edward avait tout de suite perçu l'odeur de Delphine sur les mains d'Emmanuelle ; il l'avait léchée avec tant d'ardeur qu'elle avait éclaté de rire.

— Tu me chatouilles, Edward !

Charles, lui, comprenait que ce chat était très fidèle à sa maîtresse. Il n'allait pas l'oublier facilement. Emmanuelle devrait redoubler de gentillesse avec lui pour soutenir la compétition.

Tandis que sa fille s'ingéniait à plaire à Edward, Charles Le Querrec cherchait à en savoir plus sur Delphine Perdrix. Le fait qu'elle n'ait aucune pièce d'identité l'agaçait. Il sortit le petit tube d'identification d'Edward et relut l'adresse de Delphine puis téléphona à Josiane, la baby-sitter préférée d'Emmanuelle. Trop occupée à séduire Edward, celle-ci lui fit un petit signe distrait quand il quitta leur domicile.

Charles roula jusqu'aux Lilas en préparant ce qu'il raconterait aux voisins. Il n'eut pas à parler beaucoup ; M. Sévigny semblait le guetter de sa fenêtre. Il le héla dès qu'il le vit s'attarder en face du pavillon.

— Venez-vous aussi pour Delphine ? dit-il.

Charles hocha la tête.

— Je descends vous ouvrir.

M. Sévigny soufflait un peu quand il déverrouilla la porte du jardin mais il était visiblement ravi d'avoir une visite. Il expliqua à Charles que ses collègues étaient venus vers dix heures du matin mais n'avaient pas emporté grand-chose avec eux.

— Comme ça, la petite a eu un accident ? Vous n'êtes pas en uniforme non plus ? Il y en avait un, ce matin, en civil.

— Pour les enquêtes, c'est plus discret.

— Vous enquêtez sur Delphine Perdrix ? Comme j'ai dit à vos collègues, elle n'a pas de famille. Juste ses deux copines qui viennent ici. Une grande rousse, puis l'autre, qui est toujours polie. Audrey. C'est sûr qu'il y a aussi tous ses « invités »...

— Elle recevait beaucoup de visites ?

— Elle changeait d'homme dans le temps de crier lapin. Elle est gentille, mais si c'était ma fille, je lui ôterais le goût de...

— Voudriez-vous venir avec moi chez Delphine Perdrix ? C'est toujours mieux d'avoir un témoin, vous comprenez. Qu'elle ne dise pas après que j'ai brisé ou embarqué un truc. On ne sait jamais comment les femmes réagissent.

M. Sévigny frémissait d'aise ; il cherchait ce qu'il pouvait bien dire à cet homme sympathique, le détail qui l'aiderait dans son enquête. Il regrettait de ne pas avoir parlé davantage avec la petite Delphine. Ils se saluaient tous les jours, elle lui faisait ses courses quand il était grippé, elle lui offrait une bouteille d'armagnac à Noël pour le remercier de nourrir Edward quand elle partait, mais il n'avait jamais eu une vraie conversation avec sa voisine.

— Elle est très secrète, finit-il par chuchoter.

— Vous avez la clé ? Ce sera moins compliqué que d'ouvrir avec nos techniques habituelles.

M. Sévigny aurait bien aimé voir comment les policiers s'y prenaient pour forcer une porte, mais il était si heureux de rendre service. Bien sûr qu'il avait une clé ! Elle tourna dans la serrure sans un grincement.

M. Sévigny entra chez Delphine Perdrix, montra les pièces à Charles Le Querrec comme s'il jouait à l'agent immobilier.

Le Querrec souriait patiemment mais finit par demander au vieil homme de surveiller sa voiture.

— Au cas où on m'appellerait, vous comprenez ? J'ai laissé le téléphone cellulaire sur le siège avant. Si vous l'entendez, vous me criez de revenir, d'accord ? Je peux vous faire confiance ?

M. Sévigny disparut, fier de sa mission, et Charles referma la porte derrière lui avec soulagement. Il ressentait un certain malaise à pénétrer chez Delphine Perdrix sans autorisation, mais un mystère planait sur l'accident et, tant qu'elle n'aurait pas retrouvé la mémoire, elle serait seule dans les ténèbres sans personne pour l'aider à faire jaillir les souvenirs. Charles doutait que les policiers aient trouvé son carnet d'adresses, Delphine devait l'avoir rangé dans ce sac à main qu'on lui avait volé au moment de l'accident.

Charles fit une fouille très superficielle. Il n'ouvrit ni tiroirs ni armoires, se contentant d'observer chaque pièce minutieusement. Les photos qui ornaient les murs étaient d'une grande qualité artistique mais elles étaient peu nombreuses ; Charles conclut à la modestie de Delphine Perdrix. Il examina la bibliothèque avec soin, sourit devant certains titres, s'étonna d'en trouver d'autres, reconnut un ouvrage de son ami Gérard Trudel puis pénétra dans la chambre. Une odeur de rose et de framboise l'enchanta mais il resta sur le pas de la porte, trop scrupuleux pour forcer l'intimité de l'absente. Il fit demi-tour vers la cuisine, se permit d'ouvrir le réfrigérateur, se demanda si Delphine avait préparé les plats qu'il comptait sur les tablettes ou si elle faisait aussi appel aux traiteurs. Il allait quitter l'appartement après un petit tour sur la terrasse quand il aperçut une pochette d'allumettes par terre, près du photophore de fonte en forme de chat.

La Robe et le Palais. Il lut l'adresse, constata qu'une seule allumette avait été utilisée. Delphine avait peut-être fréquenté cet établissement récemment ?

Il n'y avait pas encore beaucoup de clients quand Charles Le Querrec poussa la porte du restaurant de la rue des Lavandières-Sainte-Opportune, mais des odeurs appétissantes s'échappaient déjà de la cuisine. Charles se dirigea vers le bar, s'offrit un verre de ménetou-salon qu'il prit la peine de siroter avant de poser des questions. Il fit une description de Delphine Perdrix mais de nombreuses clientes de *La Robe et le Palais* étaient de jolies femmes aux cheveux blonds et aux yeux verts. Charles allait payer sa consommation quand il se rappela le grain de beauté sous la lèvre de Delphine.

— Ah ? C'est peut-être la copine de Géraldine, fit Stéphane. Elles sont venues déjeuner il y a quelques jours. Vous connaissez Géraldine ? Elle est très grande, rousse...

— Vous pouvez lui demander de me rappeler à ce numéro ? C'est urgent. Delphine Perdrix a eu un accident de voiture hier.

Stéphane appela Géraldine immédiatement, elle était absente. Charles Le Querrec lui laissa un message et sortit en se promettant de revenir goûter à la terrine de lapereau.

Emmanuelle s'amusait toujours avec Edward quand Charles Le Querrec rentra chez lui. Josiane dit qu'elle n'avait jamais été aussi sage et fournit maints détails à son père quand il s'informa de son protégé.

— Il dort beaucoup mais il tourne en rond quand il se réveille.

Emmanuelle soupira, ajouta que le chat s'ennuyait de sa maîtresse.

— Pourtant, je suis très gentille avec lui ! Je lui ai fait goûter ma croquette de jambon. Mais il n'a pas faim.

— Il se laisse peut-être dépérir ?

— Dépérir ?

Certains animaux étaient si fidèles à leur maître qu'ils préféraient mourir plutôt qu'être séparés d'eux. Emmanuelle se mit à pleurer, mais s'arrêta net en annonçant d'une voix ferme qu'elle allait sauver Edward ; elle l'emmènerait voir Delphine à l'hôpital.

— Les animaux sont interdits dans les hôpitaux. Pour des questions d'hygiène, de propreté.

— On n'a pas le droit de laisser Edward mourir. Et il se lave tout le temps. Bien plus que moi. Et moi, j'ai le droit d'aller à l'hôpital. Il restera couché dans le panier à provisions. On mettra la couverture de Caroline par-dessus. Je pourrais même l'habiller avec une robe et un petit chapeau ?

Charles tentait de raisonner sa fille quand Géraldine appela. Il se fit rassurant au téléphone même s'il ne lui cacha rien de la gravité de l'accident.

— Delphine Perdrix a une côte fêlée, une double fracture à la cheville, mais elle m'a paru surtout très angoissée. Pas seulement choquée... Et elle souffre d'amnésie. Elle n'a pas de fracture du crâne, malgré le choc. C'est peut-être dû à la drogue ?

— La drogue ?

— On a décelé des traces de drogue dans son sang.

— C'est ridicule ! protesta Géraldine. Vous dites n'importe quoi... monsieur... Je ne sais même pas à qui je m'adresse.

Charles se présenta, lui apprit qu'il avait trouvé Edward et qu'il la rejoindrait à l'hôpital dans une heure. Géraldine était trop abasourdie pour interroger davantage le journaliste. Elle raccrocha sur un « oui, oui, j'y serai » mécanique.

À la Salpêtrière, Delphine fixait le plafond en se répétant qu'elle n'était pas folle. Elle s'efforçait de respirer calmement mais sa respiration même l'exaspérait. Dès qu'elle se mettait à réfléchir à cette respiration, le rythme en était modifié, elle s'essoufflait au lieu de se détendre. Ne pas penser. Ne pas penser. Les souvenirs reviendraient si elle ne les brusquait pas ; elle devait les apprivoiser comme elle l'avait fait avec les écureuils du parc Lafontaine l'année où ses parents s'étaient installés à Montréal. Elle revit le parc, le lac glacé où les patineurs l'avaient charmée le premier hiver. Elle poussa un soupir de soulagement ; elle se rappelait Henri qui lui avait appris à patiner. Henri. Henri. Henri. Les autres noms suivraient. Même s'ils lui semblaient aussi furtifs, aussi fugaces que les rongeurs à la queue empanachée. Elle apprivoiserait les souvenirs, elle accepterait d'ouvrir sur un plan très large et de faire lentement, très lentement la mise au point. Préciser un visage, un événement comme elle le faisait quand elle travaillait.

Photographe ? Elle était photographe ! Des images se succédaient maintenant à toute vitesse comme un film en accéléré, des chaises, des inconnus, des chats, des bouts de papier découpés, cette couleur rouge, chaude, les pinces à linge auxquelles elle accrochait les épreuves quand elle les sortait du révélateur, le grain du papier, le séchoir à cheveux qu'elle utilisait parfois, la grande pièce claire où elle exécutait ses montages. Elle vit des feutres et des tubes de peinture à côté de ses photos en noir et blanc. Puis les tableaux, les tableaux magnifiques d'Audrey Rousseau.

Audrey ! Où était Audrey ?

Delphine crut un instant que sa meilleure amie avait péri dans l'accident puis elle se souvint qu'elle était seule avec Edward au moment du choc. Pourquoi Audrey n'était-elle pas à son chevet puisqu'elle n'était pas morte ? Audrey devait avoir un empêchement extraordinaire pour lui faire défaut, elle avait toujours été là pour la réconforter. Depuis des années, depuis ce jour où Delphine avait acheté une de ses toiles. C'était la première exposition d'Audrey, dans un salon de thé qui faisait galerie. Delphine avait fondu sur son tableau comme un oiseau de proie. Comme si elle avait besoin de ce paysage, comme si elle allait s'en nourrir, boire à la source qui frémissait dans les bosquets. Audrey avait été conquise par l'impression d'urgence qu'elle dégageait. Audrey ne lui avait jamais reproché d'être trop distante, trop réservée, trop froide. Audrey savait qu'elle ne pouvait s'abandonner que très rarement, qu'elle livrait ses secrets dans ses compositions photographiques, qu'elle lui disait toute sa confiance en l'incorporant dans ses montages. Elle avait été tour à tour madone, Athéna, fée et, consécration suprême, lionne. Delphine lui avait offert un montage la représentant en féline, couvant Jacinthe et Laurent d'un regard fier et tendre, comblé et curieux. Cette lueur que Delphine avait su saisir dans son œil avait scellé leur amitié ; Audrey disait que la curiosité était un don essentiel à l'artiste, qu'elle mourrait quand elle cesserait d'entrouvrir les portes, les fenêtres du monde, quand elle hésiterait au bord du précipice, quand elle refuserait de plonger dans l'inconnu.

Audrey la sage, Audrey l'intrépide. Audrey qui l'encourageait, toujours. Qui l'écoutait raconter la même histoire à chaque fois qu'elle rencontrait un homme en poussant des exclamations de surprise. Audrey qui devait penser qu'une bonne moitié de ses amants ne présentait aucun intérêt mais qui ne l'avouait que longtemps après les ruptures, quand il y avait prescription.

Audrey qui aimait Edward parce qu'il l'aimait. Audrey qui s'inquiétait encore plus du décès d'Edward qu'elle-même.

Où était Audrey ?

Delphine tentait de se remémorer les jours précédant l'accident afin de trouver une réponse à cette question quand Géraldine poussa la porte de sa chambre.

Le mannequin lui sourit courageusement, s'étonna du sourire éclatant qui illumina le visage de Delphine quand elle prononça son nom.

— Géraldine !

— Je suis venue dès que j'ai su. Qu'est-ce qui s'est passé ?

Delphine s'assombrit, détourna le regard, dit qu'elle l'ignorait, demanda qui l'avait prévenue.

— Charles Le Querrec. J'étais trop choquée quand il m'a appris l'accident pour comprendre qu'il s'agissait du journaliste. Je crois que j'ai été assez sèche avec lui... Il doit arriver dans quelques minutes.

— Pourquoi ?

Géraldine bredouilla qu'il s'inquiétait pour elle.

— Mais je ne le connais même pas.

— C'est pourtant lui qui m'a téléphoné. Et il garde Edward, non ?

Delphine fronça les sourcils ; quelqu'un lui avait parlé d'Edward, c'est vrai, mais il n'avait pas dit qu'il était journaliste.

— Aucune importance, Delphine, dit Géraldine d'une voix apaisante.

— Où est Audrey ?

— En voyage. On en a parlé quand on a dîné chez toi. Elle rejoignait son mari et ses enfants à Lyon. Je vais tenter de la prévenir. Tu as peut-être le nom de sa sœur dans ton carnet d'adresses ?

Delphine regarda autour d'elle, embêtée. Elle n'avait pas vu ce carnet depuis bien longtemps.

Géraldine la rassura ; l'infirmière avait sûrement rangé ses effets personnels. Elle allait l'appeler et tenter de prévenir Audrey. Elle sonna et l'infirmière entra dans la pièce au moment où Charles Le Querrec arrivait.

Elle apprit à Géraldine que sa patiente n'avait pas de sac à main quand on l'avait amenée à l'hôpital.

— Parlez-en aux policiers.

L'infirmière remonta les oreillers, vérifia le pouls de Delphine et ressortit aussitôt.

— Ils n'ont pas trouvé votre sac, dit Charles. Sinon, ils auraient lu votre carnet d'adresses et averti vos proches. À moins que vous ne gardiez votre carnet chez vous ? Mais je ne l'ai pas vu quand j'y suis allé.

— Vu ? Allé ?

Géraldine dévisageait le journaliste sans cacher sa stupeur.

Charles confessa son intrusion, s'en excusa mais fit valoir la découverte de la pochette d'allumettes. Géraldine pourrait téléphoner à la famille de Delphine, à ses amis.

Delphine ferma les yeux ; son père était mort, son frère vivait à Montréal et sa mère ne viendrait jamais la voir à l'hôpital, tout juste si autrefois elle la bordait le soir au moment du coucher. Elle laissait l'empreinte de *Fleurs de rocaille* dans la chambre après un baiser sec sur le front de sa fille et ce parfum réconfortait davantage Delphine que la présence trop attendue et toujours décevante de sa mère.

— Je vais essayer de retrouver Audrey, promit Géraldine.

Delphine lui serra doucement le poignet avant de s'enquérir d'Edward.

— Emmanuelle l'adore. Plus rien ne compte à part

Edward. Elle lui parle, le cajole, et tient absolument à laper du lait pour l'imiter.

Delphine rit avant d'apprendre au journaliste qu'Edward n'aimait pas le lait.

— Il préfère boire dans la cuvette des toilettes...

— Misère ! Si Emmanuelle s'en rend compte...

Charles Le Querrec avait un rire très bas, sincère. Les préjugés de Géraldine s'évanouirent, même si elle se demandait pourquoi il se souciait du sort de Delphine.

— Je crois que vous manquez à votre chat, dit Charles. Ma fille le distrait comme elle peut mais il reste pelotonné la plupart du temps. Ou il furète. Il vous cherche.

Géraldine s'offrit pour garder Edward même si Rantanplan était un peu turbulent.

— Non, remercia Delphine, mon chat est trop vieux pour s'entendre avec ton chien. Mais tu pourrais peut-être le ramener à la maison. M. Sévigny le nourrirait. C'est l'affaire d'un jour ou deux.

Charles protesta ; Edward ne le gênait pas du tout. Emmanuelle serait trop contente de le dorloter encore un peu.

— Vous avez assez de soucis comme ça, affirma-t-il. Vous avez pensé à l'accident, des souvenirs ont-ils fait surface ?

Géraldine s'étonna de la rapidité avec laquelle Delphine répondit. Non. Elle ne se rappelait plus rien. Le choc avait tout effacé. Elle fixa les draps, la remercia de lui avoir apporté des fleurs et dit qu'elle se sentait très lasse subitement.

Dès qu'ils furent dans le couloir, Charles interrogea Géraldine : Delphine leur mentait-elle ?

— Dès qu'on parle de l'accident, elle détourne la tête, change de sujet.

— Elle est traumatisée.

— Et si c'était une tentative de suicide maquillée en accident ?

— Delphine n'aurait jamais pu faire de mal à Edward, l'entraîner avec elle.

Charles mentionna Élise, ce qu'elle lui avait appris, ce que lui avaient dit les policiers.

— Pourquoi vous intéressez-vous à Delphine ? Vous ne pouvez pas vous empêcher de renifler une bonne histoire ?

— Une mauvaise histoire plutôt. Je n'ai pas l'intention d'utiliser Delphine, si c'est ce que vous craignez. Ce n'est pas mon genre de dossier mais elle me paraît si seule.

Géraldine hocha la tête, Le Querrec devait vivre aussi une certaine solitude pour la percevoir chez cette femme qui lui était inconnue.

— Vous avez déjà vu ses montages ?

— Chez elle, j'ai remarqué quelques photos. Très peu, en fait. Elle ne se met pas en avant. Est-elle vraiment modeste ?

— Non. Elle refuse de se livrer. Elle aimerait être un chat, mais elle ressemble davantage à une tortue. Elle se retire dans sa carapace dès qu'on l'effleure. Elle serait folle sans sa création. Audrey dit qu'elle n'est à l'aise qu'avec Edward. Vous en prenez vraiment soin, n'est-ce pas ?

— Venez boire un café à la maison, vous verrez.

Géraldine suivit Charles Le Querrec après avoir donné son numéro de téléphone et celui de son agence à cinq infirmières : on devait la prévenir si la blessée la réclamait avant sa prochaine visite en fin de journée.

— Vous connaissez Delphine Perdrix depuis longtemps ? s'enquit le journaliste.

— Non. Quelques semaines.

— Vous l'aimez beaucoup.

— Oui. J'apprécie son âpreté. Le monde où j'évolue est trop *clean.* En apparence, bien sûr.

— Delphine vous a déjà photographiée ?

— Pas encore. J'ai hâte. Si vous voyiez ses montages ! Mélange de Böcklin, de Puvis de Chavanne, de Rossetti.

Géraldine et Charles s'entretinrent de Delphine jusqu'à ce qu'ils arrivent à destination. Emmanuelle flattait Edward quand ils la rejoignirent. Il semblait dormir mais il réagit immédiatement aux caresses du mannequin.

Géraldine et son odeur d'abricot mouillé ! Puis, en arrière-plan, le parfum de Delphine qui flottait sur son poignet gauche. Delphine ! Elle avait touché Delphine. Il miaula longuement avant de lécher Géraldine, avalant l'empreinte de sa maîtresse. Le goût était plus amer que d'habitude. Une grande lassitude un peu salée, avec des relents pharmaceutiques. Et la peur aussi. Delphine était très inquiète. Qui pouvait la rassurer mieux que lui ? Il miaula de nouveau en posant ses pattes sur les épaules de Géraldine. Elle plongea son regard dans le sien et lui promit qu'il reverrait très vite Delphine.

Il lécha son poignet droit pour lire ses pensées. Delphine couchée dans un lit très haut. Géraldine enfant dans un lit semblable. Géraldine qui veut rassurer Delphine alors qu'elle-même est bouleversée. Géraldine qui pense à Lyon, qui espère de toutes ses forces retrouver Audrey. Qui redoute de ne pas y parvenir. Son désir est grand, aussi grand que celui de Mme Henriette d'arracher Charles Messier à son télescope. Pauvre Mme Henriette ! Edward l'avait entendue si souvent se lamenter sur le sort du chercheur. Un si bel homme, qui restait enfermé toute la journée et toute la nuit à l'observatoire de Cluny au lieu d'amener une jolie femme se promener au jardin du Luxembourg. Mme Henriette n'avait jamais compris pourquoi M. Charles n'avait pas parlé de la comète qu'il avait reconnue aux gens de l'Académie à la fin de janvier au lieu d'attendre mars.

— Quand on a une bonne nouvelle, on s'empresse de la répéter, non ? avait dit Mme Henriette à Edward.

Elle l'avait flatté et Edward avait su qu'elle n'abandonnerait pas facilement la partie ; elle voulait guérir M. Charles de son obsession. Il n'y avait pas que les planètes dans la vie ! Pour s'être couché sur les genoux de Charles Messier, il connaissait sa passion pour l'astronomie. Il rêvait de découvrir des centaines de comètes, de confronter ses calculs avec ceux des scientifiques du monde entier. Il imaginait une époque où les bateaux iraient beaucoup plus vite et apporteraient aux savants les résultats des travaux des uns et des autres assez tôt pour qu'ils puissent profiter de ces données si une comète traversait le ciel de l'Europe, de l'Amérique ou du continent noir. Messier rêvait du jour où des hommes fabriqueraient des télescopes qui permettraient des observations beaucoup plus précises, du jour où il ferait des découvertes aussi importantes que celle d'Edmund Halley. Au moins avait-il été un des premiers à confirmer les hypothèses de l'Anglais... Edward savait que Messier espérait inscrire son nom dans l'histoire de l'astronomie, au côté de Tycho Brahé. N'aimait-il pas observer le ciel depuis qu'il avait quatorze ans ? Il se vouait à sa passion avec un réel bonheur.

Quatre vies plus tard, Edward comparait la passion de Messier à celle de Rachel : celle-ci éprouvait autant de plaisir à inventer un modèle de chapeau qu'à le concrétiser, qu'à ajuster une aigrette sur un turban, mouler des feuilles de sparterie, lisser les poils des feutres mélusine, coudre des rontonchons ou choisir ses rubans moirés. Quand il dormait près d'elle, Edward voyait des chapeaux aux formes les plus extravagantes dans ses rêves. Le jour où elle avait appris que l'auteur du journal clandestin *Pantagruel* avait été arrêté, elle avait rêvé d'un chapeau imprimé comme un quotidien, verni et pliable et sur lequel paraîtraient les textes de Raymond Deiss sans que celui-ci soit inquiété. Elle s'était éveillée le cœur lourd, en sachant qu'elle ne pourrait jamais réaliser ce chapeau. Edward avait ronronné contre elle pour la réconforter mais ses efforts étaient vains : Rachel était de plus en plus tourmentée. Elle n'avait pas du tout apprécié le brin de muguet que lui avait offert Louis Bourget. Elle avait l'impression que ses cercles de rapace se rétrécissaient autour d'elle ; il lui avait rappelé que c'était le troisième premier mai qu'il célébrait avec elle. Elle avait parlé d'amitié même si elle était outrée qu'il ait congédié Judith qui cousait les rubans d'entrée de tête mieux qu'une fée. Bourget avait dit très clairement que l'amitié était faite d'échanges ; il comptait fêter l'arrivée de l'été autrement qu'en allant au restaurant, fût-ce chez *Lapérouse*. Il avait répété à Rachel que c'était bien grâce à lui si elle avait pu se rendre au théâtre. Sans lui, elle serait restée confinée dans la maison, comme tous ses amis juifs qui n'avaient plus le droit de quitter leur domicile après vingt heures. Elle lui devait beaucoup...

Début juin, il y avait de moins en moins de chapeaux dans les rêves de Rachel et de plus en plus de poursuites, de fuites, de pièges. Rachel courait pour échapper à un homme masqué, elle était prisonnière d'un souterrain, d'une chambre close. Elle s'était métamorphosée en souris et s'était pris la tête dans une trappe ! Edward avait détesté ce cauchemar, il avait même réveillé sa maîtresse pour qu'il cesse et elle l'en avait remercié en lui grattant le cou. Il s'était étendu sur son ventre, la tête entre ses seins moelleux, et ils s'étaient rendormis sans qu'aucun cauchemar ne vienne troubler le reste de leur nuit.

Edward adorait la nuit. Il aimait son silence si reposant, la précision des odeurs et l'attitude plus détendue de ses maîtres. Il goûtait aussi leur horizontalité. Il préférait les humains assis ou couchés. Debout, ils étaient moins vulnérables, ils avaient tendance à parler plus fort et ils bousculaient parfois son plat de nourriture. La nuit, ils ne voyaient rien, n'entendaient rien, perdaient cette nervosité qui les faisait aller, venir et revenir sur leurs pas et s'agiter tout au long de la journée. Edward n'avait pas encore compris pourquoi Delphine ou Sébastien ou Catherine ou Mehmet attendaient l'obscurité pour dormir ; il avait beaucoup d'agrément à sommeiller sous un buisson quand le soleil était au zénith. Ou quand il pleuvait ; il se roulait en boule et oubliait toute cette eau froide qui crevait les nuages et l'empêchait de sortir. M. Leblanc faisait une sieste après le *breakfast*, Néfertari avant le repas du soir, mais le frère Hugues dormait moins que tous ses maîtres réunis.

Sauf Rachel. Elle se levait de plus en plus souvent au beau milieu de la nuit et se mettait tout de suite à broder fleurs et oiseaux sur des tissus chatoyants pour oublier l'étoile jaune qu'elle avait dû coudre sur son manteau. Edward avait reniflé le tissu épais quand elle l'avait apporté et savait que c'était un homme qui l'avait remis à Rachel mais il ne le connaissait pas. Ce n'était pas l'odeur de céréales de M. Lagache, le plumassier, ni l'arôme de café, velouté et chaud, du formier, M. Decker, ni celle de Mlle Mireille, la fleuriste qui sentait la pomme verte et la cannelle. Non, l'homme qui avait donné ce petit bout de tissu à Rachel était un étranger. Alors qu'elle apposait l'étoile de David sur le devant du manteau, Edward l'avait entendue pleurer. Il s'était approché d'elle, avait tenté de la lécher mais elle l'avait repoussé en reniflant, déjà honteuse de ce moment de faiblesse. Elle avait cousu l'étoile avec une sorte de rage et une détermination nouvelle. En coupant les petits fils qui dépassaient, elle avait décidé de sortir immédiatement faire ses courses dans le quartier ; tous ceux qui ignoraient encore qu'elle était juive en seraient informés. Ils sauraient aussi, à sa façon de se tenir très droite et de sourire, qu'elle portait fièrement cette étoile. L'infamie était du côté de ceux qui distribuaient ces étoiles comme une damnation.

Quand Rachel était revenue, Edward n'avait pu s'asseoir tout de suite sur elle pour connaître ses pensées ; elle s'était activée dans la cuisine avec une fébrilité inhabituelle. Elle avait lavé les rutabagas et, tandis qu'ils cuisaient, elle s'était attaquée aux carreaux qui bordaient l'évier, les frottant vigoureusement comme si elle souhaitait qu'ils disparaissent. Puis elle avait mangé les légumes. Edward était enfin monté sur ses genoux ; une infinie tristesse l'avait submergé. Sa Rachel n'avait jamais été aussi bouleversée depuis la mort de Flavien. Ce n'étaient pas tous ses regards qui convergeaient vers elle, apitoyés, agressifs, indifférents, indignés ou méprisants, compréhensifs ou agacés qui l'avaient choquée, c'était l'angoisse qu'elle avait lue à des dizaines de reprises dans les yeux des autres Juives. « C'est notre passeport pour l'enfer », avait dit Mme Marcovitch, et personne ne l'avait contrariée. Et le silence des femmes avait glacé Rachel même si son manteau étoilé était trop chaud pour la saison. Elle avait encore froid plusieurs heures après être rentrée chez elle. La détresse qui l'habitait sentait la cendre et Edward avait frotté plusieurs fois son museau sur l'avant-bras de sa maîtresse pour effacer cette impression délétère.

L'odeur qu'il lisait sur Géraldine n'était pas aussi menaçante ; le mannequin était désemparé. La confusion de Delphine la troublait et le fait que son sac ait disparu accentuait son malaise : qu'est-ce que ça voulait dire ? Charles Le Querrec lui avait raconté l'intervention d'Élise Trudel et les recherches effectuées par les policiers ; ces précisions n'avaient pas rassuré Géraldine, bien au contraire. Edward détectait son embarras et se demandait ce qu'il devait faire pour aider Delphine. Il avait enfin trouvé l'homme qu'il cherchait pour elle, mais leur union semblait reléguée au dernier plan...

Edward miaula, découragé, et Emmanuelle le flatta en expliquant aux adultes qu'il s'ennuyait de Delphine.

Contrairement à ce qu'il avait redouté, Edward s'entendait très bien avec la fillette. Les petites personnes avaient-elles plus d'instinct que les grandes ? Les pensées d'Emmanuelle se rapprochaient souvent des siennes ; ils détestaient les bruits du tonnerre et des voitures, les piqûres, les carottes et la cigarette.

Elle aurait sûrement haï James Anderson si elle l'avait connu.

L'accident avait dû détourner enfin Delphine de l'Américain, mais Edward n'en aurait la confirmation qu'en se blottissant contre sa maîtresse. Quand la reverrait-il ?

13

Emmanuelle s'était enfin endormie et Charles l'avait contemplée un moment avant de s'installer devant son ordinateur. Ses cheveux formaient une étoile sur l'oreiller et le pied qui dépassait de la couverture disait tout l'abandon de la fillette. Charles s'approcha, embrassa les petits orteils avant de les recouvrir. Edward ouvrit un œil, se retourna et se colla davantage contre Emmanuelle.

— Tu l'aimes bien, n'est-ce pas ?

Edward ronronna ; Charles commençait enfin à s'apprivoiser. Il le laissa sortir de la pièce, s'installer à son bureau et travailler durant quelques minutes avant de quitter à son tour la chambre pour le rejoindre. Il tenta de se coucher sur ses genoux mais l'homme le repoussa gentiment. Il tapait sur les touches de son ordinateur avec régularité et ce martèlement continu était aussi soporifique qu'une averse : Edward se rendormit et ne s'éveilla qu'au moment où Charles se dirigea vers sa chambre en bâillant. Edward le suivit et attendit qu'il ronfle pour le toucher et entrer dans ses rêves.

Il eut l'impression de regarder la télévision ; des courses automobiles succédèrent à des parties de pêche, une femme très élégante éclata de rire derrière un éventail, puis découvrit sa bouche aux mille dents. Elle ôta ses gants et ses griffes apparurent, elles s'étiraient pour attraper Emmanuelle, Charles tentait de s'opposer mais une armée de soldats dépenaillés l'empêchait d'avancer, tendant des dizaines de micros et de caméras vers lui. Un hélicoptère descendait du ciel et le bruit était si épouvantable qu'Edward sauta du lit juste avant que Charles s'éveille. Il était en sueur. Il s'efforça de respirer calmement, puis dit à voix haute qu'il avait eu très peur qu'on ne lui confie pas la garde d'Emmanuelle.

Edward revint vers le lit en ronronnant. Charles s'interrogea : comment un chat pouvait-il sentir son trouble ? Il eut l'impression qu'Edward voulait lui communiquer une information de la plus haute importance. Si cette pensée lui semblait ridicule, Charles continuait pourtant à fixer le chat ; il avait tout de même appris, après des années d'enquête, que l'intuition avait autant de droits que le scepticisme. Edward s'approcha de lui, appuya ses pattes de devant sur ses cuisses et tenta de ranimer des souvenirs de la Nouvelle-France dans l'esprit de Charles. Il devait comprendre qu'ils étaient liés ! Et qu'ils devaient sauver Delphine. Sébastien n'avait-il pas secouru des biches et des lièvres et des oiseaux et même un loup quand ils vivaient dans les colonies ? Il ne pouvait pas avoir tant changé... Il sentait battre un cœur honnête sous ses coussinets, et un esprit assez curieux pour accepter le désarroi dans lequel le plongeait son attitude : Charles n'avait jamais cru qu'il échangerait quelque pensée avec un chat et voilà qu'il attendait un message, qu'il ouvrait son âme à l'incroyable. Edward invoqua Bastet afin d'imprimer une image dans l'esprit de Charles. Delphine tentant d'échapper à James Anderson. Il fallait que Charles découvre la vérité. Il ne soignait pas des bêtes comme il l'avait fait trois siècles auparavant mais il écrivait toujours, même si son outil ne grattait plus ces grandes feuilles où Edward aurait tant voulu se rouler. C'était bien le bon maître qui l'avait aidé sur le bateau et qui devait maintenant sauver Delphine.

Charles crut entendre un cri de femme, il sursauta et allait quitter son lit quand Edward grimpa sur lui et se coucha sur son cœur en pesant de tout son poids.

Charles se dit qu'il avait rêvé avant de se rendormir.

Au matin, néanmoins, l'image de l'accident de Delphine obsédait Charles Le Querrec et il regarda Edward suivre Emmanuelle dans la cuisine avec un sentiment d'incrédulité. Il se rappelait le rêve avec tant d'acuité qu'il n'aurait pas été surpris que le chat se retourne pour lui adresser la parole.

Charles but deux cafés pour dissiper les brouillards étranges de la nuit, mais à midi il n'avait pas beaucoup avancé dans son dossier sur les faussaires et il devait reconnaître que Delphine squattait son esprit, bousculant tout autre sujet. Il appela Élise qui lui répéta son témoignage de l'accident, puis Géraldine qui avait vu Delphine après le petit-déjeuner.

— Elle n'est pas dans son état normal. Elle guette la porte comme si elle craignait quelqu'un.

— Vous m'avez dit qu'elle ne touchait pas à la drogue, mais elle en avait pourtant dans le sang. Se pourrait-il qu'on l'ait forcée à en prendre ?

— Forcer Delphine ? Je ne la connais pas depuis

longtemps, mais elle est butée. Vous savez, elle est habitée par deux choses : ses montages photo, je devrais plutôt dire ses tableaux, et ses conquêtes masculines.

— Ah.

— Oui, ce sont là ses seules drogues. La photo la met en péril, la chasse à l'homme la rassure.

— Vous en parlez comme d'une prédatrice...

— Ce qu'elle croit être. Elle est plutôt la proie. Sa propre proie. Le jeu de séduction se retourne contre elle. Si vous voyiez ses tableaux, vous comprendriez qu'une artiste comme elle se consume en exigences, en soif d'absolu. Ses rapports avec les hommes sont beaucoup trop superficiels pour la satisfaire. Ce ne sont que des illusions de plaisir. Des parodies. Quand on est petite, on joue à la dînette ; on invite des copines, on bavarde comme le font nos mères, on pouffe, on fait semblant de verser du thé dans des tasses invisibles, on mange des biscuits qui n'existent pas. On s'amuse, mais on a encore faim. Les tasses sont vides, les biscuits n'ont pas fait de miettes.

— Les hommes que fréquente Delphine sont donc si moches ?

— La coquille est toujours belle, mais l'animal inconsistant. Le dernier en lice...

Géraldine s'interrompit. Le silence s'étira. Charles éternua.

— J'ai toujours peur que vous n'utilisiez mes propos, avoua-t-elle.

— Je comprends. Je n'aime pas parler non plus. C'est pourquoi je pose les questions. Et je dois continuer à le faire pour apprendre ce qui est arrivé à Delphine. Vous savez, j'ai fait un rêve tellement étrange...

Il parla d'Edward et conclut en disant qu'il devait être un peu timbré pour avoir cru un instant que le chat communiquait avec lui.

— Mais non, protesta Géraldine, touchée par cette marque de confiance, les animaux et les humains ont des pouvoirs télépathiques. Mon chien est sot et il sait pourtant comment m'accueillir selon mes humeurs. Il devine si je suis triste ou gaie ou contrariée. Quand je suis rentrée hier soir, il a tourné autour de moi en gémissant ; il sentait mon inquiétude pour Delphine. Et peut-être celle d'Edward puisque je l'ai flatté.

— Vous accordez beaucoup de pouvoirs aux bêtes. Plus qu'aux hommes, en tout cas. Je me trompe ?

— Si vous parlez des conquêtes de Delphine, je sais qu'elle sait que sa relation avec Edward vaut mieux que celles qu'elle entretient avec ses amants.

— Pourquoi recherche-t-elle alors leur compagnie ?

— Parce qu'ils sont beaux. Delphine se voit dans une glace déformante, sans éclat, sans charme, elle s'abreuve de la beauté des hommes pour se rassurer sur la sienne.

— Mais c'est pourtant une jolie femme !

— Il aurait fallu que sa mère le lui dise.

Sa mère ? Charles pensa à la sienne, si enjouée. Il tentait de l'imiter avec Emmanuelle, qu'elle sache bien qu'elle l'émerveillait.

— On dirait que les hommes qui intéressent votre Delphine sont des gravures de mode. Est-ce qu'elle choisit parmi les mannequins qu'elle doit photographier pour les magazines ?

— On devrait poursuivre cette discussion à l'hôpital,

suggéra Géraldine. J'irai vers treize heures après la séance de photos.

Charles se mordit les lèvres ; Géraldine lui avait dit la veille qu'elle était mannequin. Il tenta de s'excuser mais la jeune femme avait déjà rompu la communication.

Il avait parlé sans réfléchir. Ça ne lui arrivait pas souvent. Sa mauvaise nuit l'avait abruti. Il repensa à ses rêves, agacé d'être ainsi troublé, puis à Delphine, et il téléphona à Paul N'guyen ; il accepterait peut-être de lui parler du rapport établi par les officiers de police sur les circonstances de l'accident.

N'guyen connaissait Charles Le Querrec depuis dix ans ; le journaliste avait sûrement flairé une embrouille pour s'intéresser à cet accident. La disparition du sac de la victime, le fait qu'elle soit camée, avaient intrigué les officiers de police ; la curiosité de Le Querrec allait les inciter à continuer leurs recherches.

— Il n'y a pas de fumée sans feu, dit N'guyen à son ami. Tu te passionnes pour une inconnue parce que tu as remarqué un détail qui a échappé aux policiers. Quoi ?

— Je ne suis pas voyant !

— Toute peine mérite salaire : tu dois parler si tu veux lire le rapport.

— Delphine Perdrix est terrorisée. Et il ne s'agit pas du choc causé par l'accident. C'est plus compliqué. Je ne peux pas t'en dire plus parce que je n'en sais pas plus. Mais son amie Géraldine affirme qu'elle ne prend aucune drogue.

— Géraldine ? Qui est cette Géraldine ? Pourquoi ne nous a-t-elle pas appelés ?

— J'ignore son nom de famille mais je la verrai à l'hôpital tout à l'heure et je lui passerai le message. Je l'ai juste croisée hier...

N'guyen prévint Le Querrec : s'il lui cachait des éléments du puzzle, il ne lirait pas une ligne du rapport de police. Le journaliste mentit pourtant en affirmant qu'il avait rencontré Géraldine fortuitement.

— Je ne lui ai pas beaucoup parlé mais elle a paru très surprise quand il a été question de drogue...

— Les camés sont les rois de l'usurpation. J'ai vu assez de parents découvrir à l'hôpital ou à la morgue que leurs enfants se shootent.

— Non ! Delphine ne touche pas à ça.

— Tu la connais ou pas ? Qu'est-ce que tu me caches, Le Querrec ? Rappelle-moi donc quand tu auras envie d'être réglo.

Charles Le Querrec resta tout penaud, l'appareil en main, puis il le repoussa : ces appels matinaux ne lui réussissaient pas. Il irait à l'hôpital dès que son ex-femme serait venue chercher Emmanuelle.

Celle-ci bavardait avec Edward qui agitait le bout de sa queue pour marquer ses propos.

— Il est si amusant, papa ! J'ai hâte que maman le voie !

— Tu devrais mettre la robe rose qu'elle t'a achetée.

— Je n'aime pas le rose ! J'ai l'air d'une dragée. Et Edward aime mieux le bleu.

Charles insista et Emmanuelle alla se changer en continuant à protester. Edward la suivit et détesta aussi la robe rose ; la couleur le laissait indifférent puisqu'il la distinguait mal, mais le tissu était trop glissant. Il devrait planter ses griffes pour ne pas tomber s'il sautait sur Emmanuelle, mais évaluer la pression nécessaire pour s'accrocher à la soie sans piquer l'enfant était malaisé. Il préférait nettement le denim. Par chance, c'était le tissu le plus populaire auprès des humains.

Charles applaudit quand Emmanuelle sortit de sa chambre même s'il partageait son avis ; il y avait des tons sucrés dans cette robe pastel, des teintes un peu mièvres qui s'accordaient mal avec le caractère de la fillette. Hélène habillait Emmanuelle comme elle aurait souhaité être habillée quand elle était enfant. Est-ce qu'il se projetait lui aussi dans sa fille ? Cherchait-il à la modeler à son image ? Serait-elle trop indépendante comme le lui reprochait son ex-épouse ? trop passionnée par son travail ? trop indifférente aux gens, aux modes, à la société ? trop curieuse ? trop fouineuse ? trop entêtée ? Charles sourit en voyant Emmanuelle grimacer devant le miroir de la porte d'entrée.

— Tu es mignonne, je t'assure.

— Mais non. Edward ne veut même pas monter sur moi. Regarde.

Elle s'assit sur le canapé et tapa sur sa cuisse. Edward sauta juste à côté d'elle mais se contenta d'appuyer le bout de son museau sur le bord de la robe. Emmanuelle le flattait en soupirant exagérément quand il dressa les oreilles.

— Voilà maman, expliqua Emmanuelle au chat.

Hélène entra dans la pièce comme si elle s'apprêtait à donner une réplique au théâtre, le bras tendu vers un hypothétique comédien. La vue d'Edward lui coupa son élan. Elle laissa choir son cabas en cuir italien tressé.

— Qu'est-ce que c'est ?

— Edward, dit Emmanuelle. Il est très gentil. Il ne me griffe jamais et il ne mange pas les plantes.

Hélène considéra le chat d'un air dédaigneux avant de hausser les épaules. Elle replaça les cheveux de sa fille, la regarda d'un air navré.

— Ta robe est mal boutonnée, ma chérie.

— Parce qu'il y a trop de boutons. On devrait mettre une fermeture Éclair.

Hélène leva les yeux au ciel, mais se contenta de demander à sa fille d'aller chercher son sac de voyage.

— N'oublie pas ton chapeau de paille.

— Oui, Edward l'aime beaucoup.

— Ah bon ?

— On joue avec les rubans. Ça lui fera une distraction à la maison.

— Tu ne comptes pas l'amener avec toi, ma chérie...

— Il est très propre. Demande à papa.

— Ton père s'y connaît mal en propreté. Il se plaît assez dans la jungle ou dans des abris de fortune. Écoute, tu vas être une grande fille...

Grande fille ! Emmanuelle savait très bien ce que ce « grande fille » signifiait. Elle répéta qu'elle ne voulait pas se séparer d'Edward ; il ne leur restait que quelques jours à vivre ensemble et elle n'allait pas le quitter. Elle resterait avec lui chez son père.

— Tu viens avec moi, ma chérie, c'est le grand pique-nique annuel et il n'est pas question que tu le rates. Les enfants de Louis-Philippe seront présents.

— Et alors ?

Cette manie des adultes de croire qu'il suffisait d'avoir le même âge pour tout partager ! Emmanuelle déclara qu'elle haïssait les enfants du chef d'orchestre.

— Ils ont un accent bizarre.

— Emmanuelle ? dit Charles. La différence n'est pas un défaut. Ta mère a préparé cette fête depuis longtemps et tu vas y aller. Je m'occuperai d'Edward. J'irai te chercher tôt demain matin. Ça te va ?

Emmanuelle fixa le sol avant de se diriger vers la sortie.

— Hé ! lui rappela sa mère. Ton beau chapeau de paille !

L'enfant courut vers sa chambre. Hélène la regarda s'éloigner en remerciant Charles de l'avoir appuyée. Peut-être s'assagissait-il un peu ?

Le journaliste sourit, puis fit un clin d'œil à Emmanuelle. Il allait l'embrasser sur la joue quand Hélène poussa un cri horrifié : Edward urinait sur son sac Gucci ! Elle le souleva avec une expression dégoûtée.

Edward s'enfuit vers la cuisine. Charles cria qu'il rapporterait un linge pour nettoyer les dégâts.

Sitôt qu'ils furent hors de la vue d'Hélène, Charles tapota le dos d'Edward en riant. Le chat, satisfait d'avoir marqué un point, s'installa en rond sur la table de la cuisine et se permit un petit somme ; il retournerait voir le journaliste plus tard.

Emmanuelle parut triste que le chat ne vienne pas la saluer mais la colère de sa mère la retint de commenter cette défection. Elle poussa la porte d'un air résigné et fit un petit signe discret à Charles, qui répéta qu'il serait devant la porte de l'immeuble de Neuilly très tôt le lendemain.

Hélène sortit sans le saluer, marmonnant que les mâles étaient tous les mêmes. Charles retourna à la cuisine, songeur. En caressant Edward, il se demandait pourquoi Hélène avait tant changé. Quand il l'avait rencontrée, elle aimait les dîners improvisés et les surprises, les bandes de copains, les voyages et la campagne. Pourquoi s'était-elle lassée de cette vie ? Heureusement, elle aimait toujours leur fille même si elle la comprenait mal. Charles savait qu'Emmanuelle devinait la tendresse d'Hélène sous ses maladresses. Snob mais pas méchante...

— Ah, mon Edward, il y avait des lustres que je n'avais pas ri autant ! Pisser sur le sac de la reine Hélène ! Et elle n'osera pas s'en plaindre, c'est trop vulgaire.

Georges Binette non plus n'avait pas aimé qu'il tente d'uriner sur ses chaussures, et Rachel avait paru très mal à l'aise, mais Edward avait voulu montrer à cette dernière à quel point il détestait cet homme. Habituellement, il urinait pour marquer son territoire, mais une contrariété pouvait aussi le décider à asperger le responsable. Binette était venu deux fois avec Bourget cette semaine de juillet et Rachel avait fait des cauchemars les nuits suivantes. Elle avait donné aux deux hommes sa brosse à cheveux en argent, la flûte traversière de son père, une boîte à tabac ciselée, un autre chandelier et même les cadres en marqueterie dans lesquels elle conservait les photos de Flavien. Binette souriait en dépouillant Rachel, prétendant lui rendre service.

— J'en tirerai un bon prix, disait-il. Vous verrez.

Elle ne verrait jamais, bien sûr, l'ombre d'un centime. Elle se demandait pourquoi Georges Binette s'entêtait à lui mentir. Par amusement ? Louis Bourget avait profité de cette visite pour pénétrer dans sa chambre à coucher ; il voulait revoir le petit Icart accroché audessus de son lit. Rachel avait eu envie de laver ses draps après son départ. Comme si le viol avait déjà eu lieu, comme si la préméditation était aussi écœurante que l'acte lui-même. Bourget avait frôlé Rachel en passant derrière elle et Binette avait ri, complice, avant de lui promettre de revenir vite. Il s'était penché vers Edward qui n'avait pas fui, acceptant d'être sali par l'homme afin de connaître ses pensées. Binette avait été surpris que le chat se laisse caresser.

— Vous voyez, Rachel, on est réconciliés. Votre bête m'a adopté !

Il n'avait pas terminé sa phrase qu'Edward lui griffait la main au sang. Binette l'avait lancé sur le mur mais il était trop tard, Edward avait vu des hommes au visage tuméfié, des bacs d'eau dans lesquels on leur enfonçait la tête, des femmes violentées, des enfants étouffés sur leur lit d'hôpital. Il avait vu un coffre où s'entassaient des bijoux et des liasses de billets et le désir de Georges Binette d'arrêter Rachel, de la traîner dans une cave. Si Bourget ne lui avait pas démontré qu'elle leur rapportait plus en travaillant à l'atelier, elle aurait été torturée depuis longtemps.

— Sale bête ! avait crié Binette. Vous devriez le bouffer au lieu de l'engraisser.

Rachel s'était maîtrisée et avait expliqué que son chat chassait les rats de l'atelier.

— Les pailles les attirent, vous comprenez ?

Binette avait mis son chapeau sans relever le mensonge tandis que Louis Bourget proposait une promenade à Rachel.

— Les tilleuls sont en fleur, c'est très joli. Vous êtes un peu pâle, une balade vous fera le plus grand bien. Il faut que quelqu'un s'occupe de vous...

Elle avait acquiescé tout en songeant à une prochaine ruse pour éloigner Bourget ; elle prierait une des employées de venir dormir chez elle. Bourget n'oserait tout de même pas la forcer à l'accompagner chez lui quand il découvrirait la présence de Sophie. Il râlerait mais Rachel aurait un sursis. Pour quelques jours seulement ; Edward avait senti une terrible impatience chez Bourget, une envie de tout saccager. L'homme attendait le 16 juillet pour agir ; il fêterait son anniversaire dans le lit d'une femme !

Comment un chat pouvait-il empêcher un homme de soumettre une femme ?

Rachel n'avait évidemment pas célébré la fête nationale, même si elle trouvait que les jeunes gens qui s'étaient attablés au café du coin habillés de bleu, de blanc et de rouge étaient courageux. Elle était restée chez elle où elle avait reçu la visite de Binette, un peu ivre, qui lui avait « emprunté » sa théière en argent, son collier de perles et sa dernière bague. Il avait fouillé la chambre pour s'assurer que Rachel ne cachait aucun autre objet de valeur et il était ressorti sans rien dire comme si cette intrusion était naturelle. Edward avait pu sentir des informations quand l'homme avait glissé sa main sous le lit où il s'était caché. Quelques secondes avaient suffi pour qu'il appuie son museau et voie un formidable déploiement d'hommes dans toute la ville. Ils allaient envahir des quartiers, pénétrer dans les maisons, se saisir de leurs habitants, et Binette le savait, et Binette avait voulu s'emparer de tout ce qui restait chez Rachel avant qu'on l'embarque pour l'emmener à Drancy. Edward avait une journée pour sauver sa maîtresse de la déportation.

De combien de jours disposait-il aujourd'hui pour secourir Delphine ? Edward était heureux d'avoir gagné l'estime du journaliste en aspergeant le chic cabas d'Hélène. Charles mettrait encore plus d'énergie pour aider Delphine. Il le précéda dans son bureau et se lova sur ses papiers sans que Charles le chasse. Il rêva qu'il attrapait des sauterelles bien dodues, bien croustillantes, et ce songe lui ouvrit l'appétit ; il quêta de la nourriture en miaulant avec insistance. Charles s'étira, referma ses dossiers, éteignit l'ordinateur : il était près de midi. Il ouvrit une barquette de pâtée pour Edward, prit son veston et partit pour l'hôpital.

Delphine fut étonnée que Charles lui apprenne que son chat avait uriné sur le sac d'une femme. Il n'avait jamais fait ça auparavant.

— Je suis désolée, vous lui direz que je paierai tout.

— Mais non, vous gaspilleriez un mois de salaire. Son mari lui en offrira un autre. Moi, je me suis bien amusé. Il est très futé, votre Edward.

Delphine hocha la tête ; elle se languissait de son chat, de ses vocalises, de sa fourrure soyeuse, de son insondable regard, mais les médecins souhaitaient la garder encore un peu.

— Il me regarde travailler sans me gêner, jura Charles. Est-il toujours présent quand vous faites des photos ?

— Mais non. Je ne bosse pas chez moi.

— Suis-je bête ! À quoi travailliez-vous récemment ?

Delphine ferma les yeux ; des créatures étranges apparurent, mi-hommes mi-bêtes, une tête auréolée de serpents, un ogre, un astronome défilèrent dans sa mémoire meurtrie. Des dizaines de visages, des chaises et des sorcières, une grande table où se dressaient des plats sophistiqués, homards farcis, échafaudages de pintades et de cailles aux griottes, des voitures, une voiture. Grise. Un homme au volant levant la tête pour écouter un autre homme. Place des Vosges. Il est très beau avec ses cheveux si noirs.

Elle frémit, ouvrit les yeux, se mordit les lèvres pour ne pas pleurer. Elle détestait l'effet des médicaments. Ils l'amollissaient. Elle ne pleurait jamais. Encore moins devant un étranger. Elle tourna la tête vers la fenêtre mais elle sentait le regard de l'homme qui suivait ses moindres mouvements.

— Qu'est-ce qui vous a décidée à être photographe ?

— Je ne sais pas. La liberté, sans doute. Je n'aime ni les patrons ni les horaires.

— Être clouée sur un lit d'hôpital doit vous exaspérer...

— Je... Oui. Pourquoi venez-vous me voir ?

— Pour comprendre ce qui vous est arrivé. Reconstituer l'accident.

— Vous n'êtes pourtant pas policier !

— Je me demande pourquoi vous n'aviez aucun papier quand on vous a retrouvée. C'est inhabituel. Vous voyagiez avec Edward, c'est donc que vous prévoyiez d'être absente au moins quelques jours. Où alliez-vous donc ?

— Je... je ne sais pas.

Une lueur empoisonnée avait traversé le regard de Delphine.

— De quoi avez-vous peur ?

— Peur ?

— Vous êtes en sécurité, ici.

— Je voudrais un café, dit-elle. Un vrai café, avec de

la mousse sur le bord de la tasse. Il y a un troquet en face de l'hôpital.

Il ignorait si elle le congédiait pour éviter de parler ou parce qu'elle ne savait pas quoi dire. Il se leva, promit de revenir avec un excellent espresso.

Au bistrot, il en but un lui-même, commanda un jambon-beurre avant de rappeler N'guyen. Des témoins de l'accident s'étaient-ils manifestés ?

— Tu as de la chance. Un type vient de sortir d'ici. Il a vu une voiture rejoindre celle de Delphine Perdrix, ralentir à sa hauteur pour la tasser vers l'accotement avec violence. Notre témoin lui-même a dépassé les deux voitures mais il a entendu le bruit de l'accident. Il ne s'est pas arrêté car il ne voulait pas rater son vol, mais il a entendu notre appel à témoins quand il est rentré de Suisse, et voilà... Il pense que le conducteur était un homme frisé roux, avec une casquette.

— Comme Élise. Personne n'a identifié la voiture du voleur du sac ?

— Sûrement la même que celle qui a causé l'accident. Il n'y a pas assez de temps entre le moment où on heurte la voiture de Delphine Perdrix et l'instant où ta copine Élise s'est arrêtée et a vu le type s'enfuir. Le témoin se rappelle l'heure ; il passait son temps à regarder sa montre à cause de son vol. C'était le début des infos à la radio. Delphine Perdrix possédait une chose que cet homme voulait à tout prix. Mais je l'ai vue hier soir et elle répète qu'elle ne se souvient de rien. Si elle ne nous aide pas... Mes hommes ont enquêté sur elle : blanche comme neige.

— C'est tout de même étrange qu'elle ait voyagé avec son chat.

— Essaie de lui rafraîchir la mémoire. Tu gardes vraiment son chat ?

— Emmanuelle l'adore !

Géraldine discutait avec Delphine quand Charles revint à l'hôpital avec l'espresso.

— Si j'avais su, j'en aurais apporté deux.

— Tu crois que tu fais bien de boire un café ? s'inquiéta le mannequin. Tu dis toi-même que tu dors mal.

— Je veux retrouver mes marques, s'écria Delphine. Je bois dix cafés par jour depuis vingt ans, ce n'est pas un seul petit qui va...

— D'accord, ma puce, d'accord.

— Et ne me parle pas comme si j'étais une grande malade. J'ai eu un accident, c'est fini, ça va mieux. Ils n'ont pas de raison de me garder ici.

— Les blessures à la tête ont parfois des effets à retardement, c'est sûrement ce que craignent les médecins.

— Je veux sortir d'ici. N'importe qui entre dans cette chambre. Un vrai moulin.

— Veux-tu que j'en parle aux infirmières ? On pourrait te changer d'étage, peut-être ?

— Ce sera partout pareil. C'est fou le nombre de personnes qui se promènent dans cet hôpital. Je ne pourrai jamais me reposer.

Charles Le Querrec orienta la conversation sur Edward puis il prétendit avoir un montage à visionner et sortit pour se poster au bout du corridor. Il attendit Géraldine durant trente minutes.

— Vous avez oublié quelque chose ?

— Je voulais vous parler. Delphine craint pour sa

sécurité. Pourquoi ? Est-ce qu'un de ses amants pourrait l'avoir menacée ?

Géraldine protesta énergiquement ; Delphine n'aurait jamais supporté qu'on la traite ainsi.

— Mais vous avez raison ; elle est très angoissée. Elle a même dit que tout aurait été plus simple si elle était morte dans l'accident. Sa conversation est machinale, mécanique. Elle répond aux questions si elle connaît la réponse, mais en dehors de sa réaction impatiente, elle est abattue, frileuse. Ça ne lui ressemble pas.

— L'amnésie peut modifier le caractère des individus.

— Je sais. C'est elle et ce n'est pas elle. La déprime l'a emporté sur le cynisme. On dirait qu'un ressort s'est brisé. Je lui ai parlé de ses montages sans qu'elle réagisse. Elle se soucie seulement d'Edward, et encore... Heureusement, j'ai pu rejoindre Audrey. Elle sera là tout à l'heure. J'ai parlé aux infirmières avant de voir Delphine ; elles aussi la trouvent étrange. Elle n'était pas gaie, gaie le dernier soir où nous avons dîné ensemble, mais je ne pense pas qu'elle puisse faire une dépression parce qu'un type l'a plaquée.

— Quel type ?

— Je ne le connais pas. Je sais seulement que c'est un Américain, très beau.

— Évidemment.

— Il a refusé de la voir le soir du 14 juillet. Mais il ne l'a peut-être pas quittée définitivement. Et même si... Il n'y a aucun mystère dans une rupture tout à fait classique.

— Cherchons côté boulot : elle ne m'a pas dit à quoi elle travaillait.

— Elle réalisait un montage mythologique ; l'Américain devait incarner son Persée. C'est complètement délirant... Rien à voir avec les photos de Leguay. Même si le portrait est étonnant. A.-J. ressemble à Richelieu. Ou l'image que je m'en fais : secret, habile, chafouin. Elle a voulu un portrait parfait, sans scorie, sans maladresse ; le résultat est glacial et s'accorde très bien avec la personnalité de ce cher Leguay.

— Vous le connaissez bien ?

— Non, j'ai seulement eu le déplaisir de le rencontrer quelquefois.

— Delphine vous a parlé de lui ? A-t-elle remarqué des détails curieux ?

Géraldine préférait attendre l'arrivée d'Audrey pour révéler que la photographe avait suivi Leguay avant de le recevoir dans son atelier.

— Pourquoi détestez-vous A.-J. Leguay ? insista-t-il.

Géraldine se lissa les cheveux avant de répondre.

— Il a repoussé le projet de cinéma d'un de mes copains, mais ce n'est pas la seule raison : je ne le crois pas quand il parle. J'ai encore moins confiance en lui qu'en un politicien ou qu'en un...

— Journaliste ?

Le mannequin ne rougit même pas en hochant la tête.

— Il faut pourtant me dire tout ce que vous savez sur Delphine. Aurait-elle pris un nouveau médicament ? Avait-elle un problème médical ? Les infirmières n'ont pas le droit de répondre à mes questions...

— Non. Elle était en pleine forme quand on s'est vues. Hormis la déception causée par cet Américain... Anderson, voilà, je me rappelle. James Anderson. Vous ne le connaissez pas ? Il est aussi journaliste. Il travaille pour le *New York Times*. Un grand brun.

Charles Le Querrec n'avait jamais entendu ce nom.

— Il doit bosser en free-lance aux États-Unis, dit Géraldine en regardant sa montre.

Elle proposa au journaliste de l'accompagner à la gare de Lyon.

— Audrey arrive dans une demi-heure. On la cueillera là-bas pour l'emmener ici. Vous pourrez l'interroger avant les flics. Une sorte de répétition, quoi...

— Vous n'aimez pas mes manières ?

— Je suis surprise. Vous ne devez sûrement pas poser des questions aussi directes quand vous faites des reportages.

Il confirma ; c'était bien la preuve qu'il ne voulait pas utiliser l'histoire de Delphine.

— Je ne comprends pas pourquoi vous vous intéressez à elle.

— Moi non plus, avoua-t-il.

Il cherchait à expliquer ses motivations mais sa curiosité à l'égard de la blessée l'étonnait lui-même. Il avait des textes à rédiger sur les commerces interlopes d'Amérique du Sud ; il devait les enregistrer à la fin de la semaine, commencer le montage des reportages effectués en Colombie et au Pérou, et voilà qu'il oubliait les narcotrafiquants pour élucider les circonstances d'un accident de la route.

Delphine était belle, mais ce n'était pas une raison pour le captiver à ce point.

La gare de Lyon était envahie par une foule de vacanciers partagés entre la joie de profiter enfin d'un repos bien mérité et l'ennui d'être pris dans l'inévitable cohue des départs de la mi-juillet. Des hommes agitaient leurs mains au-dessus de la foule pour faire signe à leurs épouses quand ils avaient trouvé le wagon qui les menerait à destination, des enfants pleuraient parce que leurs mères leur refusaient les glaces que de judicieux marchands leur offraient dans tous les coins de la gare, des vieillards hésitaient à se servir des distributeurs de billets électroniques, une jolie fille signifiait à un touriste qu'il devait valider son billet avant de monter dans le train, l'arrivée d'un T.G.V. couvrait ses paroles, elle prenait le billet, le glissait entre les dents d'un appareil orangé, le remettait composté au jeune Danois qui la remerciait, la suivait, découvrait qu'ils allaient au même endroit. Ils se donnaient rendez-vous au wagon-restaurant quand Géraldine aperçut Audrey qui scrutait la foule, sourcils froncés, lèvres pincées.

— Audrey !

Audrey Rousseau courut vers Géraldine qui la rassura sur l'état de Delphine avant de lui présenter Charles Le Querrec.

— Le journaliste ? Pourquoi êtes-vous mêlé à ça ? Delphine n'a pas besoin de publicité.

Audrey releva ses lunettes de soleil, fixa l'homme qui se tenait devant elle.

— Ce n'est pas votre genre, les accidents de la route. J'ai vu vos reportages sur l'argent du terrorisme et la mafia napolitaine. Et vous ne connaissez pas Delphine. Alors ?

Tandis qu'ils roulaient vers l'hôpital, Charles raconta tout ce qu'il savait sur l'accident.

— Un chauffard a délibérément embouti la voiture de Delphine. Pourquoi ? Qui peut lui en vouloir ?

Audrey était interloquée. Sa meilleure amie avait mauvais caractère, elle était coupante, susceptible et maladroite, mais ses humeurs n'avaient jamais pu exaspérer quelqu'un au point de le pousser au meurtre.

— C'est une erreur. On aura pris sa voiture pour celle d'une autre personne.

— Vous oubliez qu'on lui a volé son sac à main.

— Pour le fric...

— J'y ai pensé, mais votre copine roulait dans une vieille bagnole. Rien qui puisse inciter un type à ralentir sur les lieux d'un accident, descendre de sa voiture et aller piquer le portefeuille de la blessée.

— C'est pourtant ce qui est arrivé !

— Parce que le sac de Delphine devait contenir un objet auquel tenait le voleur.

Audrey remarquait que Charles disait toujours « Delphine » sans ajouter son patronyme, sans l'appeler Mademoiselle. Quel lien avait-il noué avec la photographe ?

— Un objet ?

— Elle est photographe. Elle a dû faire des clichés d'un événement ou d'une personne à qui cela déplaît.

— Vous êtes paranoïaque ! s'exclama Géraldine.

— Oui. Ça m'a sauvé la vie cinq ou six fois et...

— James Anderson ! s'écria Audrey. Il refusait que Delphine le prenne en photo. Vous ne connaissez pas ce journaliste ?

— Il y a des tas de correspondants étrangers... Il ne voulait vraiment pas être photographié ?

— Non. Delphine avait pris des clichés à son insu. Mais elle a fini par le lui dire.

— Pourquoi détestait-il ça ?

— Il menait des enquêtes très secrètes et ces photos pouvaient le gêner. À ce qu'il paraît.

— Il se vantait, déclara Géraldine, il voulait l'impressionner.

— En se faisant passer pour un reporter ? demanda Charles. Je vous impressionne ?

Les femmes protestèrent, précisèrent que Delphine était naïve. Elle magnifiait tous ses amants.

— Elle ne va pas jusqu'à leur inventer des vies, mais elle a une façon de se les représenter... améliorés.

— Ça ne vous agace pas ?

Il ouvrait la portière, tendait la main à Audrey pour l'aider à sortir de la voiture. Le soleil brûlait l'asphalte de la rue Poliveau.

— Elle est comme elle est. On prend Delphine en bloc, déclara Audrey avant de traverser le boulevard de l'Hôpital.

14

Après avoir passé plus d'une heure auprès de Delphine, Audrey était sortie de sa chambre, épuisée. Et persuadée que Charles Le Querrec avait raison : Delphine leur cachait quelque chose. Audrey n'avait pas osé parler de James Anderson mais elle l'avait interrogée sur son départ vers... où ? Où allait-elle au fait ? Qu'est-ce qui l'avait décidée à partir avec Edward ? Pour combien de temps ?

— Je ne me rappelle plus.

Audrey s'était penchée vers Delphine, avait replacé une mèche de cheveux derrière son oreille, répété plusieurs fois ce geste lénifiant. La malade s'était légèrement détendue.

— Où allais-tu, ma chérie ? Dis-moi.

— À Chantilly. Edward adore la crème chantilly.

Audrey n'avait pas insisté. Delphine lui répondait n'importe quoi, fuyait son regard. Insaisissable comme une mouche affolée derrière une vitre.

Audrey avait embrassé Delphine en lui jurant de revenir dans la soirée.

— Je suis juste à côté.

— Oui, j'ai bien choisi l'hôpital.

Audrey avait souri jusqu'à ce qu'elle referme la porte mais avait ensuite couru pour attraper le 91 : Charles Le Querrec voulait visiter l'atelier de la rue Traversière.

Qu'y trouverait-il ?

Il l'attendait sagement devant la porte. Il lisait *Les Mille et Une Nuits*, qu'il venait d'acheter pour Emmanuelle. Il parut plus grand à Audrey, plus fort. Elle lui en fit la remarque.

— Vous me faites la même impression et c'est normal. À l'hôpital, les grandes personnes sont celles qui portent des blouses blanches, celles qui détiennent le savoir. Nous sommes des enfants devant elles. Timorés, inquiets.

— Moins que Delphine.

— Qu'avez-vous appris ?

— Elle prétend qu'elle allait à Chantilly. Elle ne s'est pourtant jamais passionnée pour les courses. Et que vient faire Edward dans cette histoire ?

Quand Audrey poussa la porte de l'atelier, Charles Le Querrec demeura sur le seuil, attendant qu'elle lui fasse signe d'avancer. Il s'y promena comme s'il visitait une galerie d'art, sans dire un mot, souriant parfois, l'air dubitatif ou ému. Il s'arrêta devant le dernier montage de Delphine, montra les cadavres qui gisaient au pied du Minotaure.

— Où a-t-elle pris ces photos ?

— Après une bombe. Elle n'a jamais voulu me dire où. Je suppose que c'était celle de chez Tati. Mais elle maquille tout, alors... Anderson n'avait pas à être aussi furieux qu'elle l'ait choisi pour incarner son Persée ; lui-même ne se serait jamais reconnu dans son montage.

— Vous l'aidez parfois dans ses textures peintes ?

Aider Delphine Perdrix ? Elle n'entendait rien quand elle travaillait. Elle se donnait à ses montages avec une rage enflammée qui ne s'éteignait qu'au moment où elle posait la dernière pièce. Audrey était même surprise que Delphine accepte qu'elle soit témoin de son incandescence ; peut-être en avait-elle peur et préférait-elle avoir un témoin qui puisse agir comme garde-fou, comme pompier si le brasier menaçait de la détruire. Elle acceptait de se brûler les ailes, de se roussir l'âme, elle jouait les Prométhée pour éclairer son œuvre mais elle refusait d'être punie pour son impudence.

— Delphine Perdrix n'a besoin de personne quand elle travaille. C'est après qu'il faut l'entourer. Quand le monde lui paraît trop fade, trop calme. Il faut la nourrir.

— Croyez-vous qu'elle sera un jour rassasiée ?

Audrey leva les mains en une prière vers le ciel. Charles contempla encore un moment le montage de Delphine puis se tourna vers les tableaux d'Audrey. Il souriait en les regardant, comprenant l'amitié des deux artistes. Les toiles d'Audrey Rousseau reposaient l'œil et l'âme, elles empruntaient à la nature ses verts printaniers, la perfection d'un glacier, l'opalescence du brouillard, le miel de l'aube ou la gorge d'une tourterelle pour ensuite en nier les courbes, le poids, les arêtes et les volumes. Audrey extrayait la substantifique moelle du monde pour l'étaler sur ses toiles, rejetant la forme mais gardant le fond qu'elle modelait avec bonheur. Il y avait du doute, du labeur dans les toiles mais surtout une grande allégresse : Audrey Rousseau célébrait la vie avec talent.

— L'ombre et la lumière. Vous vous complétez.

— Delphine m'apporte beaucoup et j'ose espérer que je l'apaise un peu.

Charles désigna les montages de Delphine ; y avait-elle travaillé récemment ?

— En permanence. Elle y revient chaque jour, entre deux séances de photo, entre deux contrats alimentaires.

— Il paraît qu'elle a photographié Leguay ? Je pourrais voir les photos ?

Audrey l'entraîna au fond de l'atelier, ouvrit un classeur, chercha sans trouver.

— C'est curieux. Quand une photo est parue dans un magazine, elle la range dans ce tiroir. Je ne vois rien.

Charles regarda à son tour sans trouver de clichés représentant Leguay.

— Elle a pu les ranger ailleurs ?

Audrey regarda dans les autres classeurs, déplaça des photos sur la table.

— C'est un tel fouillis. Il n'y a que Delphine pour s'y retrouver. Elle doit être venue les prendre. On lui en reparlera.

Audrey montra les bouquets, maintenant fanés, que Leguay leur avait envoyés, elle parla du rendez-vous de Delphine avec Anderson au musée.

— Elle est revenue surexcitée ; James était encore plus beau que la première fois où elle l'avait vu. Quand elle l'avait pris en photo. Delphine serait furieuse, mais je dois tout de même vous révéler sa méthode : elle suit ses modèles quelquefois avant de les photographier. Pour apprivoiser leur image. Elle a suivi Leguay. Qui a rencontré Anderson.

— Gros choc ?

Audrey acquiesça avant de suggérer d'appeler les enquêteurs.

— Il n'y a pas de trace d'effraction, c'est vrai. Et Delphine a pu revenir chercher les photos...

— Je vais voir N'guyen avant de rentrer chez moi. Vous devriez m'accompagner et décrire cet Anderson aux techniciens de l'identité judiciaire.

— Je ne l'ai vu qu'en photo.

— Ce sera mieux que rien. Je vous ramènerai ensuite chez vous ?

— Non. Je vais acheter quelques bricoles pour Delphine et lui apporter ça.

Elle ôta un portrait d'Edward que Delphine avait épinglé au mur et le glissa dans une enveloppe.

— Ça lui remontera sûrement le moral.

— Elle aime son chat à ce point ?

— Plus encore.

Quand Edward s'approcha de Charles pour le saluer, il reconnut l'odeur d'Audrey avec plaisir ; on lui restituait doucement son univers. D'abord Géraldine, puis Audrey maintenant. Il ne tarderait plus à revoir Delphine. Charles flatta Edward en lui racontant sa visite à l'hôpital.

— Ta maîtresse va mieux... Dis moi son secret : que nous cache-t-elle ? Et pourquoi dois-je l'aider ?

Edward ronronna en se frottant les joues sur le poignet du journaliste.

Celui-ci le souleva et le coucha contre son épaule avant de pousser la porte de la cuisine.

— Un petit goûter, monsieur Edward ?

Edward n'avait pas très faim mais il n'allait pas décourager les bonnes volontés : il mangea deux ou trois bouchées de pâtée au bœuf avant de rejoindre Charles dans le salon. Celui-ci, après avoir discuté avec Paul N'guyen d'Alain-Justin Leguay, était allé emprunter des documents aux archives de la chaîne de télévision pour laquelle il travaillait. Il avait raflé toutes les émissions où Leguay apparaissait ; peut-être apercevrait-il Anderson ? Qui était ce journaliste fantôme ? Tout en insérant une cassette dans le magnétoscope, il s'emparait d'un exemplaire du *New York Times* et cherchait la signature d'Anderson. Elle ne figurait pas dans cette édition. Tandis que le générique d'un reportage défilait sur l'écran, Charles Le Querrec téléphona à une amie aux États-Unis ; elle lui affirma qu'aucun Anderson n'écrivait pour le *Times.* Elle le saurait, n'était-ce pas son job d'éplucher les journaux pour sa revue de presse radiophonique ? Charles raccrocha et se cala dans son fauteuil, préoccupé ; le mystère s'épaississait autour du personnage. Qui l'aiderait à en savoir plus ?

Edward vint s'installer sur ses genoux, mais dès que Charles monta le son et qu'il reconnut la voix de Leguay, il se crispa et enfonça ses griffes dans le jean du journaliste.

— Eh ! Attention, je ne suis pas fait en bois !

Edward sauta au sol, courut vers le téléviseur, se retourna pour dévisager Charles, gratta l'écran, regarda de nouveau Charles qui l'observait, médusé.

— Tu connais Leguay ? parvint-il à dire.

Edward revint s'asseoir sur lui en espérant que le message avait été clair ; peu de temps auparavant Delphine avait regardé ce reportage sur ce voyage en Turquie. Elle avait l'air aussi intéressée que lui : ils avaient un autre point en commun ! En pétrissant les genoux de Charles, il fut intrigué par les images qui l'habitaient ; l'homme qui tentait de parler turc à la télévision revenait sans cesse. Le gué. Quel rapport avec cet endroit des rivières que le frère Hugues traversait parfois en le portant sur son épaule ? Edward détestait que le chevalier le juche sur ses épaules mais il avait encore moins envie de se mouiller les pattes.

Heureusement que tous ses maîtres n'avaient pas été aussi nomades que le frère Hugues, songea Edward. Rien ne l'indisposait davantage qu'un déménagement, et même si l'accueil d'Emmanuelle et de Charles était charmant, il avait hâte de revenir chez lui, de prendre le soleil sur la terrasse de leur appartement. Il prisait le calme des fins d'après-midi quand les oiseaux gazouillent sans le narguer de leurs vols trop rapides, quand les abeilles rentrent chez elles, quand sa maîtresse cessait enfin de s'activer pour boire un verre de pouilly en écoutant Enzo Enzo. Il aimait la voix de cette femme qui ressemblait à celle de Néfertari, lustrée comme les plumes des ibis. Elle lui rappelait les caresses de l'Égyptienne quand il lui présentait son ventre, les jours qui s'écoulaient sans heurts, sans cris, sans bousculade. Juste avant de mourir, il avait senti un scarabée sous sa patte de devant gauche et entendu Néfertari lui jurer qu'il ferait un bon voyage avec ce talisman. Elle n'aurait jamais pu imaginer qu'il renaîtrait pour vivre avec un homme de guerre qui le trimbalerait de Tripoli à Paris, parlerait fort et aurait des gestes brusques qui l'étonneraient jusqu'à la fin. Charles aussi déplaçait beaucoup d'air en bougeant mais ses gestes étaient heureusement moins saccadés que ceux du chevalier. Il présentait pourtant des traits semblables à ceux de ce dernier ; il était entêté, téméraire, colérique. Edward avait senti quelques fois son impatience. Il considérait, par exemple, que toutes les conversations téléphoniques étaient trop longues. Même si c'était lui qui sollicitait son interlocuteur. Les gens se répétaient beaucoup, surtout les amoureux. Mais peut-être ferait-il des efforts quand il téléphonerait à Delphine ?

Edward dormait quand Charles repoussa délicatement sa patte pour retourner dans son bureau. De nombreux points l'intriguaient au sujet de Leguay et il parla au journaliste qui avait réalisé les reportages qu'il venait de visionner.

— Y a-t-il un scandale sous Multiture ? demanda ce dernier. Hé, Charles, je veux être sur le coup. Je me demande depuis le début comment il administre son centre.

— A-t-il beaucoup de relations américaines ?

— Américains, asiatiques, de l'Est, de l'Ouest, du Nord, du Sud : Leguay choisit des artistes dans le monde entier. Quel est le problème ?

— Justement, je ne le sais pas, dit Charles avant de raccrocher.

Il chercha à relier les dates des voyages de Leguay à... à quoi ? Au bout d'une heure, il avait épuisé des dizaines d'hypothèses et il referma l'ordinateur avec humeur. Il devait faire parler Delphine Perdrix.

Alors qu'il garait sa voiture à l'angle du boulevard Saint-Marcel, il crut reconnaître, de l'autre côté de l'avenue, Alain-Justin Leguay au volant d'une Mercedes noire. Il tenta de le suivre pour s'assurer que c'était bien lui qu'il avait vu mais la voiture allemande s'évanouit dans la circulation.

Charles pesta avant de se diriger vers l'entrée de la Salpêtrière. Audrey était auprès de Delphine quand il frappa à la porte de sa chambre. Delphine était assise sur son lit, habillée. Elle avait meilleure mine. Parce qu'elle contemplait la photo d'Edward ?

— Il est bizarre, votre chat, fit-il. Il a semblé reconnaître Leguay quand il a vu un reportage à la télévision. Leguay n'est pourtant jamais allé chez vous ?

Delphine secoua la tête.

— Non, mais il a pu reconnaître sa voix. À cause de ses nombreuses apparitions à la télé.

— Edward est étrange...

Charles Le Querrec était embarrassé ; il n'avait jamais vraiment réfléchi aux phénomènes paranormaux mais la présence d'Edward le faisait douter.

— Il me regarde avec tant d'intensité que j'ai l'impression qu'il veut pénétrer mon cerveau. Mais de là à croire qu'il identifie Leguay à la télévision sans l'avoir jamais vu... Il vous a rendu visite ?

— Qui ?

— Leguay. J'ai cru le voir au volant d'une Mercedes au moment où je sortais de ma voiture. Juste en face de l'hôpital.

Delphine poussa un cri. Audrey lui posa une main ferme sur l'épaule.

— Il est temps que tu nous dises tout ce que tu sais, Delphine. Je t'ai parlé des photos qui ont disparu de l'atelier. Qui les a récupérées ?

— Moi. J'ai donné toutes les photos où apparaît Leguay, le *Paris-Match* et les négatifs à...

— Anderson, Delphine, dis-le, ton Persée. Tu t'en souviens, non ?

— Il ne travaille pas au *New York Times*, affirma Charles.

Delphine hésita puis se lança et raconta l'accident. Le retour d'Anderson, leur départ pour Chantilly, l'autoroute, la surprise, l'agression, la terreur, les tonneaux, le trou noir.

Audrey était à la fois terrifiée et soulagée. Elle redoutait depuis longtemps qu'une des aventures de Delphine ne tourne mal. Et voilà, enfin, c'était fait.

— Tu dois porter plainte ! Il a voulu te tuer !

— J'appelle N'guyen, fit Charles. Qu'il interroge Leguay. Et qu'on prenne votre déposition maintenant que votre amnésie s'est dissipée. On va émettre des avis de recherches sur tout le territoire. Avez-vous une photo d'Anderson ?

— Mais non, je viens de vous le dire.

— Vous donnerez sa description à un technicien de l'identité judiciaire. Élise a parlé d'un rouquin frisé mais Géraldine m'a dit que votre Américain était un beau brun.

— Il portait une perruque, répondit Delphine. Je suis certaine de l'avoir reconnu. À ses yeux.

— De toute manière, vous serez sûrement plus précise que n'importe quel autre témoin.

— Parce que je couchais avec ?

— Non, parce que vous êtes photographe.

— Sur les photos, on ne voyait pas sa dent en or. Une prémolaire gauche.

Elle souriait, épatée par ce souvenir si précis.

— Il y a combien de temps que je suis ici ? Au moins deux jours, non ?

— Trois jours. Anderson peut être déjà loin. À moins qu...

— Qu'il veuille revenir pour terminer son boulot ? J'y ai pensé. Pourquoi a-t-il voulu me faire disparaître ? Je n'ai pas été témoin d'un crime. Il m'a raconté des bobards sur son métier mais... Je n'y comprends rien.

— N'guyen va poster un homme devant votre chambre. Je peux aussi rester si vous voulez.

— Qui s'occupera d'Edward et de votre fille ? Non, ça ira pour cette nuit. Je sors demain, alors...

Charles téléphona pourtant à Paul N'guyen.

— Il sera ici dans moins d'une heure avec un homme qui restera en faction jusqu'à votre départ. Tant qu'Anderson est en liberté, vous n'êtes pas en sécurité.

— Tu viendras chez moi, proposa Audrey.

— Non, Anderson vous connaît probablement. Vous repartirez pour Lyon, c'est plus prudent, et Delphine s'installera chez moi. Je suis habitué à ce genre de situation.

La détermination de Charles agaçait Delphine. Elle ignorait l'existence de cet homme la semaine précédente et voilà qu'il gérait sa vie sans lui demander son avis. Il parlait d'elle comme d'une absente.

— Elle vous remercie, ironisa Delphine, mais elle va rentrer chez elle.

Elle tendit un foulard de soie au journaliste à l'intention d'Edward, qu'il sente son odeur et soit rassuré en attendant de revenir à leur appartement.

Audrey pouffa, apaisée malgré ce qu'elle venait d'entendre : Delphine avait retrouvé son mordant.

— Non, s'entêta Charles. N'guyen ne vous le permettra pas.

— Mais vous n'avez aucun droit sur moi.

— Je sais ce que je dois faire. Et je le ferai. Vous viendrez chez moi. Je passe vous chercher demain à midi.

Delphine protestait encore quand Le Querrec appuyait sur le bouton de l'ascenseur. Il n'allait certainement pas laisser cette femme courir un danger. La fin tragique de Louise le hantait beaucoup trop souvent.

Il rentra chez lui et fut surpris d'être aussi content de l'accueil d'Edward. La solitude n'avait jamais gêné Charles Le Querrec ; s'il aimait entendre résonner les rires et les cris d'Emmanuelle dans tout le pavillon, il s'accommodait très bien des heures plus calmes qui suivaient son départ chez sa mère. Et il s'était souvent enfermé des jours entiers, sans parler à personne, lorsqu'il préparait un reportage.

Il présenta le foulard de Delphine à Edward qui frémit immédiatement. Ses narines affolées reconnaissaient l'odeur adorée mais détectaient des spasmes de peur derrière la vanille et l'herbe qui traînaient toujours sur la chair de Delphine. Cette peur était si violente qu'elle semblait englober les angoisses de ses maîtres précédents : le frère Hugues avant les combats, Sébastien quand la tempête avait fait rage sur le *Saint-Jean-Baptiste*, Catherine attachée au bûcher et Rachel, ô Rachel, le soir de la rafle. Elle achevait de coudre une plume de paon sur un bibi en bakou et se félicitait du résultat quand Louis Bourget était venu la retrouver à l'atelier pour prendre livraison des dernières commandes. Il tenait à livrer lui-même les chapeaux destinés aux clientes les plus fortunées. Il était fier d'entrer chez les comédiennes qui constituaient encore la moitié de la clientèle de Rachel. Il aimait voir leurs intérieurs, ou aller porter les paquets au théâtre et respirer les poudres de riz dans les loges, apercevoir une cuisse, l'entrebâillement d'un corsage. Il trouvait qu'il parlait avec beaucoup de naturel à ces actrices qu'il avait vues au cinéma durant des années. Il avait dit à Rachel qu'il viendrait la chercher à la fin de la journée et l'emmènerait dîner pour son anniversaire. Ils pourraient même laisser le bibi chez Lucille Bellair.

— Vous n'avez pas le droit de refuser, avait-il dit.

Il venait juste de disparaître au bout de la rue quand Georges Binette s'était présenté à l'atelier. Rachel, qui cherchait désespérément à échapper à une soirée avec Louis Bourget, avait caché du mieux qu'elle pouvait son anxiété mais Binette était habitué à deviner l'angoisse de ses proies et, sadique, il avait étiré sa visite chez la modiste. Il l'avait complimentée sur sa beauté, dit qu'il comprenait fort bien son ami Louis d'avoir envie de passer du bon temps avec elle, puis il s'était emparé de trois chapeaux ; ses copines les porteraient avec élégance. Rachel avait tenté de protester ; les chapeaux étaient déjà réservés et M. Louis serait peut-être mécontent, mais Binette avait éclaté de rire.

— Bourget fait ce que je lui dis de faire. Comme tout le monde. Si je ne t'ai pas baisée, c'est que je n'aime pas les youpines, pas pour faire plaisir à Bourget.

Rachel avait baissé les yeux, vu Edward qui fronçait le museau contre le pantalon de Georges Binette. Elle avait craint qu'il ne manifeste son antipathie mais il avait simplement reculé pour se cacher sous une table. Binette était sorti et Rachel avait failli repousser le bibi d'un geste las. À quoi bon s'escrimer à créer des merveilles si n'importe quel porc pouvait entrer dans l'atelier et partir avec elles ? Comment aurait-elle encore des désirs de beauté s'il fallait qu'elle passe ses nuits avec Louis Bourget ?

Devait-elle abandonner l'atelier ?

Pour aller où ? Elle avait tant peiné pour bâtir sa réputation. Elle s'était soumise depuis l'arrivée de l'occupant, elle avait vendu son établissement mais voulait rester sur place, à tout prix, Elle devait être présente quand le vent tournerait, quand les prisonniers seraient libérés, quand on découdrait les étoiles jaunes, quand elle pourrait retourner à la bibliothèque. Ce serait le printemps même en hiver et elle couronnerait toutes les têtes de créations magnifiques, joyeuses, colorées. Elle bannirait le gris souris à jamais.

Son regard s'était posé sur les étagères à moitié vides, privées de leurs fournitures d'avant-guerre, sur les ballots de tissu qui s'amenuisaient, les rouleaux de ruban qui fondaient, et elle avait pris Edward dans ses bras pour s'empêcher de pleurer. Le chat s'était efforcé de ronronner mais il était trop soucieux pour s'abandonner aux caresses : il cherchait un moyen d'avertir Rachel de la menace qui planait sur elle. Binette empestait la haine ; il avait prétendu faire partie du P.P.F. pour rejoindre les agents capteurs. Il attendait l'aube avec une excitation malsaine, destructrice. Il voulait arrêter Rachel lui-même ; elle n'aurait plus ce sourire trop fier qui l'avait toujours énervé.

Tout s'était passé très vite. Rachel avait dû aller dîner avec Louis Bourget. Il était rentré avec elle et l'avait coincée derrière la porte de la cuisine pour l'embrasser. Rachel avait subi ses baisers mais s'était révoltée quand il avait tenté d'ouvrir son corsage. Elle l'avait supplié d'être patient, il l'avait giflée et l'avait jetée sur le lit. Elle se débattait quand l'homme l'avait de nouveau frappée, l'assommant à moitié. Bourget avait retiré sa chemise, baissé son pantalon. C'est alors qu'Edward s'était rué sur lui et avait planté ses griffes dans ce dos pleinement offert. Bourget avait hurlé. Rachel s'était relevée et avait vu Edward sauter du lit à la commode pour mieux prendre son élan. Il avait atterri sur la tête de Bourget, visant les yeux. L'homme avait crié de nouveau, le sang avait giclé, puis Edward s'était caché sous le lit. Bourget avait continué à gémir, aveuglé, et Rachel s'était enfuie de son appartement. Elle était restée cachée dans la cour jusqu'à ce qu'elle voie Louis Bourget descendre de chez elle. Elle était remontée, au grand dam du chat ; ne comprenait-elle pas qu'elle devait quitter l'appartement avant la fin de la nuit ?

La terreur de Rachel avait servi Edward ; sa maîtresse n'avait pu se résoudre à se coucher sans éclairage et elle avait laissé une bougie allumée dans sa chambre. Elle avait fini de coudre les dernières perles sur le bibi avant de s'endormir. Quand sa respiration avait été enfin régulière, Edward avait vaincu sa phobie du feu et poussé la bougie sous les rideaux. Les flammes avaient léché les voilages, les avaient embrasés, Rachel s'était éveillée, avait tenté de les éteindre avec une couverture mais elle avait dû renoncer. Elle avait enfilé une robe par-dessus son jupon, pris l'album de photos, mis le bibi sur lequel elle avait tant peiné et attrapé Edward par le cou avant de sortir pour frapper aux portes des voisins. Il y avait eu un brouhaha terrible, des cris, des larmes, mais tous les habitants de l'immeuble étaient descendus. Binette ne viendrait pas chercher Rachel chez elle.

La modiste pensait à se réfugier dans son atelier quand elle avait vu des Citroën bleu nuit s'avancer dans la rue, des hommes en sortir, poursuivre un voisin, désigner des immeubles, s'y engouffrer. Des lumières qui s'allument, qui s'éteignent. Des vitres brisées. Des hurlements. Des supplications. Des hommes résignés, des femmes effarées, des enfants qu'on poussait, qu'on tirait, tous étoilés, tous avalés par les grandes voitures, fondus dans l'obscurité, condamnés, laissant seulement l'écho de leurs cris comme testament.

Rachel n'était pas retournée à son atelier. Elle s'était cachée, tremblant d'épouvante, dans un des immeubles où avait eu lieu une rafle, et au matin, après avoir songé à toutes les personnes qu'elle connaissait, elle avait conclu à son extrême solitude. Entre les gens qui avaient sûrement été arrêtés et ceux qu'elle mettrait en péril si elle se présentait chez eux, il n'existait aucune option. Elle était sortie de l'immeuble avant que les habitants qui avaient le droit d'y vivre la découvrent et la livrent à la Gestapo.

Elle avait ôté le bibi et l'avait regardé en se disant que c'était probablement sa dernière œuvre. On l'arrêterait un jour ou l'autre. Elle allait au moins sauver le chapeau.

Elle avait marché jusque chez Lucille Bellair et avait sonné à sa porte dans la lumière clémente de l'aube. L'actrice était venue lui répondre en personne, avait semblé très surprise par sa visite, mais elle lui avait proposé un thé sans plus de cérémonie.

Elle avait flatté Edward en complimentant Rachel sur

la beauté de son poil et le chat s'était étiré en ronronnant. Il avait enfin trouvé un havre pour sa maîtresse : le parfum de Lucille était pétillant, très frais. Pas une graine de malice, que du plaisir. Lucille aimait rire et rire encore. Elle était heureuse de tout et de rien, des bons rôles comme des moins bons, des grands comme des petits films ; tant qu'elle jouait, elle était satisfaite, se sachant privilégiée.

Rachel avait cessé de trembler après avoir bu une seconde tasse de thé. Elle s'était levée et avait dit à l'actrice que M. Bourget lui enverrait la facture pour le bibi.

— Je devrais plutôt vous le payer. C'est votre création. Et vous me la livrez vous-même très tôt le matin.

— Mais Louis Bourget est maintenant propriétaire de...

— On sait pourquoi. L'aryanisation des commerces me révolte.

Rachel gardait le silence, la remise des pouvoirs à Louis Bourget lui semblait si loin maintenant. Avait-elle jamais eu quelque droit ?

— Vous avez échappé à la rafle ?

— Oui.

— On en parlait hier sur le plateau. On y croyait à moitié. J'ai deux camarades qui ont dû changer de nom pour continuer à travailler mais je ne sais pas si leurs faux papiers sont réussis. Je l'espère... Où irez-vous ?

Rachel haussa les épaules.

Lucille Bellair prit une grande inspiration avant d'inviter Rachel à demeurer chez elle.

— Il y a une chambre de bonne mais je n'ai plus de bonne.

— Je pourrais la remplacer, peut-être...

— Je n'ai plus de bonne parce que je n'aime pas donner des ordres. Faites-moi des chapeaux de rêve et je serai contente. Depuis le temps que vous me connaissez, vous savez à quel point je suis coquette et vaine, combien j'aime les toilettes. Vous flatterez ma vanité en me créant de jolies petites choses.

— Je le voudrais bien, mademoiselle, murmura Rachel, mais avec quel matériau ? Je ne peux retourner à mon atelier chercher les quelques bouts de tissu qui restent, ni les formes ni les rubans.

— Mais vous savez coudre ?

— Bien sûr.

— Alors vous me ferez des robes. Je vous trouverai des pièces de soie et de lin. On modifiera mes vieilles affaires.

— Je pourrais toujours arriver à modeler des turbans. Et je peux continuer à faire des bérets.

Lucille Bellair semblait enchantée comme si elle avait toujours souhaité la présence de Rachel chez elle. La chapelière était trop lasse pour réfléchir à ce revirement de situation mais elle était heureuse d'avoir déjà défendu l'actrice quand deux clientes en avaient parlé devant elle comme d'une prétentieuse désireuse d'attirer l'attention par tous les moyens. Rachel avait rétorqué que Paris resterait Paris si les femmes restaient belles et qu'elle réalisait avec plaisir des chapeaux complètement fous pour Mlle Bellair.

— Vous souriez, lui avait fait remarquer Lucille Bellair en passant sa main dans la fourrure d'Edward. C'est la première fois que je vous vois sourire depuis le début de la guerre.

— Depuis que j'ai cédé l'atelier, je n'ai pas beaucoup de satisfaction.

— Oubliez l'atelier et Louis Bourget pour l'instant. Vous récupérerez tout plus tard. Vous verrez.

— Que Dieu vous entende.

Rachel s'était penchée pour prendre le plateau et l'emporter à la cuisine mais Lucille l'en avait empêchée.

— Vous n'êtes pas ma domestique, Rachel. Vous êtes une artiste. Comme moi. J'essaierai de vous trouver du travail au cinéma. Il y a encore des hommes honnêtes ; Carré et L'Herbier emploient toujours des Juifs...

— Et mon chat ?

— Votre chat a l'air de se plaire ici. Il attrapera peut-être les rats qui grouillent dans l'arrière-cour.

Edward, dressant les oreilles, avait fait rire la comédienne.

— Vous voyez, il est déjà prêt à en découdre avec ces sales bêtes ! Venez, je vais vous montrer la chambre.

Rachel avait arrêté Lucille : savait-elle vraiment ce qu'elle faisait en lui offrant un toit ? Lucille s'était contentée de quelques mises en garde : elle la préviendrait quand elle recevrait des gens, et si par malheur quelqu'un la voyait chez Lucille, elle prétendrait héberger une cousine dont le mari était prisonnier en Allemagne. On inventerait une maladie pour expliquer qu'elle sorte si peu. Elle était si blonde et si pâle, ce serait vraisemblable.

— Je serai invisible, avait promis Rachel. Je sais le danger que je représente...

— Je pensais surtout à vous. Vous n'ignorez pas que j'ai des connaissances dans chaque camp. J'ai toujours eu des amis de toute nationalité. Même allemande...

J'avoue que je veux continuer à manger à ma faim. J'ai trop manqué quand j'étais enfant. Je me suis juré que ça ne m'arriverait plus jamais. Ai-je tort ?

— Qui a tort, qui a raison dans toute cette folie ?

— Personne ne monte jamais au troisième étage ; on ne vous y dérangera pas.

Rachel ne se demandait pas si Lucille Bellair pouvait la trahir ; si elle le faisait, elle serait arrêtée aujourd'hui plutôt que demain ou après-demain. Edward l'avait devancée dans l'escalier pour effacer toute hésitation et Rachel avait murmuré un dernier merci à l'adresse de la comédienne avant de gravir les marches.

15

Emmanuelle était très inquiète de savoir comment Edward avait survécu à son absence et fut absolument ravie quand Charles lui apprit que le chat avait dormi sur son lit.

— Moi aussi, je me suis ennuyée de lui.

— Delphine va mieux, ma chérie. Elle va habiter chez nous quelques jours.

— Pourquoi ?

— Parce qu'elle a besoin qu'on s'occupe d'elle. D'être protégée. Tu fais cela si bien avec son chat qu'elle voudrait que tu prennes soin d'elle aussi.

Étonnée, mais flattée de cette responsabilité, Emmanuelle offrit sa propre chambre, qui était mieux décorée que la chambre d'amis.

— C'est gentil, mais tu peux conserver la tienne. Nous allons maintenant chercher Delphine à l'hôpital, puis nous passerons chez elle prendre des vêtements avant de rentrer à la maison.

— Elle est belle. Tu ne trouves pas ?

— Je n'ai pas vraiment remarqué.

Emmanuelle tourna la tête vers la fenêtre pour s'empêcher de rire. Son père mentait très mal. Il avait rougi. Est-ce que Delphine lui plaisait ? Si elle était gentille, Charles pourrait l'épouser et Edward resterait avec eux. Il était temps qu'elle la connaisse davantage. Au moins, elle aimait les animaux. Elle ne pensait pas, elle, qu'ils étaient sales. Hélène lui avait fait se laver les mains dès qu'ils étaient arrivés dans l'immense appartement.

— Tu t'es bien amusée au pique-nique ? s'enquit Charles.

— Il y avait des garçons, dit-elle avec une pointe de dégoût. Mais au moins, il y en avait un qui avait un chien. Il s'appelle Babar, parce qu'il est gros et gris comme un éléphant.

Le journaliste se félicita d'avoir emmené Emmanuelle avec lui quand il poussa la porte de la chambre de Delphine. Elle était assise sur le lit à côté d'une paire de béquilles, l'air maussade, sa veste sous le bras, comme s'il était en retard.

— Prête à partir ? dit-il.

— Ça me paraît évident.

— Bonjour, fit Emmanuelle. Est-ce que tu te souviens de moi ? Je m'occupe de ton chat.

Delphine hocha la tête.

— Tu es de mauvaise humeur ? Ils ne t'ont pas donné à manger ce matin ?

— Non, pourquoi ?

— Tu ressembles à mon père quand il a faim.

Emmanuelle baissa la tête, fronça les sourcils, fit la moue.

— On peut aller au McDonald si tu veux, insista-t-elle.

Delphine rendit les armes ; elle adorait les gens têtus.

— Au McDo ? C'est bon ?

— Tu n'y es jamais allée ? Papa, il faut l'emmener ! Elle ne connaît pas ça !

Charles, ravi que sa fille ait distrait Delphine, acquiesça à sa prière.

— Il y a un McDo aux Lilas, en face du métro, dit Delphine.

— Votre amnésie s'est vraiment dissipée, fit Charles.

Elle lui rendit son sourire ; le moindre souvenir la réjouissait, même futile, même idiot, même désagréable.

— Tu as encore mal ? demanda l'enfant en désignant sa tête bandée.

— Non. Comment va Edward ?

— Je pense qu'il a une copine.

— Une copine ?

— Elle est toute noire. Est-ce qu'il a déjà eu une fiancée ? Il est si beau !

— Il faudrait le lui demander. Toi, tu as un petit ami ?

Emmanuelle hocha la tête : oui, il lui flattait toujours les cheveux quand ils étaient dans les rangs à l'école. Il l'aimait sûrement.

Comme la vie était simple pour cette enfant, songea Delphine. Comme elle l'enviait...

Au restaurant, Delphine engloutit un hamburger et des frites sans saveur avec appétit.

— Je t'avais dit que tu aimerais ça, triompha la fillette. On reviendra !

Delphine, qui était passée cent, mille fois devant le McDonald, songea qu'elle ne reverrait plus jamais la façade sans penser au sourire de cette gamine, à son enthousiasme.

En tournant la dernière clé qui ouvrait la porte de son logement, Delphine hésita. Charles passa aussitôt devant elle, se retourna une fraction de seconde pour poser la main sur son épaule.

— Ça va aller ?

L'appartement semblait plus petit à Delphine, mais plus clair. Elle avança lentement en boitillant.

— Il me semble qu'il y a quelque chose de changé.

— C'est Edward, dit Emmanuelle. Tu es habituée à le voir ici. On devrait prendre ses jouets avant de partir.

— Edward n'aime pas tellement jouer. Je lui ai acheté des souris en peluche, des balles, mais il se contente de les cacher sous le canapé.

Emmanuelle se dirigea vers le meuble, s'allongea au sol et glissa son bras sous l'armature. Elle poussa un petit cri.

— C'est poilu !

Elle retira une peluche pleine de poussière.

— Je ne fais pas souvent le ménage sous les fauteuils, admit Delphine.

Emmanuelle continuait à tâter le sol quand Delphine s'écria :

— Arrête, ma grande. Ne touche plus à rien !

Delphine s'approcha du canapé, fit signe à Charles de l'aider à le soulever.

— La balle ! James Anderson a lancé la balle pour jouer avec Edward : ses empreintes sont dessus. Ça prouvera au moins qu'il est venu ici, qu'il me connaît. On pourra les comparer à celles qu'on trouvera dans la voiture qui m'a emboutie.

— Il portait des gants, les techniciens sont formels, mais ça... qu'est-ce que c'est ?

Parmi les moutons, il y avait d'autres peluches, un mouchoir en papier, deux balles, une fourchette et une photo.

— James ! Edward l'aura cachée ! J'avais oublié qu'il me restait cette photo.

Charles s'en empara, curieux de voir le visage du criminel. Il sourit en voyant les trous faits au niveau des yeux et de la bouche.

— Je m'amusais avec les copines. C'est bête, elle aurait pu servir aux enquêteurs.

— Ils sauront en tirer quelque chose. On va aussi leur apporter la balle. La rouge ou la bleue ?

— La rouge et vert. Merci, ma grande, dit Delphine à Emmanuelle, sans toi, on n'aurait jamais trouvé ces indices.

Emmanuelle ne comprenait pas en quoi cette balle avait de l'importance mais elle n'allait pas la détromper sur son intelligence ; elle aimait trop que Delphine la traite avec respect, sans s'adresser à elle comme si elle était un bébé.

— Vous avez eu assez d'émotions pour aujourd'hui, affirma Charles. Rentrons à la maison. Sinon, M. Sévigny vous demandera sûrement des explications à propos de cette activité.

Delphine n'opposa aucune résistance ; elle prit quelques vêtements et son appareil photo. Elle ne voulait plus rester seule. Elle voulait retrouver Edward.

Ce dernier poussa un cri étrange quand il reconnut le pas de Delphine. Il courut vers elle et se jeta dans ses bras, enfouissant sa tête contre ses épaules, fouillant ses cheveux, mordillant ses oreilles, fou de bonheur. Delphine était revenue.

Et c'était Charles qui l'avait ramenée.

Il ronronna toute la soirée, passant d'une paire de genoux à une autre, quêtant des caresses, en prodiguant, léchant la main de l'une, la cheville de l'autre. Il était comblé. Il avait bien entendu Delphine dire qu'elle ne resterait pas longtemps chez Emmanuelle et Charles, mais il était fermement décidé à trouver une solution pour empêcher sa maîtresse de se séparer du journaliste. Il se mettrait à y penser dès le lendemain.

Il suivit Delphine dans la chambre d'amis où elle s'endormit en le flattant, mais fut tiré de son sommeil par les coups qu'elle lui donnait involontairement. Elle rêvait d'un homme qui voulait trancher la tête de Géraldine, un homme qui brandissait un bouclier devant elle tout en levant son épée. La jeune femme se transformait en statue. Delphine poussa un cri.

Charles apparut aussitôt.

— Delphine ! C'est moi !

Elle était hagarde, continuait à se débattre. Il l'immobilisa, la tint contre lui, c'était fini, ce n'était qu'un mauvais rêve. Elle se calma, il se détacha d'elle, subitement intimidé.

— Tu rêvais à l'accident ?

— Non. À un de mes montages.

— Ils sont pourtant magnifiques. J'aimerais bien en posséder. Celui de Poséidon prêtant serment au bord du Styx. Je me demande où tu as pu photographier un fleuve aussi imposant.

— À Gaspé, un jour de tempête. Tu aimes la mer ?

— Je suis breton.

Edward s'étira, bâilla, puis s'allongea auprès de Delphine. Charles se leva après une caresse au chat, remonta le drap sous le menton de la jeune femme.

— On veille sur vous, mademoiselle.

Delphine s'assoupit en songeant qu'on ne l'avait pas bordée depuis une éternité. Ça lui avait terriblement manqué. Elle rêva d'un chevalier qui allait au combat, d'une grande tunique blanche lumineuse avec une croix écarlate. Edward lui lécha le visage, il ne voulait pas qu'elle s'éveille de nouveau. Lui savait la fin de l'histoire, la croix déchirée par l'ennemi, le pieu qui s'enfonçait jusqu'au cœur. Le frère Hugues avait été surpris à Paris par un Infidèle dans la cour du temple. Edward l'avait entendu prier Dieu de protéger son roi, puis il l'avait vu s'écrouler tandis que son meurtrier s'éloignait en essuyant l'épée qu'il lui avait volée. Des frères étaient accourus, Edward s'était approché de son maître, avait posé ses pattes sur sa poitrine ensanglantée. Le frère Hugues souriait, il mourait en combattant comme il l'avait toujours souhaité. Comment ce Maure était-il venu jusque-là ? Le regard s'était figé dans une étrange béatitude.

Un rayon de soleil caressa le museau d'Edward. Il entrouvrit les paupières, constata que Delphine dormait toujours. Ses cheveux brillaient dans la lumière qui s'insinuait entre les lames du store vénitien et Edward s'approcha de ses boucles dorées.

— Tu me chatouilles, murmura Delphine sans ouvrir les yeux.

Il s'abandonna contre son cou, goûtant cette quiétude qu'il avait crue à jamais perdue. Puis il reconnut le pas furtif d'Emmanuelle, l'entendit lui chuchoter qu'elle allait faire une surprise à Delphine. Il résista à l'envie de rester couché et suivit la fillette dans la cuisine.

— Je vais lui préparer son petit-déjeuner. Comme à l'hôtel. J'y suis déjà allée avec maman. Ils nous apportent des plateaux avec des coupoles qui brillent ! On n'en a pas ici mais je vais prendre la cloche à fromage.

Emmanuelle sortit un plateau, une assiette où elle disposa des tartines beurrées avec beaucoup de confiture et de Nutella, elle ajouta un verre de lait, contempla son œuvre et l'apporta dans la chambre de Delphine. Elle cogna contre la porte comme on l'avait fait à l'hôtel et Delphine se réveilla en sursaut.

— C'est moi. Je t'ai apporté ton petit-déjeuner.

Delphine écarquilla les yeux, tentant de comprendre, de se souvenir. Où était-elle ? Elle ne reconnaissait pas le store. Si. Elle avait dormi chez le journaliste. Charles. Et sa fille était maintenant devant elle. Souriante. Avec des tartines.

Charles apparut derrière elle.

— Je vais faire du café, déclara-t-il.

— Je vous rejoins.

Delphine s'habilla sans hâte. L'assiette vide l'étonna ; avait-elle vraiment tout mangé ? Edward flairait l'assiette, guettant la miette de pain beurrée.

— J'aurais dû t'en garder, mon loup, excuse-moi. Emmanuelle t'en donnera. Elle t'adore, hein ?

Edward se frottait contre les jambes de Delphine tandis qu'elle se coiffait. Mille questions l'agitaient mais elle n'était plus aussi angoissée ; la colère étouffait maintenant la peur. Elle voulait la peau de James Anderson. Non pas entre les draps, mais en descente de lit. Elle devait avoir une expression résolue quand elle prit la tasse de café que lui servait Charles car il émit un long sifflement.

— Je vois que la nuit t'a porté conseil...

— Je veux qu'il paie !

Charles approuvait cette attitude ; le pardon était une belle valeur chrétienne mais Delphine devait alimenter sa rancœur, la laisser s'épanouir pour piéger Anderson. Elle se sentirait humiliée et menacée tant qu'il serait en liberté. Il fallait que sa détermination secoue sa mémoire, fasse surgir les détails qui permettraient d'en apprendre le maximum sur l'Américain.

— Je viens d'appeler N'guyen ; il a fait réparer la photo qui était sous le canapé et relever les empreintes sur la balle d'Edward. La photo sera affichée dans toutes les gares et les aéroports.

— Il aura sûrement modifié son apparence.

Delphine avait raison : James Anderson avait rencontré Pedro qui lui avait décoloré les cheveux, les cils et les sourcils, et les regards des Madrilènes étaient éloquents ; il plaisait toujours aux femmes. Des verres de contact pâlissaient ses iris, une touche d'autobronzant suggérait une vie au grand air, des habitudes sur la côte, au bord de la mer. Il avait loué une chambre dans un hôtel confortable en plein cœur de la ville et s'y enfermait pour éplucher les journaux français en quête d'un article concernant Delphine Perdrix. Il avait vu, le surlendemain de l'accident, son portrait-robot mais le témoin n'avait pas une très bonne mémoire ; l'image ne lui ressemblait qu'à moitié. Sa perruque rousse, bouclée, avait ajouté à la confusion. Cependant, Delphine était toujours vivante et Leguay lui avait semblé affolé quand il l'avait eu la veille au téléphone. L'homme d'affaires lui avait rapporté sa conversation avec Paul N'guyen : il avait répété qu'il connaissait à peine James Anderson même s'il l'avait présenté à la photographe.

— C'est Audrey Rousseau qui a parlé de nous. Il paraît que Delphine ne se souvient pas de grand-chose.

— Audrey ne m'a jamais vu, avait juré Anderson.

— J'ai répondu des banalités mais ce N'guyen reviendra sûrement à la charge ! Delphine Perdrix va retrouver la mémoire et faire une bonne description de toi. Ses copines lui ont rendu visite à l'hôpital. Je suppose qu'elle ira en convalescence chez l'une d'entre elles. Elles parleront de nous. Aux flics. Une infirmière m'a dit qu'elle souffrait d'amnésie post-traumatique ; ça dure rarement très longtemps. Quand je pense aux Russes qui doivent arriver après-demain !

— Je vais rentrer en France avant que Delphine ait pu fournir une bonne description. J'embarquerai ensuite avec les filles pour la Floride. J'ai un passeport au nom de Benoît Lecuyer, du Québec. Les douaniers ne seront pas étonnés de voir un Canadien débarquer chez eux ; Miami est envahi par les touristes québécois.

— Les Russes sont toutes casées ; cinq restent en Floride, deux partent pour Detroit, deux pour Chicago. Trois pour Toronto. Mais les prochaines referont l'ancien circuit ; on les gardera en Europe. Le temps qu'on t'oublie un peu ici.

— Tant que toi, tu ne m'oublies pas...

James Anderson n'avait même pas ajouté une nuance de menace dans sa voix ; Leguay avait parfaitement compris le message et s'était empressé de rassurer son associé. Il toucherait sa part sur la vente de filles.

— J'ai toujours été honnête, avait dit Leguay.

— Exact, mais tu subis de mauvaises influences, avait rétorqué Anderson avant de raccrocher.

Il se regardait maintenant dans la glace de sa chambre avec satisfaction ; les marques de son cou s'étaient beaucoup estompées. Il fit sa valise en chantonnant *Just a Gigolo*. Il était content de rentrer en Amérique, retrouver sa tour d'ivoire et ses armes. Lors de son dernier voyage en Russie, il avait acheté une arme à feu du début du siècle, elle était en parfait état et, selon le vendeur, elle avait été utilisée pour massacrer le tsar et sa famille. Le pistolet était acheminé par bateau jusqu'en Turquie avant de repartir pour les États-Unis, perdu dans une cargaison de mitraillettes destinées à alimenter des foyers de révolte en Amérique du Sud. Anderson avait hâte de récupérer l'arme et de l'accrocher à son mur. Il la placerait à côté de la pertuisane achetée à Leeds. Il rêvait de posséder une escopette mais commençait à penser qu'il devrait la voler dans un musée car il n'en avait jamais vu ailleurs. Le marché noir des collectionneurs avait-il ses limites ?

Que ferait-il de l'argent gagné par ses trafics avec Leguay ? S'il ne pouvait plus se procurer d'armes anciennes et rares, il manquerait d'enthousiasme pour accomplir son travail. Piéger des femmes naïves, les vendre au plus offrant, marchander, tuer, était acceptable s'il avait un but précis. Il regrettait de ne pas avoir autant de talent pour cambrioler que pour maquereauter, et si ses conversations avec Leguay l'avaient persuadé que certains musées sont moins bien protégés qu'on ne croit, il s'imaginait mal ressortir de celui de Cluny avec une épée sous le bras. Il aurait pourtant aimé en serrer le pommeau dans sa main, en caresser l'arête, en tâter la pointe ; comme il regrettait les combats où les membres volaient, où les tripes se répandaient ! Tirer sur un homme, provoquer des accidents de voiture, des incendies, manquait de panache. On vivait une époque médiocre, sans gloire. Delphine aurait dû être décapitée. Il aurait été assuré de son silence. Au lieu de quoi, Leguay avait insisté pour qu'il simule un accident ; une importune l'avait ensuite empêché de terminer son travail, Delphine avait fini par se réveiller et avait parlé de lui. Elle ne tarderait pas à établir un excellent portrait-robot. Celui du témoin était raté mais on pouvait redouter celui de Delphine. Il s'examina de nouveau dans la glace, lissa sa fausse barbe, battit de ses cils trop blonds et sourit. La décoloration de ses cils et de ses sourcils modifiait beaucoup l'expression de son visage, il paraissait plus jeune, plus... franc. Il se trouverait bien une femme qui serait sensible à son charme et avec qui il pourrait se présenter à l'embarquement en échangeant des plaisanteries. Rire aussi changeait son expression.

À l'aéroport, Anderson repéra rapidement sa proie : une femme d'une cinquantaine d'années, voyageant avec un caniche nain abricot et regardant les vitrines des boutiques hors taxes d'un air profondément las. Anderson manqua la heurter. Il se confondit en excuses, puis s'exclama sur la beauté du chien ; si la dame se déplaçait avec un animal c'est qu'elle devait y tenir au moins autant que cette Delphine à son chat, elle serait sensible aux compliments.

Elle rougit de bonheur et raconta sans se faire prier qu'elle était la maman de Chouchou depuis deux ans. Une petite bête exceptionnelle. Elle se présenta : Nicole Mariel. Elle était française et rentrait de vacances. Et lui ?

Il était canadien, il s'appelait Benoît Lécuyer.

Il lui baisa la main. Elle eut un rire étranglé tout en notant qu'il ne portait pas d'alliance. Elle espéra qu'ils ne seraient pas assis trop loin l'un de l'autre dans l'avion.

— Quel est votre numéro de siège ? demanda Anderson.

Mon Dieu ! Il avait pensé à la même chose qu'elle !

— 2 A.

— Ah, je suis au 36 C. Dommage, dit-il d'un ton navré.

— On pourrait peut-être demander à un passager de changer de place avec moi.

Elle était prête à renoncer à une excellente place pour voyager au côté d'un si bel homme. Bon, il était plus jeune qu'elle mais c'était lui qui était venu vers elle et non l'inverse. Elle l'intéressait sûrement un peu.

Oui. Anderson descendit de l'avion en la serrant contre lui et, au contrôle, le policier regarda ces passagers qui présentaient leurs passeports presque en même temps.

— On est ensemble, clama Nicole.

— Mais vous n'êtes pas mariés.

— Pas encore, répondit James Anderson. On a fait le voyage avant la noce, c'est plus sûr ! Elle ne savait pas si elle pourrait me supporter plus d'une semaine. Pas vrai, chérie ?

Nicole roucoula pour toute réponse. Le douanier regarda le couple s'embrasser en se dirigeant vers la sortie ; un gigolo gagnait-il plus qu'un fonctionnaire de l'État ?

Il ne vit pas Anderson griffonner un faux nom et un faux numéro de téléphone pour Nicole avant de la mettre dans un taxi. Il ne vit pas son soulagement en s'engouffrant à son tour dans une voiture. Il ne sut qu'un peu plus tard qu'il avait laissé filer un criminel. En déjeunant avec sa fiancée qui venait de se teindre en blond. Il la complimentait quand la désagréable impression de s'être fait rouler lui coupa l'appétit. Où ? Par qui ? Pourquoi la coiffure de Stéphanie éveillait-elle ce sentiment ? Le douanier planta baba au rhum et fiancée pour aller téléphoner à son supérieur, lui dire qu'il avait un doute quant au couple qui s'était présenté le matin à l'aéroport. L'homme ressemblait à la photo qui avait été distribuée à la police des frontières. Mais il était blond platine.

Où se cachait-il maintenant ?

Nicole Mariel fut très surprise que Lécuyer-Anderson la rappelle trois heures après qu'elle fut rentrée chez elle. Ils s'étaient séparés d'une manière si précipitée qu'elle avait cru qu'il s'était moqué d'elle durant le vol et qu'elle ne le reverrait jamais. Elle épanchait sa déception auprès de Chouchou lorsque le téléphone sonna. Bien sûr, Benoît pouvait venir la voir. Tout de suite ? Oui.

Quand James Anderson sonna à sa porte, il tenait une bouteille de champagne à la main.

— On fête notre rencontre ?

Ils burent le champagne et Nicole s'endormit dès que

le somnifère fit son effet. Anderson téléphona à Leguay qui raccrocha dès qu'il reconnut sa voix. « Vous vous trompez de numéro », avait-il répondu. Il y avait donc des policiers chez lui. Ou sa ligne était sur écoute. Comment le rejoindrait-il ?

Il fouilla, trouva le carton où il avait écrit un faux numéro de téléphone et les clés de la voiture de Nicole. Elle lui avait dit qu'elle s'était offert une Porsche pour son anniversaire. Il descendit au parking et fila vers le quai de la Tournelle.

16

La table en bois au fond du jardin avait été chauffée toute la matinée par le soleil et Edward protesta quand Delphine l'en chassa pour mettre le couvert.

— Tu reviendras après le déjeuner.

Charles avait d'abord refusé que la photographe prépare le repas mais elle avait insisté.

— Tu as perdu du temps à t'occuper de moi.

— Mais avec ta cheville plâtrée...

— Je ne suis pas impotente. Travaille en paix dans ton bureau en attendant des nouvelles de Paul N'guyen. Je lui ai dit tout ce que je savais sur Anderson ; on ne peut rien faire de plus pour l'instant.

En se dirigeant vers son bureau, Charles avait entendu sa fille réclamer des spaghettis sans sauce mais Delphinc avait négocié un plat de pâtes à la tomate gratiné. Une bonne odeur de fromage fondu s'échappait de la cuisine quand la jeune femme dit à Emmanuelle d'aller chercher son père.

Elle avait disposé des fleurs dans un vase, plié joliment les serviettes de table et attendait ses hôtes avec son appareil photo. Emmanuelle prit Edward dans ses bras.

Edward se prêta de bonne grâce à la séance de photo mais fut déçu que le fromage gratiné cache des pâtes et non une viande ou une volaille. Il s'installa dans un coin du jardin, sous un arbre centenaire, et observa Delphine et Charles en se réjouissant de ce qu'Emmanuelle veuille aussi les réunir. C'est ainsi qu'elle vint le rejoindre avec sa glace à la fraise pour les laisser seuls. Elle en offrit à Edward qui la trouva trop sucrée puis elle lui montra un livre de contes qu'elle affectionnait particulièrement.

— Je vais te lire une histoire avec un chat. Un chat botté. Il est super gentil avec son maître et il l'aide à devenir riche et à épouser une princesse.

Quand elle commença sa lecture, Edward mit ses pattes en manchon et ferma les yeux ; il y avait longtemps qu'il n'avait pas entendu parler du fameux Chat botté. Catherine aussi croyait à ce conte populaire et le regardait souvent avec trop d'espoir au fond des yeux ; elle rêvait d'échapper à sa brute de mari, de manger de la viande deux fois par semaine, de s'acheter des beaux atours comme ceux des dames qu'elle voyait passer en carrosse, elle s'imaginait inventer la recette d'une potion magique qui permettrait aux gens de vivre très vieux sans en avoir l'air ou, mieux encore, un élixir qui vous ramènerait à coup sûr l'affection d'un homme de qualité. Elle vendait bien des fioles en prétendant qu'elles attireraient des faveurs à ses clientes mais ses décoctions n'étaient pas encore au point. Même si sa recette d'herbes contre la migraine de dents était connue, on ne parlait pas d'elle dans tout Paris. Elle n'était pas invitée à la table des grands comme le marquis de Carabas.

Catherine n'avait pas échappé à sa vie misérable en

épousant un prince mais en brûlant sur un bûcher. Edward se désolait encore de sa fin tragique ; contrairement au Templier, Catherine était morte avec un sentiment d'absurdité et d'injustice. Edward se félicitait encore de ne pas avoir assisté au décès de ses autres maîtres. Il était mort avant Néfertari, Sébastien et Mehmet, et présumait qu'ils n'avaient pas beaucoup changé jusqu'à la fin de leur vie. Il s'inquiétait un peu plus pour M. Leblanc ; il avait vieilli en piquant des colères qui ne lui valaient rien. Comme celle qui les avait obligés à quitter Mayfair à l'automne 1851 : alors que M. Leblanc dorait à l'œuf battu des pâtés de faisan en croûte, une femme de chambre était descendue aux cuisines pour lui apprendre qu'Elizabeth Fortnum s'était enfuie avec un homme. Et qui plus est, de Long Shore et marchand. Marchand de gréement pour les bateaux ! Sean Blackburn vendait des cordes et des clous !

— Pourquoi pas de Whitechapel, tant qu'à ruiner sa vie ! avait tonné M. Leblanc.

— Mrs Fortnum s'est évanouie en trouvant la lettre de ma maîtresse.

— Nous serons la risée de tout Mayfair ! De tout Londres ! Qu'a-t-elle pensé ?

La consternation faisait trembler M. Leblanc. Des petites veines palpitaient dangereusement à ses tempes, ses narines se gonflaient très vite. Même ses moustaches semblaient navrées. Une Fortnum ! Se commettre ainsi ! Puis soudain son regard s'était éclairci : l'homme devait être un monstre qui avait abusé d'elle.

— C'est un rapt ! Mr Fortnum doit y avoir pensé ! Miss Fortnum aura dû écrire la missive sous la dictée du ravisseur.

La femme de chambre d'Elizabeth avait démenti tout de suite cette hypothèse : sa jeune maîtresse avait quitté la maison en emportant une pleine valise d'effets personnels ainsi que ses bijoux. Elle aimait Sean Blackburn, il voulait vendre la boutique de son père et aller chercher fortune en Amérique. Dans le monde du théâtre.

— Du théâtre ? Elle a vraiment perdu la tête.

Bien qu'il ne fût pas encore midi, M. Leblanc s'était versé un verre de scotch pour se remettre de ses émotions. Edward avait sauté sur la table, lui avait effleuré la main sans qu'il réagisse, anéanti par la nouvelle.

— Elle l'aime, avait précisé Edith.

— Elle aime un homme qui doit se contenter de monter dans l'omnibus au lieu de se payer un cab ?

— À ce qu'elle dit.

— Et que va-t-elle manger ? Il ne pourra jamais lui offrir mes bouchées royales, mes tourtes à l'aiglefin, mes chapons farcis ! Elle est accoutumée à des choses fines, à des viandes choisies avec la plus grande sévérité. Le pain noir des pauvres lui paraîtra aussi lourd que les pierres de cette demeure. Où l'a-t-elle rencontré ? Nous ne frayons jamais avec la populace.

Il avait vu grandir Elizabeth en grâce et en beauté, et voilà qu'elle reniait son éducation, balayait ces années où ses parents s'étaient efforcés de lui inculquer les principes de la vie en société pour retrouver un homme du peuple.

— Où ?

— À l'Exposition. Au Crystal Palace. L'avant-dernier jour. Elle admirait des horloges quand il s'est approché d'elle.

— Vous deviez l'en empêcher.

La femme de chambre avait baissé la tête ; elle ne voyait pas comment elle aurait pu interdire à Sean Blackburn de parler à sa maîtresse. Il avait tant d'aisance, d'enthousiasme. Ils avaient visité toute l'exposition en riant parfois trop fort. Edith comprenait Elizabeth d'avoir succombé au charme du commerçant. Il était si vivant, si enjoué, comme s'il mangeait du soleil au *breakfast*. Comme si la vie était une amusante plaisanterie.

— Êtes-vous en train de me dire que vous approuvez l'attitude de Miss Fortnum ?

Edith avait protesté ; si elle avait pu imaginer que sa maîtresse reverrait Mr Blackburn, elle en aurait tout de suite averti les maîtres.

— Et maintenant, je vais perdre ma place.

Elle avait éclaté en sanglots sans que M. Leblanc fasse un geste pour la réconforter ; elle avait failli à sa tâche, il était normal qu'elle doive en payer le prix.

Pas lui ! Il n'avait commis aucune erreur ! Mais par la faute de cette gourgandine, il serait obligé de quitter la demeure des Fortnum. Et probablement le quartier de Mayfair. Qui voudrait d'un chef qui a travaillé dans une maison où a eu lieu un tel scandale ? Il aurait pu égaler Carême sans qu'on songe à l'employer.

— Je suis perdu, avait-il bredouillé. Perdu.

Edward, qui venait de frotter ses joues aux bas d'Edith, sentait monter la colère de celle-ci. Il s'était éloigné pour se mettre à l'abri des éclats de voix.

— Perdu ? Les maîtres ne vous mettront pas à la porte comme moi ! Vous ne pensez qu'à vous, comme toujours. Où irai-je ? Ils ne me donneront même pas de références.

— Je ne puis rester ici ! Je suis un honnête homme. Je ne travaille que dans des maisons respectables. Veuillez dire à Mr Fortnum que je préparerai le repas du soir mais que j'aurai quitté mon poste demain midi.

Bien qu'il fût sorti de la cuisine, Edward avait tout entendu. Partir ? Abandonner ce nid douillet ? Sa place auprès du poêle ? Renoncer au jardin d'été ? M. Leblanc avait peut-être ses raisons — qui lui échappaient totalement — mais il n'avait aucunement l'intention de le suivre. La maison de Mayfair était la plus confortable qu'il ait eue depuis sa vie chez Néfertari. La journée s'était écoulée, interminable, entre les reniflements des employés, anéantis par ces départs successifs et les récriminations de M. Leblanc qui semblait souhaiter qu'on se souvienne de lui comme d'un homme insupportable et dur. Personne n'avait échappé à ses critiques durant la préparation de la hure de saumon, du gigot braisé aux laitues, de la cuisse de perdrix en papillote. Edward s'était tapi dans un coin jusqu'à la nuit sans que son maître s'inquiète de son absence et, quand il s'était montré, M. Leblanc était assis devant une table où il posait avec de moins en moins d'assurance la bouteille de scotch. Il avait tenté d'attraper Edward pour lui conter ses malheurs mais les chats détestent les relents d'alcool et M. Leblanc avait embrassé le vide. Il s'était fâché, il avait crié à Edward qu'il était aussi ingrat que Miss Elizabeth et qu'il ne voulait plus jamais le revoir. Edward était resté caché jusqu'à ce que le cuisinier s'endorme puis il était sorti pour chaparder les restes du rôti. Pareille aubaine ne se reproduirait pas de sitôt ; il y avait toujours des employés à la cuisine. Ils l'avaient désertée ce soir-là, laissant le chef français tonner seul sa rage, mais ils seraient de retour dès que M. Leblanc aurait franchi les portes de la maison et Edward devrait faire mille grâces pour gagner sa pitance. À qui pourrait-il plaire ? Les domestiques l'avaient boudé parce qu'il était le chouchou du cuisinier. Quel maître devait-il maintenant adopter ?

À l'aube, Edward était revenu sur ses positions et avait léché la main de l'ivrogne ; il était encore préférable de le suivre. Il s'était habitué à manger à sa faim, il adorait la sole et la cervelle et imaginait mal de se contenter dorénavant de rats d'égout ou de moineaux. M. Leblanc était triste de quitter la demeure des Fortnum mais il avait tant apprécié la fidélité d'Edward qu'il lui avait fait rôtir du bacon avant de faire ses bagages.

Ils étaient sortis sur le coup de midi, laissant une cuisine impeccable et même la recette du feuilleté de homard que Mrs Fortnum aimait tant. M. Leblanc s'était réfugié dans une auberge qui jouxtait le pub où il avait l'habitude de s'abreuver les jours de congé et il avait réfléchi en éclusant quelques pintes d'ale. Edward l'avait accompagné au pub, s'était installé sous une table jusqu'à ce que la femme du patron le remarque et lui apporte une soucoupe de lait. Il l'avait lapée et avait suivi Mrs Wilson à la cuisine où elle lui avait donné une carcasse de poulet. Il l'avait croquée à belles dents, s'était frotté contre les jambes d'Emma Wilson. Elle l'avait soulevé, examiné, et avait décrété qu'il lui permettrait sûrement de communiquer avec les esprits. Elle avait demandé à M. Leblanc de lui céder Edward.

Devant son refus, elle avait discuté avec son mari et avait proposé à M. Leblanc de l'engager ; après tout, il savait cuire les rognons, les œufs, faire des ragoûts, paner un poisson, non ? Ses clients n'en demandaient pas plus.

M. Leblanc avait hésité ; il était un grand chef, on méconnaissait son talent s'il devait se limiter à des potées et à des grillades. Joss Wilson lui avait glissé à l'oreille qu'il ne souhaitait pas mieux qu'on améliore l'ordinaire ; sa femme était très distraite depuis qu'elle se passionnait pour le spiritisme et des clients s'étaient plaints du manque de goût de la soupe et du pâté de foie de porc. Edward avait sauté sur les genoux de Mr Wilson pour bien montrer à son maître qu'il appréciait l'homme et la chaumière et que cette solution était la meilleure.

Edward était mort heureux cinq ans plus tard alors qu'on venait de tous les coins de Londres s'attabler au pub des Wilson, goûter la cuisine de M. Leblanc et assister à une de ses célèbres colères. Le spectacle du chef agonisant d'injures les apprentis qui se succédaient au pub réjouissait les clients. Certains avaient même l'audace de faire des suggestions à M. Leblanc pour améliorer ses plats ; il perdait toute retenue et tentait d'étrangler le taquin. Mr Wilson le calmait et le raccompagnait à la cuisine en lui répétant qu'il ne devait pas se soucier des sots et des jaloux.

Était-il mort d'une crise cardiaque ? se demandait Edward aujourd'hui.

— Et c'est comme ça que le Chat botté a aidé son maître et qu'ils ont vécu dans un palais, dit Emmanuelle à Edward. Tu m'écoutes ou est-ce que tu dors ?

Edward s'étira de tous ses membres tandis que Delphine complimentait Emmanuelle.

— Tu lis très bien.

— Quand je vais être plus grande, je vais écrire des histoires et tu pourras faire des photos de moi pour les mettre derrière la couverture, comme pour le livre de Gérard, le père de Marie-Louise. C'est ma meilleure amie. Avec Valérie. Toi, c'est qui ta meilleure amie ?

— Audrey. Avec Géraldine, je pense.

— Celles qui ont téléphoné tout à l'heure ? Elles ont eu très peur pour toi.

— Je sais, mais ça va mieux maintenant.

— C'est qui, Andersen ? Il n'est pas de la même famille que celui qui a inventé la petite sirène, c'est un méchant.

Comment expliquer à une enfant qui était cet homme alors qu'elle l'ignorait elle-même ? Elle reprit simplement la prononciation d'Emmanuelle.

— C'est un nom anglais, pas danois.

— Je connais des mots en anglais.

Emmanuelle énumérait ses connaissances quand le téléphone sonna. Elle se précipita pour répondre mais son père avait déjà pris l'appel. Elle raccrocha, un peu déçue, mais apprit à Delphine que l'interlocuteur était Paul N'guyen.

Delphine rejoignit Charles dans son bureau ; y avait-il du nouveau ?

— Paul N'guyen a rencontré Alain-Justin Leguay et a fait semblant d'avaler ses bobards. Il a joué les larbins et il a prétendu vouloir savoir si Leguay avait remarqué que tu te droguais. Leguay a mimé l'embarras, dit qu'il t'avait trouvée étrange, mais pouvait-il se douter que tu étais toxicomane ? Et que James Anderson était un criminel ? Il ne l'avait vu qu'une ou deux fois. Paul a assuré Leguay de sa plus grande discrétion et lui a demandé la réciproque ; il a parlé de supérieurs qui seraient furieux qu'il ait eu l'audace de se présenter à son domicile. Leguay s'est montré très grand seigneur ; il allait oublier toute cette malheureuse affaire. Après tout, elle ne le concernait en rien. N'guyen l'a quitté en précisant qu'il allait clore bientôt son enquête puisque la victime était à la fois amnésique et droguée.

— Sympa...

— Paul N'guyen fait surveiller Leguay car on croit qu'Anderson est rentré en France. On tâchera d'identifier tous ceux qui chercheront à rencontrer Leguay. Anderson serait allé en Espagne depuis l'accident pour revenir ce matin.

— En Espagne ? Pourquoi ?

— On l'ignore. On ignore tout de lui. C'est toi qui en sais le plus. Il faut que tu te souviennes des moindres détails. N'guyen se demande vraiment à quel trafic sont mêlés Anderson et Leguay mais il n'a toujours pas obtenu les autorisations nécessaires pour fouiller le centre.

— Multiture ?

— Oui, il y a beaucoup de va-et-vient dans ce coin-là. Tout semble conforme à la loi mais Leguay est lié à Anderson. Qui voudra sûrement lui parler.

— Penses-tu qu'il veuille en finir avec moi ?

Delphine regardait Charles sans ciller. Sa voix était décidée quand elle suggéra d'attirer elle-même James Anderson dans un guet-apens.

— Oublie ça ! On va le piéger autrement, c'est trop dangereux. Tu es photographe, pas agent secret.

— Justement, ça fait presque une semaine que je n'ai pas travaillé. J'en ai marre d'attendre qu'on arrête ce type. Non seulement il m'a agressée mais il m'empêche maintenant de faire mon boulot. J'ai des contrats à respecter...

— Et tes montages dorment, je sais, mais tu ne retourneras pas à l'atelier tant qu'Anderson sera dehors.

— Mais si, je devrais y aller, faire savoir à Leguay que j'y suis. Il en informera Anderson et N'guyen n'aura qu'à le cueillir quand il viendra pour me tuer à l'atelier.

Charles secoua la tête. Rien n'était aussi simple. Anderson aurait des doutes.

Delphine insista : pourquoi l'Américain était-il revenu à Paris si ce n'était pour faire disparaître un témoin gênant ? Il tenait à l'éliminer.

— N'guyen a dit à Leguay que tu étais amnésique ; ce dernier l'a sûrement répété à Anderson.

— Alors il ne craint pas que je l'identifie... Tu te contredis.

— Arrête, ce n'est pas un jeu ! Soit il se méfie de Leguay, croit qu'il lui a menti ou que les policiers gardent des informations secrètes et pense qu'il doit effectivement te faire taire définitivement, soit il est ici pour autre chose. De quoi vit cet homme qui n'est pas plus journaliste que je suis ballerine ?

Delphine sourit à cette comparaison ; il était malaisé d'imaginer Charles Le Querrec en chaussons de danse. Ses larges épaules et sa barbe fournie, ses mains marquées de cicatrices et sa démarche à la fois lourde et souple suggéraient une force attentive. Elle se demandait pourquoi il l'avait tant agacée quand elle regardait ses reportages à la télévision.

— Je ne sais pas ce que fait James. Peut-être traficote-t-il dans le monde de l'art ? Il semblait avoir des notions précises sur les œuvres inuits quand nous avons visité l'exposition. Il n'a pas comparé les tableaux d'Audrey à ceux de Marie Laurencin comme tout le monde le fait, mais à ceux de Dallaire. Peu de gens connaissent ce peintre québécois. James s'est beaucoup promené, connaît évidemment l'Amérique, mais aussi l'Asie.

— Comment le sais-tu ? Il peut t'avoir menti sur ses voyages.

— On a joué au Scrabble, un soir, avec des noms propres ; il m'a sorti une panoplie de villes dont je n'avais jamais entendu parler. Ce n'est pas une preuve...

— Continue.

Delphine fermait les yeux pour se remémorer les moments partagés avec le criminel. Elle éprouvait des sentiments confus ; était-ce vraiment elle qui avait aimé cet homme ? Le fil des événements se déroulait comme si elle était au cinéma. Même si elle était l'actrice principale du film, elle le regardait avec détachement. Elle faisait des arrêts sur image, reprenait, précisait une scène.

— Il aime les armes. Il a comparé les pétards du 14 juillet à une mitraillette... un modèle russe. Et il a examiné mon laguiole avec les attentions d'un connaisseur. Quand je pense que je voulais aller lui en acheter un chez Bernard.

— Rue du Pas-de-la-Mule ?

— Tu connais ? J'adore cette boutique.

— À part les armes, à quoi vibre Anderson ?

Delphine corrigea tout de suite : James ne vibrait

peut-être pas, tout compte fait. Il souriait, parlait même de ses émotions mais il y avait un décalage entre ce qu'il prétendait ressentir et ce que percevait Delphine.

— Il est froid. Très cérébral. C'est paradoxalement très attirant ; on a envie de percer le mystère, de pénétrer le cœur de cet homme, de l'émouvoir.

— Un défi, quoi. Une gageure.

— Que j'ai perdue.

— Tu ne pouvais pas savoir que tu avais affaire à un criminel. Les psychopathes sont de très habiles manipulateurs.

— Et mon signe du zodiaque est pigeon ascendant poire.

Emmanuelle, qui les rejoignait, précisa que la poire était le fruit préféré de Charles. Il rougit, mais cela échappa à Delphine qui regardait ailleurs, tout aussi embarrassée. Emmanuelle se retourna, satisfaite, vers Edward et lui fit un clin d'œil : leurs parents commençaient à se plaire. Elle demanda si on pouvait la conduire chez son amie Marie-Louise, Charles proposa plutôt d'inviter les Trudel à venir les rejoindre.

Emmanuelle commençait à s'impatienter quand ils arrivèrent en fin d'après-midi, mais elle cessa de bouder dès que Marie-Louise lui apprit qu'ils iraient dîner au restaurant.

— Un restaurant turc. *Le Carabosse.*

— Comme la méchante fée ?

— Oui, mais il paraît qu'on mange des beignets d'aubergine.

— Wouache, c'est dégueulasse.

Heureusement, *Le Cappadoce* offrait aussi des pizzas. Delphine choisit une *pide* garnie de tomates, de viande hachée et d'olives. Les fillettes l'imitèrent avec enthousiasme, laissant les horribles marmites de poisson et l'agneau mariné à leurs parents.

— J'adore cette pizza, déclara Emmanuelle, on peut la plier en deux.

— On peut même la rouler, renchérit Delphine. Les Turcs la mangent ainsi.

Elle fit une démonstration qui ravit les petites filles. Elles s'empressèrent d'essayer de déguster leur *pide* comme on le fait à Istanbul. Delphine supervisait les opérations, amusée ; la viande dégringolerait sûrement mais elle ne fit aucun geste pour prévenir l'accident. Quand une partie de la garniture atterrit sur la robe d'Emmanuelle, elle se contenta de dire qu'elle devait encore s'exercer à manger la *pide* roulée.

Charles, Élise et Gérard notèrent l'expression béate d'Emmanuelle ; Delphine l'avait totalement conquise. Élise n'était pas vexée de l'intérêt modéré que lui manifestait Delphine, elle devinait sa timidité. La photographe l'avait remerciée de l'avoir secourue mais elle s'était tournée très vite vers Marie-Louise et Emmanuelle pour leur expliquer le menu. Charles pourrait très bien l'apprivoiser s'il dominait sa propre timidité... Il discutait très sérieusement avec Gérard de la prochaine conférence sur le désarmement et Élise s'amusa des termes compliqués, des explications interminables, des critiques alambiquées que les deux amis échangeaient pour impressionner Delphine. Heureusement que Gérard était moins ennuyeux avec ses étudiants... Et que Charles ne pontifiait pas ainsi dans ses reportages.

Les fillettes étouffaient des bâillements de plus en

plus fréquents et Delphine avoua qu'elle-même commençait à s'endormir.

— Ce sont les médicaments, dit Gérard. Avec le vin... Je n'aurais pas dû vous en servir.

— Mais si, mais si, elle a besoin de se détendre, fit Élise.

— Tu dis toi-même que l'alcool et les drogues ne font pas bon ménage. Mais c'est toi l'infirmière, tu sais sûrement mieux que moi ce qui est bon pour Delphine.

— Je ne prends pas les cachets qu'on m'a donnés, leur avoua Delphine, ne vous inquiétez donc pas.

— Mais Delphine, tu...

— Je dois retrouver mes réflexes. Mon œil. C'est moins par morale que par peur de perdre ma vision parfaite et ma rapidité d'exécution que je n'ai jamais touché à la dope.

— C'est quoi la dope ? demanda Emmanuelle dans un sursaut d'énergie.

— Ce n'est pas pour les enfants, commença Charles, mais Delphine l'interrompit en expliquant à la fillette la différence entre les capsules de L.S.D., de mescaline, d'ecstasy, entre la coke et l'héroïne. Un vrai cours de pharmacologie.

Emmanuelle fit la grimace.

— Des cachets ? Des piqûres ? Comme des médicaments ? J'en veux pas.

— Ça tombe bien, murmura son père, éberlué par l'attitude de Delphine : elle avait présenté les paradis artificiels comme s'il s'était agi d'une liste d'épicerie.

En revenant à la voiture, Delphine confia à Élise qu'elle avait fumé quelques joints dans sa vie — et elle inhalait la fumée, contrairement au président Clinton

— mais qu'elle n'avait jamais eu de goût pour les produits chimiques.

— James Anderson m'a droguée avant l'accident ; il a beaucoup insisté pour que je boive un Coca avant notre départ. Sur l'autoroute, j'ai commencé à me sentir engourdie. Comme si j'étais ivre. Mes réflexes étaient trop lents pour que je puisse parer l'agression.

— Et vous ne vous y attendiez pas du tout.

— Je n'aurais jamais emmené Edward avec moi si j'avais su...

Le regard de Delphine s'était éteint.

Charles lui passa une main dans les cheveux avec maladresse, comme s'il craignait de se brûler les doigts.

— Ça sera bientôt fini. N'guyen est un type efficace. Et déterminé.

— Au moins autant que Charles, précisa Gérard. Vous êtes en bonnes mains, Delphine, rassurez-vous.

Quand ils rentrèrent chez Charles, Emmanuelle tendit les bras vers Delphine pour qu'elle la prenne et la porte jusqu'à son lit mais Charles s'interposa ; on ne soulevait pas un pareil poids avec une cheville plâtrée, une côte fêlée et des contusions, sans parler d'une fragilité temporaire de la colonne due au choc de l'accident.

— Tu es trop lourde, Manu.

Il tenta de la soulever mais elle bouda et se dirigea vers sa chambre sans un regard pour les adultes. Alors qu'ils croyaient qu'elle s'était endormie, ils la virent ressortir en pyjama pour chercher Edward.

— Il me comprend, lui.

Edward, qui s'était empressé de frôler les jambes de sa maîtresse, hésita mais Delphine le poussa vers la fillette. Il obéit et suivit Emmanuelle. Elle avait pris un morceau d'agneau dans l'assiette de son père et l'avait glissé dans la poche de sa robe.

En flairant la viande, Edward sut immédiatement qu'elle avait été apprêtée selon une recette turque. La sœur de Mehmet cuisait pareillement le mouton. Elle frottait aussi la viande d'ail ! Pourquoi éprouvait-elle le besoin de dénaturer ainsi la chair ? Il reconnaissait l'odeur aigrelette du yaourt, le cumin, le paprika. Quel gaspillage ! Il aurait fallu qu'Emmanuelle rince le morceau en le suçant ou en le passant sous l'eau pour qu'il accepte de le manger. Il était beaucoup plus capricieux qu'au moment où il vivait à Istanbul. Là, il prenait ce qu'on lui donnait et chapardait pour compléter son menu. L'été, tout allait bien, il y avait beaucoup de touristes dans les ruelles de Galatasaray, il rôdait autour des tables où ils mangeaient, miaulait gentiment, se frottait la queue sur le bord des bancs, et on lui jetait un morceau de kébab. Mais l'hiver, les tables étaient occupées par des gens de l'endroit qui ne voyaient plus les manèges des chats tant ils y étaient habitués. Mehmet lui gardait bien les têtes et les queues des poissons dont n'avaient pas voulu les clients mais Edward préférait les ventres plus tendres et plus dodus. À la fin du jour, quand la fatigue émoussait la vigilance des marchands, Edward sautait sur un étal et s'emparait d'un mulet, d'une darne de thon ou de maquereau. On le poursuivait parfois mais il réussissait souvent à s'échapper avec sa proie. La vraie difficulté tenait dans le choix de l'endroit où il bondirait ; les montagnes de poissons étaient très mouvantes. Et très glissantes. Il fallait éviter de sauter au centre où on risquait d'être englouti par la masse. Et où on attirait davantage l'attention du marchand. Il valait mieux viser les côtés de la charrette ou de l'étal de poissons, mais la chose n'était pas si simple car on n'avait pas toujours assez de recul pour prendre un bon élan. Cependant, après des années d'expérience, un chat réussissait son saut trois fois sur quatre. L'ennui pour Edward était que la rare couleur sable de sa fourrure le faisait repérer facilement. Les marchands de poissons se méfiaient de lui et lui balançaient des coups de pied pour l'éloigner ; il avait donc choisi, pour cette raison, d'opérer entre chien et loup, conjuguant la lassitude d'un vieux marchand à un éclairage déficient. Edward devait évidemment compter avec la redoutable compétition à laquelle se livraient ses congénères, mais il mangeait presque à sa faim quotidiennement.

Il n'était pas trop difficile non plus durant la guerre. Il attrapait des rats et Rachel s'inquiétait qu'il ne paraisse trop bien portant ; qu'il ne *serve* de nourriture. Des chiens avaient disparu dans leur quartier, la chatte des voisins également, on avait même placardé des affiches dans les rues pour avertir les Parisiens que les rats étaient porteurs de germes : manger du chat était donc peu recommandé. Quand Rachel s'était installée chez Lucille Bellair, Edward avait continué à chasser la vermine, moins pour se nourrir que pour plaire à la comédienne qui éprouvait une véritable phobie pour les rongeurs. Elle parlait d'Edward comme d'un grand chasseur et s'esclaffait quand il gambadait avec entrain dans toute la maison.

Rachel ne s'autorisait à quitter leur chambre qu'en pleine nuit ; les rideaux tirés, aucun passant ne pouvait la remarquer quand elle traversait de la cuisine au salon, du salon à l'escalier menant à sa chambre. Lucille n'aurait jamais empêché Rachel de descendre durant la journée, mais, si elle l'invitait à prendre un goûter avec elle, elle savait que la modiste refuserait de la rejoindre, d'augmenter le péril qui les menaçait toutes deux. En fait, Rachel était si discrète que Lucille avait l'impression qu'une fée habitait la chambre du haut, une fée qui transformait ses vieilles robes en créations audacieuses, une fée qui rajeunissait ses chapeaux, ses fourrures et même ses souliers. Lucille parlait déjà de la boutique qu'elles pourraient tenir ensemble après la guerre ; son nom attirerait les clientes et le talent de Rachel les retiendrait. Celle-ci souriait, se prenait à rêver d'un avenir plus gai, du départ de l'occupant, du retour de tous ses amis qui avaient été embarqués dans la rafle du Vel' d'Hiv' ou celle de la mi-février. Mille cinq cents personnes avaient quitté Paris pour Drancy... Où étaient-elles maintenant ? Lucille tentait de rassurer Rachel : oui, on avait entendu parler des camps de travail et personne n'en était encore revenu, mais pourquoi aurait-on transporté autant de gens, avec tout ce que cela impliquait de complications et de frais, pour les tuer ? Il était beaucoup plus logique d'imaginer que les Allemands profitaient d'une main-d'œuvre gratuite pour fabriquer des armes, des munitions. Pour reprendre les travaux des hommes qui étaient au front. Rachel admettait le bon sens de Lucille mais doutait que les Juifs soient traités comme ces prisonniers qui rentraient dans leur famille après un, deux, trois ans en Allemagne. Elle aurait voulu que Lucille questionne les officiers allemands qu'elle rencontrait mais l'actrice s'y refusait.

Elle ne parlait jamais de la guerre avec ces hommes qui l'emmenaient au restaurant et au théâtre pour s'amuser. En avril, alors que fleurissaient les magnolias et les marronniers, Lucille semblait avoir oublié les récentes victimes des bombes pour ne plus parler que de la première de la pièce de Cocteau à la Comédie-Française. Pour assister à *Renaud et Armide*, elle devrait porter un ensemble frais, très féminin, joyeux.

Rachel se demandait comment elle réussissait à demeurer si superficielle mais elle ne la jugeait pas, elle l'enviait. Edward aussi aurait aimé que sa maîtresse partage un peu cette manière de prendre la vie, mais c'était impossible, il le savait trop bien. Il connaissait les cauchemars de Rachel, sa solitude. Ses seules satisfactions, dorénavant, lui venaient des merveilles qu'elle parvenait à créer pour plaire à Lucille. De tous ses maîtres, Rachel avait été la plus mélancolique.

Et Mme Henriette la mieux lotie. Est-ce à dire qu'une vie bien ordonnée, sans surprise plus grande que l'ouverture d'un restaurant près du Luxembourg ou le passage d'un cirque à Paris, promettait une existence vraiment agréable ? Mme Henriette ne faisait jamais de cauchemar, ses grandes préoccupations tenaient à la fraîcheur des poissons qu'on lui vendait au marché ou au nouveau prétendant de sa nièce. Avec les années, elle avait fini par renoncer à convaincre Charles Messier de s'intéresser à la jeune fille ; il aimait vraiment trop ses planètes ! Il n'aurait pas été le mari idéal pour Julie. Edward avait approuvé sans réserve cette attitude pleine de sagesse après ses vies avec le frère Hugues et Catherine ! Il s'était si bien habitué à tout ce calme qu'il avait vécu ses dernières années près de l'Observatoire dans un état de semi-léthargie. Il dormait beaucoup, s'éveillait seulement pour manger et se recouchait ensuite sous le regard approbateur de Mme Henriette. Il était devenu si paresseux que la mort le surprit sans qu'il s'en aperçoive. Il n'était pas question que la même chose se reproduise aujourd'hui ; Edward ne craignait pas de mourir ; au contraire, après toutes ces existences, il aspirait à un repos éternel mais, avant de disparaître, il devait absolument s'assurer que Delphine était heureuse.

Il touchait presque au but. Et grâce à James Anderson... Il espérait tout de même que Charles Le Querrec débarrasserait Delphine de l'Américain. Elle en rêvait la nuit et, même si ses songes étaient beaucoup moins romantiques qu'avant, il était temps qu'elle en soit vraiment libérée.

17

Delphine enseignait à Emmanuelle le maniement de son appareil photographique avec une patience qui l'étonnait. Voilà qu'elle partageait le quotidien d'une gamine sans en être incommodée ; elle aimait la curiosité absolue d'Emmanuelle, ses questions directes et justes : « Pourquoi dit-on des couvertures de livres ? Des livres, ça ne dort pas. » La petite ne se contenterait jamais du monde tel qu'il était ; elle lui rappelait sa propre manière de refuser un quotidien trop prévisible en acceptant de vivre les tourments de l'art. Elle lui ressemblait aussi dans sa façon de parler à Edward ; elle se confiait à lui sans bêtifier, tentait de comprendre, de prévenir ses désirs. Delphine commençait à se sentir coupable de séparer Emmanuelle d'Edward et elle lui avait dit plusieurs fois qu'elle reviendrait la voir avec son chat. Emmanuelle hochait la tête bravement, mais elle redoutait le moment où Delphine repartirait avec l'abyssin. Et elle avait beau se creuser la tête pour l'obliger à rester dans sa maison, aucune solution ne lui paraissait satisfaisante.

— Regarde bien droit devant toi sans coller ton œil, voilà, appuie sur le déclencheur, c'est ça.

Delphine soutenait l'appareil, trop lourd pour Emmanuelle, sans bouger d'un centimètre. Elle sentait la chaleur de la main de la petite fille sur la sienne.

— Ça y est ! Je l'ai pris en photo. Edward n'a même pas fermé les yeux. Il est habitué à se faire photographier. Et il n'y a pas trop de soleil. On a de la chance. Il est vraiment beau, Edward.

— C'est mon modèle favori.

— Et moi ?

— Toi, tu seras ma Fortuna en grandissant.

Elle expliquait à l'enfant que cette déesse romaine était celle du hasard et du bonheur, quand retentit la sonnerie du téléphone. Delphine tourna la tête vers le bureau de Charles. Il en sortit après un long moment : N'guyen venait de lui apprendre que James Anderson avait été arrêté alors qu'il abordait Alain-Justin Leguay.

— Il est allé chez Leguay ?

— Oui, des hommes de N'guyen étaient planqués près de son domicile et du centre culturel. Ils devaient filer Leguay dans tous ses déplacements. Ils ont attendu qu'un type se mette à suivre Leguay quand il sortirait de chez lui. Deux ou trois personnes ont adressé la parole à Leguay, les policiers les ont discrètement interpellées, au cas où Anderson aurait voulu faire passer un message à Leguay. Un jeune a commencé par dire qu'il voulait juste un autographe mais quand N'guyen lui a demandé pourquoi, il n'a pas pu répondre. Il a fini par avouer qu'un type lui avait demandé de dire à Leguay qu'il le retrouverait au Louvre, dans la salle de *La Joconde*. Il a parlé d'un homme blond. N'guyen a envoyé aussitôt des hommes au Louvre mais il en a gardé trois pour suivre Leguay. Ils ont failli louper Anderson qui a modifié son allure, mais un flic s'est avisé qu'il portait des lunettes noires alors que le temps est à la pluie. Il l'a observé ; il semblait suivre Leguay. Le policier s'est mis aussitôt en chasse, a averti ses collègues. Leguay s'est dirigé vers les quais, Anderson l'a suivi, ils sont descendus sur le bord de la Seine, dans la direction opposée au Louvre — on suppose donc que le message était une fausse piste —, les flics ont vu et même photographié à distance les deux hommes. Leguay était visiblement furieux qu'Anderson l'approche et il a tenté de le repousser mais Anderson lui a tordu le bras et Leguay a cessé de résister. N'guyen et ses hommes sont intervenus à ce moment. Ils ont fait semblant de protéger Leguay.

— Et Anderson a réagi comme ils le souhaitaient ?

— Il a protesté, a dit qu'il y avait erreur sur la personne. N'guyen a répondu que tu avais retrouvé la mémoire et que tu l'accusais formellement de tentative de meurtre. Anderson a prétendu ne t'avoir rencontrée qu'une seule fois, au musée pour voir les sculptures inuits, mais N'guyen lui a parlé de ses empreintes sur la balle du chat. Anderson a alors accusé Leguay de complicité. Leguay a nié, s'est proclamé victime, et N'guyen lui a témoigné de la compréhension en le raccompagnant chez lui. Il a joué le bon flic, puis il a mentionné un jeu de photos où il aurait figuré avec Anderson.

— Celles que je lui ai décrites, la place des Vosges ?

— Il en a rajouté. Il a parlé d'un autre témoin... Il s'est montré persuasif : Leguay a eu peur de ce que dirait Anderson pour l'incriminer et il a offert à N'guyen de collaborer, de tout raconter en échange d'une entente avec le juge qui serait chargé de l'affaire.

— Lâche, en plus... Décidément, Géraldine avait raison de le détester.

Charles s'approcha de Delphine, posa une main sur son épaule en lui disant qu'elle avait eu beaucoup de chance de survivre à sa rencontre avec Anderson.

— Et ce n'est pas tout. Viens par ici.

Il l'entraîna dans le salon, la força à s'asseoir près de lui sur le canapé, tout en vérifiant qu'Emmanuelle était trop loin pour l'entendre. Delphine apprit qu'Anderson était non seulement un assassin mais qu'il était mêlé à un trafic d'esclaves.

— Esclaves ? bredouilla-t-elle éberluée. Esclaves ?

— Il y en a plus que jamais dans le monde. On commémore partout l'abolition officielle de l'esclavage, c'est de la foutaise. Tous les pays sont touchés, mais personne ne bouge. Il y a longtemps que je multiplie les contacts pour faire un reportage... N'guyen vérifie les horreurs que lui a révélées Leguay. C'est à vomir.

Edward, qui s'était glissé entre Delphine et Charles, savait que ce dernier cherchait ses mots pour réconforter la photographe. Mais que dire à une femme qui a aimé un monstre ?

— Personne n'est à l'abri de l'erreur.

— Mais quand je me trompe, moi, ça fait beaucoup de dégâts. Toujours.

Charles flatta Edward pour résister à l'envie de prendre Delphine dans ses bras. Le chat hésita : s'il se déplaçait, est-ce que Charles se déciderait à caresser sa maîtresse ? Non, pas tout de suite. Delphine devait digérer les dernières nouvelles. Edward savait cependant qu'elle avait frémi quand sa cuisse avait touché celle de Charles lorsqu'ils avaient pris place sur le canapé. Et qu'elle avait rêvé au journaliste entre deux cauchemars. Elle s'était vue avec lui dans le jardin, plus vieille, plus calme, le photographiant pour la millième fois afin de comprendre pourquoi cet homme la rassurait autant. Elle ne cherchait plus Éros, elle avait trouvé Ulysse. Un Ulysse qui continuait à voyager de par le monde, mais qui ne mettait plus vingt ans à rentrer chez lui. Un Ulysse qui avait vu Circé, vécu auprès de Calypso et qui semblait la préférer aux nymphes et aux déesses.

— Les gens sont souvent différents de ce qu'on croit, dit encore Charles.

— Oui, confessa-t-elle, tu m'agaçais quand je voyais tes reportages...

Elle détourna la tête, gênée par son aveu, mais il aurait bien fallu qu'elle le dise un jour ou l'autre puisqu'elle refusait de lui mentir.

Charles déclara d'un ton trop joyeux qu'on allait fêter l'arrestation d'Anderson. Delphine proposa plutôt une sortie pour remercier Charles de l'avoir hébergée. Quand Delphine rejoignit Emmanuelle pour lui proposer de choisir un restaurant, celle-ci leva à peine la tête. En toute autre occasion, la fillette aurait applaudi, mais elle refusait de voir partir Edward. Et Delphine. Elle dit qu'elle n'avait pas faim et alla dans sa chambre sans rien ajouter.

— Qu'est-ce qui se passe ?

— C'est Edward, dit Delphine. Elle ne veut pas s'en séparer. Je la comprends. Mais que peut-on faire ? À part lui donner un chaton à elle ? Je pense que tu n'as pas tellement le choix. Elle est très responsable, elle saurait s'en occuper.

— Mais sa mère refusera qu'elle l'emmène chez elle. Et je pars souvent.

— Demande à Élise ; Marie-Louise pourrait le garder.

— Ils ont déjà un chien. J'ai pensé à tout cela, figure-toi...

Delphine le regardait, profondément désolée ; elle aurait bien offert de prendre le chaton chez elle si Edward l'avait toléré mais une tentative avec la chatte de la voisine s'était terminée en pugilat.

— Je me sens coupable. Elle s'est tellement attachée à Edward. Et lui aussi l'aime bien, tu vois, il l'a suivie dans sa chambre. Qu'est-ce qu'on doit faire ?

Elle se dirigea vers la chambre d'Emmanuelle ; Edward était allongé sur la fillette qui reniflait à petits coups.

— On reviendra, ma puce, je te le promets.

— Quand ? Pourquoi tu ne restes pas ici ? Je vais être très gentille, je te jure ! Je ne bougerai pas quand tu prendras des photos et je mangerai le chou-fleur dans mon assiette.

Elle pleurait à chaudes larmes et Delphine, qui ne savait que dire pour la consoler, la prit dans ses bras et lui tapota le dos jusqu'à ce que les pleurs s'apaisent. En lui passant la main sur le front, elle constata que l'enfant avait de la fièvre. Emmanuelle se plaignit alors d'un mal de gorge. Edward lui donna un petit coup de langue sur le menton ; elle avait bien compris son message ; il était plus facile de pénétrer l'esprit d'un enfant que celui d'un adulte. Edward en avait profité pour suggérer son astuce à Emmanuelle : tomber malade pour modifier une situation. La fillette ignorait que le chat était à l'origine de cette poussée de fièvre, mais elle comptait bien utiliser son indisposition pour garder Delphine près d'elle encore un peu. Que pouvait-on refuser à une pauvre malade ?

Quand le Dr Meyer se présenta chez les Le Querrec, Delphine lui faisait manger de la glace à la petite cuillère. Le médecin examina Emmanuelle avec attention, puis il lui offrit d'écouter le cœur d'Edward avec son stéthoscope tandis qu'il discutait avec son père.

— Vous êtes le journaliste, monsieur Le Querrec ? J'aime bien vos reportages. Vous épinglez avec talent les démagogues. Et dénoncez avec beaucoup de lucidité les criminels. À quel sujet travaillez-vous en ce moment ?

— Corruption en Suisse, les réseaux de l'Est qui se mettent en place à une vitesse hallucinante. J'ai le choix...

— Delphine, appela Emmanuelle, viens me voir.

Delphine se dirigea vers la chambre, poussa la porte. On entendit Emmanuelle réclamer une histoire pour s'endormir tandis qu'Edward revenait vers les deux hommes.

— Votre fille est très attachée à cette Delphine, vous avez de la chance. Les familles reconstituées posent parfois des problèmes.

Charles allait protester mais la remarque du médecin l'obligeait à s'avouer qu'il appréciait la photographe autant que sa fille et qu'il aimerait, quand ils se connaîtraient mieux, qu'elle fasse vraiment partie de la famille. Sa présence ne lui avait jamais pesé, bien au contraire, ces quelques jours lui avaient paru trop courts. Il s'ennuierait même d'Edward. Il regarda le chat avec affection, le souleva pour le prendre contre son épaule.

— J'aurais aimé que vous traitiez de l'affaire Papon, dit le médecin.

— Dossier brûlant. Dès qu'on parle de la guerre...

— C'est si récent dans nos mémoires. Mon père était un survivant de Treblinka. Ma mère, qui avait réussi à échapper à la Gestapo, a dit qu'il n'avait plus jamais eu ce sourire qu'elle adorait avant qu'il soit déporté. Il s'est bien réjoui de ma naissance, de celle de ma sœur, maman savait que nous étions des baumes sur ses blessures...

— Mais qu'elles ne se refermeraient jamais. Tous les Juifs ont été brisés dans cette folie meurtrière, même ceux qui sont revenus des camps. Et ceux qui n'y ont jamais été.

Comme Edward approuvait ce que disait Charles. Quand la guerre avait pris fin, il avait espéré que Rachel retrouverait son entrain en même temps que sa boutique. Mais si on lui avait rendu son commerce, si elle s'était entêtée à repeindre l'enseigne à son nom et à celui de Lucille Bellair — même si tout le monde lui déconseillait de s'associer avec une femme qui était sortie avec des Allemands —, un sentiment de culpabilité avait empoigné l'âme de Rachel. À chaque fois qu'un ami refaisait surface, elle se décomposait, se demandait pourquoi elle avait échappé au massacre. Pourquoi elle et pas les autres ? Ses amis ne parlaient jamais de ce qu'ils avaient vécu, mais le silence peut être éloquent. Rachel ajustait des rubans de tête en se disant qu'elle aurait dû mourir, elle aussi. Lucille Bellair tentait de la réconforter en lui répétant qu'elle n'avait trahi ni abandonné personne, qu'elle aidait maintenant les survivantes en les employant dans son atelier, qu'il fallait justement que des Juifs aient été épargnés pour venir en aide aux victimes ; Rachel ne chantait pourtant plus en travaillant. Edward était content de l'avoir sauvée de la Gestapo, elle n'était pas morte dans les flammes comme Catherine mais des fours et de longues cheminées hantaient pourtant ses rêves. Edward se couchait sur elle pour la calmer en sachant hélas qu'elle ferait ces cauchemars jusqu'à la fin de ses jours. Son affection pour elle ne pouvait pas tout. Rachel aurait eu besoin d'un Flavien pour l'écouter et la réconforter. Il n'aurait pas effacé les horreurs de la guerre mais elle aurait été moins seule. Edward avait accepté ses limites félines et c'était pour cette raison qu'il avait tant cherché un mari pour Delphine : quand il mourrait, dans quelques années, il partirait sans aucun regret. Il aurait vu sa Delphine enfin heureuse. Vraiment heureuse.

Il fallait absolument qu'il la pousse dans les bras de Charles.

— Votre fille n'est pas très malade, dit le Dr Meyer à Charles et à Delphine.

— Ce n'est pas ma fille, précisa la photographe.

— Je sais et pourtant elle vous ressemble. On ne vous l'a jamais dit ? Bon, elle fait une petite poussée de fièvre mais vous lui donnerez de l'aspirine et tout sera rentré dans l'ordre demain matin. Je la trouve cependant bien morose ; elle a refusé d'un air las la sucette que je lui offrais.

— Elle ne veut pas se séparer d'Edward, chuchota Delphine. Je lui ai promis qu'elle pourrait venir le voir quand elle le désirerait, je l'ai même invitée à rentrer avec moi aux Lilas demain. Elle a refusé d'une petite voix tristounette. Elle aime ce chat à la folie. Ce que je ne peux lui reprocher.

— Oui, il est magnifique, dit le Dr Meyer. Il a une manière de nous regarder impressionnante... Bon, je ne peux pas vous aider à régler ce problème mais si la petite n'est pas mieux en se levant, rappelez-moi.

Charles et Delphine raccompagnèrent le médecin jusqu'à la grille du jardin et, alors qu'ils revenaient sur leurs pas, Edward leur passa entre les jambes, réussissant à faire basculer Delphine que Charles retint dans ses bras. Quelques secondes de trop.

Delphine ferma les yeux, songea qu'elle prendrait le temps nécessaire pour mieux connaître Charles, mais elle savait déjà qu'il n'était pas de la même race que James Anderson. Son assurance tranquille, sa franchise, cette capacité d'enchantement qu'il partageait avec sa fille, l'émouvaient. Chaque détail qu'elle apprenait à son sujet lui plaisait, il aimait les poires et la mer, pleurait encore la mort de Louise en Bosnie, détestait le bricolage, était très fidèle en amitié, ne parlait jamais en mal d'Hélène devant Emmanuelle, s'emportait pour des vétilles, était assez maladroit pour tourner des compliments et la regardait avec intensité dès qu'il pensait qu'elle ne pouvait s'en apercevoir. Elle sentait pourtant une douce chaleur quand il la couvait des yeux même si elle lui tournait le dos.

Elle était émerveillée et calme, et cette paix qu'elle n'avait jamais ressentie auparavant auprès d'un homme la fascinait même si elle l'inquiétait un peu. Audrey prétendait qu'elle s'habituerait au bonheur. Elle aimerait même ça...

Edward s'assit entre Delphine et Charles quand ils se

calèrent dans le canapé pour regarder le journal télévisé : on parlait de l'arrestation de James Anderson mais on ne mentionnait pas le nom de la photographe.

— N'guyen m'a promis d'être discret. Je ne sais pas combien de temps mes collègues mettront pour savoir que tu es mêlée à cette histoire. Ton M. Sévigny va être content de toute cette activité...

— Pitié ! Je vais dire que je suis encore amnésique. Tu as eu du culot d'entrer chez moi...

— Je n'aurais pas trouvé le numéro de Géraldine qui n'aurait pas téléphoné à Audrey. Tu aurais préféré cela ?

Delphine secoua la tête.

— Non, bien sûr que non. C'est ce que j'ai réussi de mieux dans ma vie, mes amitiés.

— Et tes montages, Delphine, tes montages. Ils me fascinent. J'apprécie aussi le travail d'Audrey. J'aime bien cette femme. Elle est solide mais souple. Un roseau qui plie mais ne rompt pas.

— C'est un message ?

— Non, tu n'as rien d'un roseau, mais rien d'un arbre non plus.

— Je sais, je tiens du porc-épic.

Il allait protester quand un coup de tonnerre les fit sursauter. Ils entendirent un petit cri venant de la chambre d'Emmanuelle et Edward fila pour rejoindre la fillette. Quand Charles et Delphine entrèrent dans la chambre, Edward léchait le cou d'Emmanuelle qui oubliait déjà sa peur, ouvrait les yeux pour distinguer la main de son père sur la nuque de Delphine et apprécier leurs sourires : ils étaient aussi amoureux que le marquis de Carabas et sa princesse.

L'air chargé des parfums du soir, le chant des délicieux grillons du jardin, le retour de Delphine, le bonheur d'avoir retrouvé Sébastien et qu'il plaise à sa maîtresse, firent ronronner Edward si fort que Néfertari, Hugues, Catherine, Mme Henriette, M. Leblanc, Rachel et Mehmet l'entendirent dans l'au-delà et sourirent ensemble au souvenir de leur chat.

DU MÊME AUTEUR

Aux Éditions Denoël

MARIE LA FLAMME, *roman*, 1991.

NOUVELLE-FRANCE, *roman*, 1992.

LA RENARDE, *roman*, 1994.

Dans la collection Sueurs froides

LE POISON DANS L'EAU, *roman*, 1987.

PRÉFÉREZ-VOUS LES ICEBERGS ?, *roman*, 1988.

Composition Nord Compo.
Impression Société Nouvelle Firmin-Didot
à Mesnil-sur-l'Estrée, le 26 mai 2000.
Dépôt légal : mai 2000.
Numéro d'imprimeur : 51573.

ISBN 2-07-041420-5/Imprimé en France.

95447